爱情一叶

[法]埃米尔·左拉 / 著
马振骋 / 译

UNE PAGE D'AMOUR

图书在版编目(CIP)数据

爱情一叶/(法)埃米尔·左拉著；马振骋译.—
北京：人民文学出版社，2018
ISBN 978-7-02-014059-6

Ⅰ.①爱… Ⅱ.①埃… ②马… Ⅲ.①长篇小说-法国-现代 Ⅳ.①I565.45

中国版本图书馆 CIP 数据核字(2018)第 063594 号

责任编辑　朱卫净　张玉贞　汤　淼
装帧设计　高静芳

出版发行	人民文学出版社
社　　址	北京市朝内大街 166 号
邮政编码	100705
网　　址	http://www.RW-cn.com
印　　刷	上海盛通时代印刷有限公司
经　　销	全国新华书店等
字　　数	216 千字
开　　本	890 毫米×1240 毫米　1/32
印　　张	9
版　　次	2018 年 9 月北京第 1 版
印　　次	2018 年 9 月第 1 次印刷
书　　号	978-7-02-014059-6
定　　价	45.00 元

如有印装质量问题，请与本社图书销售中心调换。电话:010－65233595

目录

译　序　　　　　　　　　　　　　　　　　　　1
左拉致编辑部的信　　　　　　　　　　　　　　1

第一章　　　　　　　　　　　　　　　　　　　1
第二章　　　　　　　　　　　　　　　　　　　54
第三章　　　　　　　　　　　　　　　　　　　108
第四章　　　　　　　　　　　　　　　　　　　166
第五章　　　　　　　　　　　　　　　　　　　223

译　序

《爱情一叶》最初以连载小说形式刊登于《大众财富》杂志上，时间是一八七七年十一月到一八七八年四月。在这前一年，左拉发表了《小酒店》，把资本主义社会中的贫困与不幸赤裸裸地暴露于人前，引起轩然大波。文艺批评家阿尔塔·米罗的评论最为尖锐，他说："这不是现实主义手法，这是肮脏描写；这不是裸体展示，这是色情表演。"然而这部描写巴黎平民的文献小说赢得了福楼拜、莫泊桑、马拉美、龚古尔兄弟等一代大师的赞扬。

左拉因《小酒店》而声望骤增，同时也背上了"不道德"作家的恶名。有人说他的小说用词粗鲁下流，内容诲淫诲盗。为了驳斥这些污蔑，也为了显示自己多方面的写作才能，左拉写下了《爱情一叶》；他在给莱翁·埃尼克的信中说："我将写出一些崭新的东西。我要在自己的系列小说中包括各种各样的音调，这就说明为什么我即使写得不够满意，也决不后悔写出了《爱情一叶》这部书。"

到那时为止，《卢贡-马卡尔家族》系列作品中已出了六部：《卢贡家的发迹》《利欲的追逐》《巴黎的肚子》《普拉桑的征服》《穆雷神父的错》《欧仁·卢贡阁下》，内容抨击第二帝国社会中富人的贪婪、宗教人士的尔虞我诈、政界的争权夺利、工人的贫困。这都是些色彩浓厚的政论性小说。而《爱情一叶》则用细腻的笔法，叙述巴黎布尔乔亚中一位医生与一名寡妇之间的情欲，风格上大相径庭。左拉还对自己选择了一个恰如其分的书名而感到非常满意。

左拉在落笔创作一部小说以前，必先做大量的准备工作，立下大纲、搜集素材、构思情节，并且煞费苦心地去确定合适的笔法。然而《爱情一叶》的出版是出人意料的。在一八六八年，后来在一八七二年，左拉订出两份关于《卢贡-马卡尔家族》系列小说的计划，两份计划中都没有要写一部情欲小说的意图，只是一八七八年版本附载的卢贡-马卡尔系谱树上，才出现了埃莱娜·穆雷这个人物的姓名。

根据一八九二年左拉自己的说法，在《小酒店》(1877年)和《娜娜》(1880年)出版之间，他需要一次感情上的"幕间休息"，"希望在一位正派女人身上挖掘一种情欲冲动，一种爱情，它骤然来了，又不留痕迹地过去了"。漫长人生中的一叶爱情。然而如去翻阅一下当时的法国文化资料，可以知道正派女子的情欲正是一个热门话题。同时通过《爱情一叶》是否也可看到另一个隐蔽的左拉，在那个左拉的思想深处同样交织着浪漫的梦想、没有满足的欲望和深藏的遗憾？德高望重的福楼拜给左拉的信也说："我要是母亲，不会让女儿读这本书！！！尽管我年事已高，这部小说叫我迷惑，叫我**兴奋**。埃莱娜让人爱上加爱，您的医生是完全可以理解的……您是一个男人，我也不是从昨天才知道的。"

从左拉致编辑部的信中可以看到，左拉从青年时代就要写一部人物不多而又以巴黎为背景的小说。这个念头，也可说这种偏执，使他在《爱情一叶》中对巴黎作了五段冗长的描写，他的意图显然是借景物的变幻反映埃莱娜心中出现的情欲：二月寒夜，初次相遇；大地苏醒，内心骚动；自然万物蓬勃生长，热情达到高潮；十二月的阴霾天，双重约会中失身；最后大雪覆盖巴黎，感情又陷入冰似的冷漠中。但是这种"曲写毫芥"的做法，加上景物与感情，两者似缺乏明显的精神联系，没有达到预期的效果。失之东隅，收之桑榆，在我们看来，《爱情一叶》最精彩的篇章是描写埃莱娜的女儿雅娜从女孩到少女的过渡期的病态心理。

左拉对于遗传现象，对于同时代的心理学发展，始终表现出强烈的兴趣，他还认为自己生活在一个"神经错乱"的时代。"研究影响这个世纪的神经官能症"，也是确立卢贡-马卡尔家族主要人物的性格定向。雅娜的神经质是隔代遗传，她跟外曾祖母阿黛拉伊德·富凯和外祖母于絮勒·马卡尔，都同样有"血与神经的平衡失调""心与脑的损伤"。

此外，左拉是近代最关心和了解儿童与青少年的作家之一。结合他的全部著作来看，青少年角色——往往又是失去父母或受虐待的居多——占相当大的篇幅。如《卢贡家的发迹》中的米埃特和西尔维尔，《巴黎的肚子》中的马乔琳和卡迪娜，波利娜·格尼和小缪希，《穆雷神父的错》中的阿尔比娜和塞尔日，《小酒店》中的拉丽·皮夏尔、娜娜和其他孩子。他们都像本书中的雅娜，处在从儿童过渡到少女的模糊时期。左拉注意到他们最初的爱的骚动，以及对人生的欲念和规律似懂非懂的理会。

通过儿童与青少年的现实，左拉涉及他们的教育问题，尤其是少女教育问题，又由此涉及妇女生活与夫妻生活问题，例如结婚、生儿育女、婚外恋、宗教影响、社交生活……这些问题在《爱情一叶》中都与故事情节密切结合在一起。在这部左拉自称是白描式的情感小说中，人物并没有高视阔步的行动，没有声嘶力竭的叹息，而是在这种平静表面下，潜伏着左拉其他小说中同样深沉的力量。

马振骋

左拉致编辑部的信

亲爱的先生们：

承蒙好意，把《爱情一叶》收在你们精致的"现代艺术图书馆"丛书中发表；你们还提出让我为新版写一篇序言。我很乐意满足你们的要求，以此表示我的感激之情，但是可恨的是，我对这部小说已无话可说；作品一旦发表以后就属于大众，我个人对它已不起作用。

不过，既然有此机会，我还是愿意大胆为自己申辩。这真的是一份申辩吗？还不如说是一个解释吧。

《爱情一叶》招来最多的批评是对巴黎的五次描写，作为每一章的结尾，呆板重复。读者感到这是作家的任性，为了显示笔法高明，却反反复复、啰里啰嗦令人生厌。我可能错了，我肯定是错了，既然没有人理解。但是事实上当我有意在不同的时间和季节，面对相同的背景画出我所见到的五种景象时，我的用意从哪方面来说都是好的。以下是这件事的缘由。

我年轻时过着穷日子，住在郊区的阁楼里。从阁楼可以看到整个巴黎；这个巨大的巴黎，静止冷漠，始终盘踞在我的窗框内，对我仿佛是苦难中的知心人，理解我的喜怒哀乐。我在它面前挨过饿，掉过眼泪；在它面前爱过，享受过最大的幸福。于是，从二十岁起我梦想写一部小说，把屋顶像滚滚波涛似的巴黎置于中心地位，气势犹如古代的祭台。我需要一个情感故事，一间小室内三四个人物，窗外地平线上是广阔的城市，时时刻刻睁着石头眼睛瞧着人物欢笑和哭泣。我怀着这个由来已久的想法投入了《爱情一叶》的创作。

我不为自己的五段描写争辩，我只是要提请大家注意，有人称我们有描写的狂热，其实我们从来不会为描写而描写，我们心中所酝酿的东西，总是与人性的意图交织在一起的。创意完全属于我们，我们试图把它纳入我们的作品中，我们梦想巨大的方舟。

允许我再对巴黎的这些景物说一句话。一些爱好追根究底的评论家把我的作品抽丝剥茧后，发现我犯了一个不可饶恕的年代错误。第二帝国初期，新歌剧院和圣奥古斯丁教堂的圆顶还没有建造，在小说中却已经出现在巴黎的风景线上。我承认错误，伸出脑袋听任宰割。在一八七七年四月，我登上帕西区高地去搜集素材，那时尚未竣工的特罗加德罗宫的脚手架阻碍了我的视线，在北面看不到任何标志可供描述，我感到非常沮丧。只有新歌剧院和圣奥古斯丁教堂矗立在一片烟囱的海面上。起初我为了是否把日期前后颠倒一下有过一番思想斗争，但是这两座建筑物在空中熠熠生辉，实在太诱人了。巴黎的这一个角落原来空无一物，经它们高耸的侧影一点缀，这片天空就有了生气，也有利于我的发挥。我于是屈服了。如果读者执意不能接受我有意把这两座建筑物的年龄虚报了几岁，那么我的作品肯定也是不值得深究的了。

这些话有没有说的必要呢？我怀疑。但是，亲爱的先生，你们要的序言倒是写成了。

谨致

敬意

埃米尔·左拉

第一章

（一）

伴眠灯在壁炉台上燃烧，蓝色锥形灯罩前遮着一本书，阴影淹没了半个房间。这是一片宁静的光，把小圆桌和长椅子切成两半，天鹅绒窗帘的大皱纹像水波似的在光下荡漾，使两扇窗中间的红木衣橱镜子发青；青的帷幕、青的家具、青的地毯，使房间显出布尔乔亚的和谐氛围，在这个夜深时刻，像浸了雾似的朦胧恬静。床放在窗的对面，遮在暗影里，上面盖的也是天鹅绒，乌黑的一团，只是浅色床单才透出一点光亮。埃莱娜两手交叉，保持守寡母亲的肃静姿态，发出轻微的呼吸声。

静默中，钟敲一点。街上万籁俱寂。唯有巴黎还向特罗加德罗这片高地传来遥远的回荡声。埃莱娜的呼吸声那么低微，颈部光洁的线条也不起伏。她睡得恬静深沉，面孔侧影清晰，栗色秀发束得很紧，头微微向前斜，仿佛她在听着什么时陷入了梦乡。在房间深处，小室的门开得笔直，在墙上挖出一个方形的黑洞。

但是没有声息传上来。钟敲一点半,整个房间睡意浓重,死气沉沉,钟摆的嘀嗒声也慢了下来。长明灯在睡,家具在睡,小圆桌上,靠近一盏熄灭的灯边,一件针线活也在睡。沉睡的埃莱娜,神气肃穆宁静。

钟敲两点,宁静打破了。从小室的暗影里传出一声叹息,然后又是衣衫窸窣声,接着又静了下来。这时,响起压抑的喘气声。埃莱娜没有动,但是突然她坐了起来。小孩模糊不清地啜嚅刚把她惊醒。她还有睡意,两手按到太阳穴上,这时一声闷叫使她跳到地毯上。

"雅娜……雅娜……你怎么啦?回答我!"她问。

孩子没有出声,她一边跑去拿灯,一边嘀咕说:"我的上帝!她身体不好,我不应该睡的。"她急忙走进隔壁房间,里面已是一片沉静。但是伴眠灯浸满了油,火焰摇摇晃晃,只是在天花板上映出一团圆斑。埃莱娜在铁床前俯下身,开始什么都分不出来。然后,借了一片青光,看到踢开的被子中间雅娜直挺挺躺着,头向后仰,颈上肌肉僵硬。一阵痉挛把这张可怜而又可爱的脸扭歪了,眼睛大睁着,看着窗帘的尖顶。

"我的上帝!我的上帝!"她大叫,"我的上帝!她快死了!"

她放下灯,颤抖的双手去按女儿的手。她找不到女儿的脉息,女儿的心好像停止跳动了,小臂和小腿绷得很硬。这时她害怕、口吃,变得有些疯了:

"我的孩子要死啦,救救命呀……我的孩子!我的孩子!"

她回到房里,四处乱转,跌跌撞撞,不知道往哪儿去,然后又走进小房间,扑在床前,不停地喊救命。她把雅娜抱在怀里,吻她的头发,两手在她的身上到处摸,哀求她回答。一句话,只要一句话。她哪里不舒服?她要不要喝一点那天的药水?可能新鲜空气会使她醒过来?她死命地要听女儿说话。

"跟我说，雅娜！跟我说呀！我求求你啦！"

我的上帝！不知道该做什么！像这样，突然在夜里发生，连亮光都没有。她的思想乱了。她继续跟女儿说话，向她提问题，又代替她回答。是胃不舒服？不，是喉咙。这没什么，需要的是镇静。她努力使自己保持清醒头脑。但是怀里抱着僵硬的女儿的这种感觉，把她的五脏六腑都搅乱了。她望着女儿全身抽搐，无法呼吸。她努力用理智思考，压制自己喊叫。突然，她身不由己又大叫起来。

她穿过餐厅和厨房，喊：

"罗萨莉！罗萨莉……快，找个医生……我的孩子要死了！"

女仆睡在厨房后面的一个小间，惊叫了几声。埃莱娜又跑着回来。她穿了单衫在原地转，似乎没有感到这个二月严冬的夜寒。这个女仆真的由着她的孩子死去吗？才只是过了一分钟，她又回到厨房，走进房间。她重手重脚地摸索着，套上一条裙子，拿起一条披肩往肩上一撩。她撞翻家具，她的失望使这间宁静沉睡的房间充满沉重的响声。然后她穿了一双软鞋，让房门大开，抱着一个人也要找来医生的想法，走下了四楼。女门房把闩绳一拉，埃莱娜到了楼外，两耳嗡嗡响，漫无目的。她迅速沿维欧斯街往下走，敲博丹医生家的门，他给雅娜看过病；一名女仆隔了好长时间才来回答她说，医生外出照看一名产妇去了。埃莱娜在人行道上发急。她不认识帕西区的其他医生，她在路上停留了一会儿瞧着那些房子。风不大，但寒冷彻骨，她穿了一双软鞋走在隔夜落下的浅雪上，眼前总是出现女儿的影子，心里担忧，要是不立刻找到医生，女儿就是给她害死的了。她又沿着维欧斯街往前走，看到门铃就拉。她要一问到底，总有人会给她一个地址的。没有人马上应门，她又拉铃，风吹着她的薄裙子贴在腿上，一绺绺头发飞了起来。

终于，一名女仆走来开门，对她说德贝勒医生已经安歇。她敲了

医生家的门,可见上帝没有抛弃她,这时她推着仆人往里走。她再三说:

"我的孩子,我的孩子要死了……叫他过来一下。"

这是一幢四壁挂满帷幕的小公馆。她就这样走上了一层楼,跟仆人推推搡搡,不管人家说什么她就是回答说"她的孩子要死了"。她走进一个房间,赖在里面不走了。但是一听到隔壁医生在起床,她就走近去,隔了房门说:

"快一点,先生,我求您了……我的孩子要死了!"

医生穿了上衣还没系领带出现时,她挟着他要走,不让他再多穿衣服。他却把她认了出来。她住在隔壁的楼里,是他的房客。

所以,当他要她穿过一座花园,通过两个住宅中间一扇小门抄近路时,她突然想起来,"是的,"她喃喃地说,"您是大夫,我知道……您看,我是急疯了……咱们赶快。"

在楼梯上,她要他走在前面。就是领了上帝回来她也不会如此虔诚。罗萨莉待在楼上陪着雅娜,已把圆桌上的灯点了起来。医生一进房间,就拿起灯,立即去照小孩。小孩还是保持痛苦的僵硬状态,只是头往下滑,脸上急剧抽动。医生足足一分钟没有说话,抿紧嘴唇。埃莱娜焦急地望着他。他看到母亲恳求的目光,喃喃地说:

"会好的……但是不要让她待在这里。她需要空气。"

埃莱娜用力把女儿抱到肩上。她真愿意为他的这句好话吻他的手,一股暖流流过她的身上。但是她刚把雅娜放到自己的大床上,这个女孩可怜的小身子就开始激烈抽搐。医生揭去灯罩,白光照遍全室。他走去打开半扇窗子,要罗萨莉把床拖到帷幕外面。埃莱娜又着急了,嗫嗫嚅嚅地说:

"但是她要死了,先生……喔唷!喔唷……我认不得她了!"

他不回答,全神贯注,盯着雅娜的发病情况。然后,他说:

"到床头去,抓住她的双手,不要让她抓自己……这样轻轻地,用力不要猛……别着急,应该让病发作完。"

两人都俯在床上,抓住雅娜,雅娜的四肢随着激烈的颤动松了下来。医生扣上上衣扣子,把露在外面的脖子遮住。埃莱娜还是包在她撩在肩上的大披肩内,但是雅娜在挣扎时,她拉下了披肩的一角,解开了上衣的扣子。他们一点也没发现,谁都没有看对方。

这时,病情稳定了下来。女孩显得萎靡不振。医生劝妈妈对发病的结果要放心,自己还是不敢懈怠。他目不转睛地望着病人,最后对站在客厅中央的埃莱娜提出几个简单的问题。

"孩子几岁了?"

"十一岁半,先生。"

一阵沉默。他点点头,弯下身翻开雅娜的眼皮,观察她的黏膜。然后他也不朝埃莱娜看,继续提问题。

"她小的时候犯过惊厥吗?"

"犯过,先生,快六岁时就不犯了……她身子很弱。最近几天我看她不舒服。她时常痉挛、失神。"

"您的家属中有人患过精神病吗?"

"我不知道……我的母亲是患肺病死的。"

她犹豫不语,耻于承认祖上有一人被关进了疯人院。她的直系亲属都是很悲惨的。

"注意,"医生急忙说,"又要发作了。"

雅娜刚张开眼睛。一时她朝四周看,神色迷惘,不说一句话;然后,眼珠变得定定的,身子往后仰,四肢伸直僵硬。她脸色通红,突然又发白,白得发青,人又抽搐起来。

"不要放开她,"医生说,"抓住她的另一只手。"

他跑向圆桌,进来时他把小药箱放在了上面。他带来了一只药瓶给小孩嗅，但是这像是狠狠抽了她一鞭子，雅娜身子一震，从母亲手里滑了出来。

“不，不，不要乙醚！”母亲闻到气味叫了起来，“乙醚会使她发疯的。”

两人协力才把她勉强夹住。她痉挛得很厉害，身子顶着脚根和后颈竖了起来，像要折成两段似的。然后她又跌了下来，晃动挣扎，在床的两边来回滚。她握紧拳头，大拇指弯向掌心；她时而张开手指，企图在空中抓到东西把它们扭弯。她碰到母亲的披肩，抓住不放。尤其使母亲感到折磨的，是像她所说的，已认不得她的女儿。她的可怜的天使，平时面容姣好，现在龇牙咧嘴，眼睛抠得很深，露出带青的眼白。

“想想办法，我求求您，”她喃喃地说，“我已觉得没力气了，先生。”

她刚才记起，她在马赛邻居的女儿就是在类似的发病中窒息死亡的。可能医生在哄她，让她安心。她时刻以为脸上感受到的是雅娜的最后一口气，雅娜的呼吸断断续续停下来。这时，痛苦、怜悯与害怕使她心乱如麻，她哭了。小孩踢开了被子，她的眼泪落在小孩无邪的裸体上。

医生还是用柔软的长手指在她的脖子下轻轻捏。病势减弱了，雅娜又慢慢动了几下后完全像死了似的。她又落到了床中央，身子笔直，两臂大张，头托在枕头上，耷拉在胸前。简直像少年基督。埃莱娜弯下身，吻她的前额，吻了很久。

“发作过去了吗？”她悄声问，“您认为还会发作吗？”

他做了一个不置可否的手势，然后回答：“就是发作也不会那么厉害。”

他向罗萨莉要了一只玻璃杯和一瓶水。他倒上半杯水，取出两只小瓶，滴了几滴，埃莱娜帮助他抬起女孩的头，他把这样的一勺药水灌进女孩咬紧的牙关。灯的火焰发白，蹿得很高，照出凌乱的房间，家具都是七歪八倒的。埃莱娜上床时扔在椅背上的衣服，滑了下来横在地毯上。医生踩着一件胸衣，把它捡了起来免得再踩着它。凌乱的床和散在四处的内衣散发出一种马鞭草的香味。这一切显露了女性的神秘，给人一种亲切感。医生自己找来了一个脸盆，把一块布浸湿，敷在雅娜的太阳穴上。

"太太，您要着凉了，"罗萨莉说，她自己已经在打寒战，"可以把窗子关上了吧……风太大了。"

"不，不，"埃莱娜叫，"让窗子开着……行吗，大夫？"

几阵小风吹进来，掀起窗帘。她没有感觉。可是她的披肩完全从肩上落了下来，露出前颈。她的发束也散了，披在身后，有几绺乱发一直拖到腰间。她露出赤裸的双臂，为了动作利落已忘了一切，心中只念着孩子。医生在她面前忙个不停，也没想到不扣纽扣的上衣和雅娜拉下的衬领。

"把她往上抬一抬，"他说，"不，不是这样……把您的手给我。"

他抓住她的手，放到女孩头下，他要再给她灌一勺药水。然后，他叫她到身边来。他把她当做一名助手，她看到女儿显得平静下来，对他信服得百依百顺。

"过来……您把她的头搁在您的肩上，我来听听看。"

埃莱娜照着他说的做了。然后他朝她俯下身，把耳朵贴在雅娜的胸上。他的面孔擦到她裸露的肩膀，听小孩心跳的同时，也简直可以听到母亲的心跳；当他直起身，他的呼吸和埃莱娜的呼吸交织在一起。

"这里没什么不正常，"他静静地说，她也很高兴，"让她躺下，不要再折腾她了。"

但是病又发作了，不过轻得多了。雅娜吐出几声断续不全的句子。隔不多久，有两次症象刚出现就停了。孩子又陷入虚脱状态，好像又使医生感到不安。他把她放到床上，头搁得很高，被子拉到下巴。他监护着她，好像要听到她正常的呼吸声。

这样待了差不多一小时，埃莱娜在床的另一边同样等着一动不动。

慢慢地，雅娜的脸上显得很平静。金黄色灯光照着她。她的脸又恢复了可爱的椭圆形线条，微微有点长，像头温柔的小羊，美丽的双眼紧闭着，大眼皮带青透明。可以想象下面覆盖的是乌光灿烂的眼珠。她的小鼻子微微翕动，有点嫌大的嘴带着朦胧的微笑。她就是这样躺在黑影中，身后衬托的是自己散乱的头发。

"这次，好了。"医生低声说。

他转过身，整理他的药瓶，准备要走。埃莱娜带着祈求的神情走过来。

"哦！先生，"她喃喃说，"不要离开我，再待几分钟。要是再发病……刚才是您救了她。"

他表示没有什么好怕的了。可是他还是留了下来，好叫她放心。她已叫罗萨莉先去睡了。不久，阳光出现了，温柔灰淡的阳光，照着屋顶上的皑皑白雪。医生走过去关窗。两人在寂静中声音非常低地交谈着。

"没什么好担心的了，我向您保证，"他说，"只是在她这个年龄要非常小心……尤其要注意让她过一种平静、幸福、没有波动的生活。"

隔了一会儿，埃莱娜说：

"她很娇弱，很冲动……我不是总能控制她。她会为了一点点小事高兴或发愁，叫我担心……她爱我，爱得很强烈，嫉妒心很重，见我抚摸另一个孩子时也会呜呜哭起来。"

他一边点头，一边不停地说：

"是的，是的，娇弱、冲动、嫉妒……给她看病的是博丹大夫，是吗？我会跟他谈谈她的情况。我们不能再用刺激疗法。她正处在女人一生健康的关键时刻。"

埃莱娜看到他那么热心，感激不已。

"啊！先生，您为我所做的一切，我真不知怎样感谢才好！"

然后，因为她提高了嗓门说这些话，又害怕惊醒雅娜就到床前看她。小孩睡着，满脸通红，嘴上带着淡淡的微笑。房间静了下来，空气中有一种倦怠之情。窗帘、家具、散乱的衣衫，又蒙上一层肃静又平和的睡意。一切都浸没和溶解在通过两扇窗子透进来的暗淡日光中。

埃莱娜站到床与墙的中间，医生在床的另一头。在他们中间是雅娜，正带着轻微的呼吸沉入梦乡。

"她的父亲经常得病，"埃莱娜提到病情时轻轻说，"而我的身体总是很好。"

医生一直没有注视过她，抬起眼睛，觉得她又健康又坚强，禁不住笑了一笑。她也笑了，笑得又和气又恬静。她的健康使她很幸福。

可是他的眼睛没有离开她。他从来没有见过这样无可挑剔的美人：亭亭玉立，端庄华贵。她是一位栗色头发的美神，这是一种泛金光的浅栗色。当她慢慢转头时，她的侧影如雕像般庄严纯洁。她的灰眼睛和洁白牙齿使她满脸生辉。她有一个浑圆稍嫌强壮的下巴，使她看来理智而坚定。但是令医生惊讶的是这个母亲美妙的裸露部分，耷拉下来的披肩没有往上拉，脖子露在外面，两臂还是赤裸的。一条大辫子接近赤金色，滚在肩上，落在乳房之间。她蓬头散发，衣衫不整，又穿了没有扣好的裙子，依然雍容华贵、庄重高傲，在男人的目光中是那么清纯，不由使他感到极大的惶惑。

她一时也在观察他。德贝勒医生是个三十五岁的汉子，不留胡须，脸有点长，灰眼睛，薄嘴唇。她瞧着他，轮到她发现他的脖子也是赤裸的。他们就这样面对面，中间是睡着的雅娜。但是这个空间，刚才还是无比宽阔的，现在好像在缩小。女孩的呼吸声十分微弱。这时，埃莱娜一只手把披肩慢慢往上拉，把自己包住，医生也扣上衣领的扣子。

"妈妈，妈妈。"雅娜在睡眠中喃喃地说。

她渐渐醒来。当她张开眼睛看到医生时，不安了起来。

"他是谁？他是谁？"她问。

她的母亲吻她。

"睡吧，宝贝，你犯了一场病……这是一位朋友。"

女孩显得惊奇。她什么也记不起来。她又困了，一边入睡，一边神情温柔地说：

"哦！我要睡了……晚安，好妈妈……是你的朋友，也是我的朋友。"

医生把药瓶都装进了箱子。他默默鞠个躬，退了出去。埃莱娜听了一会儿孩子的呼吸，然后她出神地坐在床沿上，目光和思想晃晃悠悠。灯依然点着，在日光中变得苍白。

（二）

第二天，埃莱娜想到从礼节上说应该向德贝勒医生道谢。她强迫他跟她走，整夜要他忙着治疗雅娜的病，这样粗暴的做法使她不好意思，又加上这份情意，这可不是医生的一般出诊。可是她犹豫了两天，她厌恶这样去做，道理又说不出来。这样犹犹豫豫更使她惦念着医生。有一天早晨，她遇见他，像个孩子似的躲开了。事后她又对这种难为情的举动很不高兴。她那安详正直的天性也在责备闯入她生活中的这种骚乱。于是她决定当天就去向医生表示谢意。

女孩发病是在星期二到星期三的夜里，此时已是星期六。雅娜也完全康复。博丹医生非常不安地赶来了，提起德贝勒医生毕恭毕敬。他是区里一名可怜的老医生，而他的年轻同事则又有钱又有名。然而他谈话时露出狡黠的微笑，说财富都是德贝勒父亲传下来的，他父亲是整个帕西区很受敬重的人物，儿子只是继承了一百五十万法郎遗产和一批有钱家庭的病人。博丹医生还赶紧补充说，这个年轻人精通医道，他很荣幸能向年轻人请教，谈一谈他的小朋友雅娜宝贵的健康问题。

将近三点，埃莱娜和她的女儿下楼来了，在维欧斯街没走几步就到了邻居的公馆门前打铃。她们两人还是穿了丧服。一名穿制服打白领带的仆人来开的门。她又认出了那个挂东方门帘的大衣帽间，左右两边的花架上都放满鲜花。仆人引她们进了一间小客厅，里面有挂帘和杏绿色家具。他站着等待。这时埃莱娜向他说出她的姓名。

"格朗让太太。"

仆人推开一个客厅的门，客厅装饰黄黑相间，光亮耀眼。他一边退身一边通报：

"格朗让太太。"

埃莱娜到了门槛往后退了一步。她看到房间的另一端壁炉旁边，有一位年轻的太太坐在一张狭小的长榻上，宽大的裙子把长榻都遮住了。在她的对面是一位上了年纪的人，没有脱帽子和围巾，是来作客的。

"对不起，"埃莱娜喃喃地说，"我想见德贝勒大夫。"

她抓住了雅娜的手，因为原先叫她走在前面；这样劈脸遇见这位少妇，她感到吃惊、拘束。为什么她不先说一声要见医生？她也知道医生是有家室的。

正好德贝勒太太刚说完一件事，声音快而尖。

"啊！真是神了，神了……她死得真实极了……看着，她这样抓住自己的胸衣，头往后仰，脸色发青……我跟您发誓绝对不能错过，奥莱丽小姐……"

然后她站起身走到门口，衣衫的声音弄得很响，和蔼可亲地说：

"请进来吧，太太，请请……我的丈夫不在……但是我很高兴，很高兴，说真的……就是这位美丽的小姐那天夜里病得很难受吧……请请，请坐一会儿。"

埃莱娜只得在一张靠椅上坐下，雅娜则胆怯地坐在椅子边上。德贝勒太太身子深陷在那张小卧榻里，带着迷人的微笑说：

"今天是我的日子。是的，我星期六接待客人，于是皮埃尔把每个人都带了进来。有一个星期，他给我带来一位患风湿病的上校。"

"您疯了，朱丽埃特。"奥莱丽小姐喃喃地说。她已上了年纪，是一个穷苦的、看着她出生的世交朋友。

一时没有人说话。埃莱娜对富丽堂皇的客厅看了一眼，窗帘和座椅黑里嵌金，发出一种耀眼的星光。壁炉、钢琴和桌上都是盛开的鲜花。玻璃窗外是花园，亮光从这里进来；花园中的树还没有叶子，地上光光的，管道暖炉发出均匀的热量，使室内很温暖；壁炉内只有一块木柴，已烧成了炭。她又看了一眼后，明白客厅的火光是巧妙安排的。

德贝勒太太有乌黑的秀发，乳白的肌肤。她身材娇小，胖乎乎的，动作缓慢，风度很好。在金黄色的背景中，在浓密黑发的覆盖下，她的脸色泛出红光。埃莱娜觉得她着实可爱。

"惊厥是很可怕的，"德贝勒太太又说，"我的小吕西安以前也犯过，那是很小的时候……您一定担忧得很，太太！好了，现在这个孩子看起来非常好。"

她一边拖长了句子，一边朝埃莱娜看，看到她那么美，又惊奇又高兴。一身黑色孝服裹在寡妇修长呆板的身上，她从来没见过神态那么高贵的妇女。她与奥莱丽小姐交换眼色时不由自主地一笑，表达了她的倾慕之情。她们两人注视她的神情是那么天真与出神，埃莱娜也向她们淡淡一笑。

这时德贝勒太太在长榻上慢慢伸了伸身子，拿起挂在腰带上的扇子：

"太太，昨天轻歌剧院首映，您没去吧？"

"我从来不上剧院。"埃莱娜回答。

"噢！小诺埃米演得神了，神了……她死得真实极了……她这样抓住自己的胸衣，头往后仰，脸色发青……效果妙不可言。"

好一会儿，她议论着女演员的表演，其实她在为其捧场。然后她又谈到巴黎的其他传闻；谈到一个美术展览，她在那里看见了一些闻所未闻的作品；谈到一部愚蠢而又很轰动的小说；谈到一件大胆的艳事；她与奥莱丽小姐说的时候都是话中有话。她就是这样东拉西扯，谈锋很健，语调轻快，这样的生活好像对她再适合不过了。埃莱娜对这个世界是陌生的，仅在一旁听着，偶尔插上一两句简短的回答。

门开了，一名仆人通报：

"德·肖梅特太太和蒂索太太到……"

两位太太进来了，穿着一身盛装。德贝勒太太马上迎了过去；她的黑丝绸长裙装饰十分花哨，下摆很长，每次转身时要用脚跟把它踢开，只听到一阵又尖又快像笛声似的谈话。

"你们多漂亮啊……我从没见过你们……"

"我们是为这次彩票来的，您知道！"

"当然，当然。"

"啊！我们不能坐，我们还有二十户人家要去呢。"

"没事,你们不会就走吧。"

两位太太最后还是在一张长沙发边上坐了下来。这时,笛子又响了起来,声音更加尖:

"嗯?昨天,去轻歌剧院了。"

"哦!好极了!"

"你们看见她解开扣子,把头发一甩了。一切效果都在这两下子。"

"人家说她吞了什么东西脸色发青。"

"不,不,动作都是算准了的……自然先要知道设计。"

"真妙不可言。"

两位太太又站了起来。她们走了,客厅又恢复温暖宁静的气氛。壁炉台上水仙散发浓郁的香味。有一阵,从花园里传过来一群麻雀停落在草坪上叽叽喳喳的吵闹声。德贝勒太太走到正对着她的那扇窗前,拉上花纱窗帘;她又坐回到原来的位子上,客厅内的阳光更加温柔了。

"请您原谅,"她说,"客人照顾不过来。"

她十分热情,跟埃莱娜谈话很有分寸,好像对她的身世有点了解。她是那幢楼的房东,显然跟楼里的人闲聊时听来的。她又大胆又巧妙地——这中间还包含不少友情——跟她谈到她的丈夫,谈到黎塞留街瓦尔旅馆这次可怕的死亡。

"你们刚到没多久,是吗?您以前没来过巴黎……旅途跋涉后的第二天,还不知道到哪儿落脚,就在一个陌生地方遇上了丧事,这真是糟透了。"

埃莱娜微微点头,是的,她经历了可怕的时刻。叫丈夫送命的那场病是突发性的,就在他们到达巴黎的第二天,两人正要一起外出。她不认识一条路,甚至连在哪个区都不知道。整整一星期,她与垂死的丈夫关在一间房内,听到整个巴黎在她的窗下闹哄哄的,感到形单影只、举目无亲,好像落入了孤独的深渊。当她第一次走在巴黎的人行道上时,她已是一名寡妇。至今一想到那个没有装饰、摆满药瓶、放着还没有打开行李的大房间,还会使她打寒战。

"人家对我说,您的丈夫年纪差不多比您大一倍?"德贝勒太太饶有兴趣地问,奥莱丽小姐则伸长了耳朵不让自己漏掉一个字。

"不,"埃莱娜回答,"他比我只大六岁。"

她顺着话题把他们的结婚历史简略地谈了谈:她跟父亲住在马赛小马利亚街,父亲穆雷是开帽子铺的,她的丈夫热烈地爱上了她。格朗让一家人从事制糖业,非常有钱,看到女家穷很气愤,顽固地反对这门亲事。他们得到司法当局的批准后,私下草草结了婚,生活没有保障。直到一位叔叔故世后,给他们遗留了约六千法郎的年金。就在那时候,对马赛深恶痛绝的格朗让,决定迁到巴黎定居。

"您结婚时多大年纪?"德贝勒太太还是要问。

"十七岁。"

"您那时一定很美。"

谈话突然停了下来,埃莱娜好像一点没听到。

"曼格兰太太到。"仆人通报。

一位少妇进来了,谨慎拘束。德贝勒太太稍稍欠身。这是她的一名被保护人,向她道谢来的。少妇待了几分钟,然后行个礼告辞了。

这时,德贝勒太太接上话题,谈的是两人都认识的儒伟神父。这是帕西教区沐恩圣母堂的一名地位低微的守堂教士,但是他充满慈心,使他成为本区最受爱戴、最有影响的教士。

"哦!一位圣人!"她带着一脸虔诚喃喃地说。

"他待我们非常好,"埃莱娜说,"我的丈夫从前在马赛认识他……他一知道我的不幸就把一切都揽了过去,是他让我们住到帕西来的。"

"他不是还有一个弟弟吗?"朱丽埃特问。

"是的,他的母亲又再嫁的……朗博先生也认识我的丈夫……他在朗比托开了一家大商店,专销南方油料和特产,我相信他发了大财。"

她高兴地加上一句:

"神父和他的兄弟常来我家。"

雅娜坐在椅子边沿感到无聊,不耐烦地瞧着母亲。她这张姣好的脸上表现出痛苦,仿佛她们说的这些话都叫她乏味。她好像时不时地嗅到客厅浓重刺鼻的香味,遂向家具斜眼看去,疑虑重重,敏感的天性使她感到难以明言的危险。然后她又带着既傲慢又崇拜的复杂感情,把目光转向母亲。

德贝勒太太察觉到女孩的拘谨。她说:

"这里有一位小姐可受不了大人那样大发议论……来吧,小桌上有图画书。"

雅娜过去拿了一本,但是她的目光越过书转向母亲,带着哀求的神情。埃莱娜觉得这地方不错,正在兴头上没有动,她是个心静的女人,可以坐上几个钟点。可是仆人接连通报了三位女士到来:贝蒂埃太太,德·吉罗太太,勒瓦瑟太太。她认为应该起身告辞了,但是德贝勒太太大声嚷:

"留下来吧,我还要给您看看我的儿子呢。"

壁炉前的圈子扩大了。这些太太都同时说话。其中一位太太自称累坏了,她说连续五天她没有在早晨四点前上过床;另一位尖刻地埋怨起奶妈,简直找不到一个老实的;然后话题又转到女裁缝,德贝勒太太认为女裁缝做不好衣服,只有男裁缝才行。这时,两位太太在悄声咬耳朵,因为房里一下子静了下来,大家听到她们说的三四个字,所有人都笑了起来，用一只无力的手给自己扇风。

仆人通报："马利尼翁先生到。"

一名高大的青年走了进来，衣冠楚楚。他受到大家的轻声欢呼。德贝勒太太没有起身，只是向他伸出手说：

"啊哈！昨天去轻歌剧院了吗？"

"臭！"他大声说。

"什么，臭……她演得神了，当她这样抓住自己的胸衣，头往后仰……"

"得了吧！令人作呕的现实主义。"

于是大家讨论起来。说现实主义确实没有说错，但是这个青年就是不要现实主义。

"分文不值，听好！"他提高嗓门说，"分文不值，这是败坏艺术。"

这样在舞台上才会有好戏看呢！诺埃米为什么不把裙子下摆全部撩上去？他做了一个叫所有太太都大惊小怪的姿势。嘘！可恶！但是德贝勒太太已经对女演员产生的惊人效果有过评论，勒瓦瑟夫人也说有一位夫人在包厢里昏了过去，大家同意这是一个极大的成功。这句话刹住了讨论。

这位青年伸直身子坐在椅子上，四周是敞开的裙子，他似乎跟医生家很熟。他机械地在花架上摘下一朵花放在嘴里嚼。德贝勒太太问他：

"您看了那部小说了吗？"

但是他没让她说完，就摆出优越的神气回答：

"我一年只读两部小说。"

至于那个艺术社的展览会，实在不值得一去。当天的话题都谈完以后，他走去把手臂靠在朱丽埃特的小卧榻上，跟她低声交谈了几句，这时其他几位太太正聊得起劲。

"咦！他走了，"贝蒂埃太太转身喊，"一小时前我在罗比诺太太家见过他。"

"是的，他上勒贡特太太家去，"德贝勒太太说，"哦！他是巴黎最忙的人。"

埃莱娜把这一幕都看在眼里，朱丽埃特对她说：

"一个非常出色的青年，我们都很爱他……他出入交易所，很有钱，还消息灵通。"太太们纷纷告辞。

"再见，亲爱的太太，星期三我把您算上。"

"好的，没问题，星期三见。"

"这么说，那个晚会您去的啰？还不知道还有别的谁。您去我也去。"

"好啊，我去的，我答应您。向德·吉罗先生问好。"德贝勒夫人送客回来，见到埃莱娜站在客厅中央。雅娜握着母亲的手，紧紧挨在她身边。她的蜷曲轻柔的手指拉着母亲轻轻摇晃着朝门走去。

"啊！对了。"女主人喃喃说。

她摇铃叫仆人。

"皮埃尔，告诉史密森小姐把吕西安带来。"

等待的时刻，门又开了，很随便的，没有人通报谁来。进来一个十八岁的美丽少女，后面跟了一个小老头，脸腮又胖又红。

"你好，姐姐。"少女一边说，一边拥抱德贝勒太太。

"你好，波利娜……你好，爸爸……"后者回答。

奥莱丽小姐待在房间角落里一直没移动一步，此刻站起身向勒泰利埃先生行礼。他在卡普辛大街开了一家很大的丝绸店。自从妻子死后，他带了小女儿到处跑，想找一门好亲事。

"你昨天上轻歌剧院去了？"波利娜问。

"哦！妙不可言！"朱丽埃特机械地又说了一遍，她站在一面镜子前，正在整理一绺散落的鬓发。

波利娜像个宠坏的孩子噘噘嘴。

"做女孩子真没意思，什么都不能看……我和爸爸半夜里走到戏园子门口，打听戏演得怎么样。"

"是的，"父亲说，"我们遇见了马利尼翁。他觉得不错。"

"咦！"朱丽埃特大声说，"他刚才还在这里！他说这个戏臭……跟他从来没个准儿。"

"你来了许多客人？"波利娜说，突然换了一个话题。

"哦！人多极了，都是那些太太！家里从来人不断……我要死了……"

她说到一半停下想起忘了作一番正式介绍，"我的父亲和妹妹……格朗让太太。"

于是开始谈论孩子，谈论使母亲忧心忡忡的小毛小病，这时英国保姆史密森出现了，手里携了一个小男孩。德贝勒太太向她厉声说了几句英语，怪她叫大家久等了。

"啊！这是我的小吕西安！"波利娜叫道，她在小孩面前蹲下身，裙子窸窣响。

"别碰他，别碰他，"朱丽埃特说，"这里来，吕西安；过来向这位小姐问好。"

小男孩往前走，样子最多七岁，又胖又矮，有意打扮得像玩具娃娃。当他看到大家都笑着看他时，他停下了，瞪着蓝眼睛惊奇地盯着雅娜。

"去吧。"他的母亲喃喃地说。

他用眼神探询她的意思，又走了一步。他显出男孩的鲁钝，头颈缩在肩里，嘴唇厚而往外努，眉头有点皱。雅娜一定使他感到胆怯，因为她脸色严肃苍白，又穿一身黑衣服。

"我的孩子，你也应该表示友好。"埃莱娜看着女儿态度僵硬地说。

女孩抓了母亲的手腕一直不放，手指在袖口与手套之间的那段皮肤上移动。她低下了头，像个怕生的少女那样惴惴不安，等着吕西安手一碰就准备逃走的样子。可是，当她的母亲轻轻推她，她也往前走了一步。

"小姐，您应该拥抱他，"德贝勒太太一边笑一边又说，"女人总是从他那儿开始聊起来的……哦！乖孩子。"

"拥抱他，雅娜。"埃莱娜说。

女孩抬起眼睛看母亲，好像是男孩的傻样儿叫她心软，他姣好而又窘迫的脸也叫她动了情，她妩媚地一笑。内心温情的突然流露使她变得容光焕发。

"好的，妈妈。"她喃喃地说。

她抱住了吕西安的双肩，几乎把他举了起来，在他的两颊上重重地亲了亲。他接着也很主动地亲了她。

"好极了！"在场的人齐声喊了起来。

埃莱娜行了个礼，走到门前，德贝勒太太陪在旁边。

"太太请留步，"她说，"请您向医生先生转达我们的深切谢意……那天夜里我担心得要死，多亏他救了我。"

"亨利没有在家吗？"勒泰利埃先生插嘴说。

"亨利没有在家，他回来很晚。"朱丽埃特回答。

看到奥莱丽小姐站起身要与格朗让太太一起往外走，她又说：

"不过您得留下跟我们吃饭，这是说好了的。"

这位老小姐每星期六都在等待这份邀请，于是决定脱下披肩和帽子。客厅内空气闷热。勒泰利埃先生刚打开一扇窗，他直挺挺地站在窗前，专心看着一枝已经结蕾的丁香。波利娜和吕西安在因招待客人而搬乱了的椅子和沙发中间奔跑和嬉闹。

这时，德贝勒太太在门边向埃莱娜伸出手，动作友好而坦诚。

"请容许我跟您直说，"她说，"我的先生跟我提起过您，我听了也很感动。您的痛苦，您的孤独……好在我终于见到了您，非常高兴，我相信我们的交往不会仅仅如此而已。"

"这是不用说的，谢谢您。"埃莱娜回答，这位太太对她表示这份热情，使她非常感动，以前她总觉得自己的思想有点违情悖理。

她们的手握在一起好一会儿，满脸笑容地看着对方。朱丽埃特满腔柔情地说出对她突然表示好感的原因：

"您长得那么美，没法不爱您！"

埃莱娜高兴地笑了起来，因为她对自己的美看得很平常，雅娜正专心地注视吕西安和波利娜的游戏，埃莱娜向她喊了一声。但是德贝勒太太还是把女孩留了一会儿，又说：

"你们今后是好朋友了，相互说声再见吧。"

两个孩子相互送了一个飞吻。

（三）

每星期二，埃莱娜请朗博先生和儒伟神父在家里吃晚饭。在她寡居的初期，是他们主动上她家来与她同桌进餐，随意友好，使她至少每周一次不致沉溺在孤独中。后来，星期二的晚宴成了一项不再变易的制度。钟敲七下，入席的人高高兴兴不慌不忙坐到一起，像在做一件本分的事。

那个星期二，埃莱娜坐在窗前，借黄昏的余晖在做一件针线活，同时等待她的客人。她在那里度过恬静的白天，喧嚣声传不到这上面。她喜欢这个大房间，那么安静，布尔乔亚的富丽装饰，黄檀木家具和黄天鹅绒窗幔。当她的朋友不用她操心把她安顿在这里时，最初的几个星期她感到痛苦，陈设太奢华了，朗博先生在这里倾注了他对艺术与舒适的理想，叫自认为对此一窍不通的神父大为折服；但是她最终还是在这个地方生活得很幸福，觉得它像自己的心一样坚强纯朴。厚实的窗帘和深色的贵重家具更增加了宁静感。长达几小时的工作期间唯一的休息，是对着广阔的地平线、对着房顶像波浪翻滚的大巴黎看上一眼。她孤寂的角落就是朝向这个无垠的空间。

"妈妈，我看不清楚了。"雅娜说，她坐在旁边的矮椅子上。

她放下手中的针线活，望着被大片黑暗淹没的巴黎。一般来说，女儿不爱出去。妈妈发了脾气，逼了她才会出去。遵照博丹医生的正式嘱咐，她每天陪女儿到布洛涅森林里待上两小时，这是她们唯一的散步，一年半内她们进巴黎还不到三次。女孩到哪儿都不如在这个蓝色大房间里快乐，埃莱娜不得不放弃让她学音乐。静静的区里响起了管风琴声，会叫她发抖，眼泪汪汪。她帮助妈妈缝制儒伟神父送给穷人的婴儿衣物。

夜色完全暗了下来，这时罗萨莉提了一盏灯进来。她正忙着做饭，显得手忙脚乱。星期二的晚宴是一周中的唯一大事，使这个家庭充满生气。

"太太，先生们今晚不来吗？"她问。

埃莱娜看钟。

"七点差一刻，他们就要来了。"

罗萨莉是神父的一份人情。那天她在奥尔良车站刚下车，就被神父接了过来，至今还不认识一条马路。这是博斯一个乡村的本堂神父，他在神学院修业时的老教友引荐她来的。她矮小肥胖，小帽子下一张圆脸，头发又乌又硬，瘪鼻子，红嘴唇。她做菜手艺一等，因为她的教母是本堂神父的女仆，她跟着在本堂神父家长大的。

"啊！朗博先生来了！"她说，在他还没有打铃前走去开了门。

朗博先生身材高大魁梧，长了外省公证人的一张宽脸。他四十五岁，须发已经完全灰白。但是他的蓝色大眼睛里依然保持了孩子般的惊愕、天真、温柔的神情。

"神父先生也来了，大家都齐了。"罗萨莉说，又走去开门。

朗博先生跟埃莱娜握过手后不说一句话坐了下来，笑眯眯的，完全不像外人。这时雅娜扑到神父面前，勾住他的脖子。

"晚安，好朋友！"她说，"我生了一场大病。"

"一场大病，亲爱的！"

两人都深表不安，尤其是神父，他是一个干瘪的矮个儿，头很大，人长得粗俗，不修边幅，眯缝的眼睛睁开来，闪烁着温柔美丽的光芒。雅娜听任一只手让神父握着，另一只手伸给朗博先生。两个人都拉着她，眼光不安地盯着她看。埃莱娜把那场病的经过说了一遍。神父差点生气了，因为她没有告诉过他。他们向她提问题：这件事至少过去了，女孩没什么了吧？母亲微笑。

"你们比我还爱她，最后会叫我惶惶不安的，"她说，"不，她现在不感到有什么难受了，只是四肢有点疼，头沉重……但是我们会努力把这些治好的。"

"太太，餐桌已经摆好。"女仆走来宣布说。

餐厅内一张桌子，一个餐具柜，八把椅子，都是桃花心木做的。罗萨莉过去拉上红色棱纹布窗帘。吊灯很简单，铜圈里一盏白色瓷灯，照着对称放着的刀叉餐具和冒热气的汤。每星期二，饭桌上说的话都是一成不变的。可是，那天话题自然而然转到了德贝勒医生身上。虽然医生不是一位热心的信徒，儒伟神父还是对他大加赞扬，把他说成是一个为人正直、心地善良、严格的父亲和模范的丈夫，是供大家学习的表率。至于德贝勒太太，她也非常出色，尽管性子有点急躁，这是她受了奇怪的巴黎教育的影响。总之一句话，一对贤伉俪。埃莱娜显得很满意，她也是这样评论这对夫妻的，神父跟她说的话，更使她有意跟他们深交，最初她是有点害怕这种关系的。

"您关在家里太久了。"神父大声说。

"一点不错。"朗博先生一旁附和。

埃莱娜带着安详的微笑望着他们，仿佛跟他们说她有了他们已经足够了，她害怕再有新的朋友。这时钟敲了十下，神父和他的兄弟拿起帽子。雅娜刚刚在房间的一张靠椅上睡着了。他们俯下身去，看到她睡得很沉，露出满意的表情点点头。然后，他们踮起脚走出去，到了外客厅压低声音：

"下星期二见。"

"我忘了一件事，"神父回头走上两级台阶喃喃地说，"费杜大娘病了，您应该去看看她。"

"我明天去。"埃莱娜回答。

神父乐意派她去看望穷苦人家。他们凑在一起压低声音什么话都说，仅属他们之间的事，只言片语就相互了解，在人前从不谈论。第二天，埃莱娜单独外出；自从雅娜到一个全身瘫痪的老病人家进行一次慈善访问回来，有两天老是颤个不停，埃莱娜就再也不带她一起去了。到了外面，她沿着维欧斯街走到雷努阿尔路，进入水巷，这是夹在邻近花园墙头中间的一条怪石梯，也是从帕西高地到河滨道的陡峭小路。高坡下面有一幢年久失修的房子，费杜大娘住在阁楼上，靠一扇圆天窗照明；一张破床，一只跛脚的桌子和一张露出麦秆的椅子，塞得房间满满的。

"啊！好心的太太，好心的太太……"她看到埃莱娜进来，开始唉声叹气。

费杜大娘躺在床上。她尽管穷困，但身子浑圆，像水肿似的，面孔也显得虚胖，僵硬的手把盖在身上的破被子往上拉。她一双小眼睛很尖，声音带哭腔，逢人就滔滔不绝地诉苦。

"啊！好心的太太，我感谢您……喔唷！我可难受死了！像有几条狗在咬我的腰……哦，真的，肚子里有个畜生在咬，哎，是这里，您看，皮肤没有伤，毛病在里面……喔唷！两天来就没停过。善良的上帝，要是真受那样的苦……啊！好心的太太，谢谢！您没有忘记穷人。您会有好报的，是的，您会有好报的……"

埃莱娜坐了下来。看到桌上有一罐冒热气的蒂萨茶，她把旁边的一只杯子倒满，递给病人。在茶罐旁边有一盒糖，两只橘子及其他甜食。

"有人来看过您了？"她问。

"是的，是的，一位矮个儿太太。但是这不清楚……我需要的不是这些，啊！要是我有点肉！那个女邻居就可以放到炉子上煮……哎呀！肚子更痛了。真的，像有条狗在咬……啊！要是我有肉汤……"

尽管她痛得滚来滚去，可是一双尖眼睛盯住忙着在口袋里掏东西的埃莱娜，看到她把一枚十法郎硬币放在桌上，她哀叫得更加厉害，用力要坐起来。她一边挣扎着起来，一边伸出手臂，在她反复说话时硬币便不见了：

"我的上帝！又发作了。不，我不可能再这样下去了……上帝会还您的，好心的太太。我会对上帝说把钱还给您。嗨，全身一阵阵的痛……神父先生答应我您会来的，只有您知道怎么样做。我去买一点肉来。现在痛到大腿了。帮助我，我不行了，我不行了……"

她要转身。埃莱娜脱下手套，尽量轻轻地扶她躺下。她还没有抬起身来，门打开了。她看到德贝勒医生进来不胜诧异，脸上升起红晕。他也会不宣而至去看病人。

"这是大夫先生，"老妇人结结巴巴说，"你们都是大好人，上帝赐福给你们!"

医生向埃莱娜悄悄地行个礼。他进来后,费杜大娘哼得没那么凶了,只是像一个有病的孩子连续发出低低的呻吟。她看出好心的太太和医生是认识的,眼睛便盯住看,从一个人身上转到另一人身上,千皱百褶的脸打着什么鬼主意。医生向她提了几个问题,敲打她的右胸,然后转身向刚坐下的埃莱娜喃喃地说:

"是胆绞痛,没几天就会好的。"

他在记事本上写了几行字,撕了下来,对费杜大娘说:

"拿着,叫人送到帕西路上那家药房,您每隔两小时服一勺配来的药水。"

这时,她又念起祝福辞。埃莱娜依然坐着。医生好像在拖延时间,盯着她看,这时他们的眼光相遇了。然后,他行个礼,审慎起见先走了。他还没走下一层楼,费杜大娘又哼了起来:

"啊!多么正直的大夫……但愿他的药我吃了会好!我应该把蜡烛和上蒲公英捣碎,敷上会使我身上消肿……啊!您可以说您认识一位正直的大夫,您可能认识他很久了……我的上帝!我口真渴!我的血像在燃烧……他结婚了……是吗?他应该有个贤惠的太太和可爱的孩子……总之,好人遇上好人,叫人看了也高兴。"

埃莱娜起身要给她喝水。

"好吧!再见了,费杜大娘,"她说,"明天见。"

"是这样……您多好啊……要是我有衣服穿就好了!您看我的衬衣,已经撕成两片了。我是穷到了底……这没什么,好上帝会把一切都还您的。"

第二天,埃莱娜到的时候,德贝勒医生已经在费杜大娘的家了。他坐在椅子上开药方,而老妇人口齿伶俐地在哭诉。

"现在,先生,沉得像有块铅……真的,我的腰里像有块铅。有一百斤重，我没法翻身。"

但是当她瞥见埃莱娜时，她更说个不停：

"啊！是好心的太太……我正对这位敬爱的先生说她会来的，就是天塌下来她也会来的……一位真正的圣女，天堂的仙女，长相又美，美得街上的人都要跪在地上看她经过……我的好心的太太，病还是不好。这时刻，我这里沉……是的，您给我做的事我都跟他说了，连皇帝也不会做得更多……啊！不爱您这样的人才叫没良心，才叫没良心……"

当她说这些话时，眯缝着小眼睛，头在长枕上滚动，医生向埃莱娜微笑，埃莱娜始终局促不安。

"费杜大娘，"她喃喃说，"我给您带来了几件衣服……"

"谢谢，谢谢，上帝会还给您的……就像这位敬爱的先生，他给穷人做的好事，比所有救济会的人做的还多。您不知道，他给我治病有四个月了，给我送药送汤送酒。有钱人中间像这样的还不多，跟每个人都那么诚恳。又是上帝身边的一位天使……喔，我的肚子简直有幢房子撑着……"

医生也显得很尴尬。他站起身，要把椅子让给埃莱娜，但是她婉言谢绝，虽然她来的时候打算待上一刻钟的。

"谢谢，先生，我有事要走。"

可是，费杜大娘头没有停止转动，把手伸了出来，一包衣服又消失在床底下了。然后她继续说：

"啊！可以说你们两人真是一对儿，我说这话可不是存心冒犯你们。因为这是真的……谁见着了一个也就见着了另一个，正派的人都是相互明白的……我的上帝！请伸过手来帮我转身……是的！是的！他们都是相互明白的……"

"再见，费杜大娘，"埃莱娜说，把椅子留给医生，"明天我恐怕不能来了。"

可是第二天埃莱娜还是来了。老妇人在打瞌睡,她一醒来就认出是她,穿了一件黑衣坐在椅子上,她叫了起来:

"他来过了……真的,我不知道他给我服的是什么药,我身子硬得像块木头……啊!我们谈起了您。他问我各种各样问题,您平时是不是满脸愁容,您是不是老是这个模样……真是一个大好人!"

她说话的声音低了下来,像在等着看她的话在埃莱娜脸上产生的效果,带着向每个人讨好的曲意逢迎的表情,她无疑以为看到好心的太太不满意地皱眉头,因为她那张浮肿的大脸上轻松生动的神气一下子无影无踪了。她结结巴巴又说了:

"我一直睡不醒。我可能中毒了……报知街上有一个女人,就是服了药剂师给的药后死了。"那天埃莱娜在费杜大娘家停留了半个钟点,听她谈诺曼底,她是在那里出生的,那里的牛奶好喝极了。静默片刻后,她漫不经心地问:

"您认识大夫很久了吗?"

老妇人直挺挺躺着,眼皮张到一半又闭上了。

"啊!是的,可不是嘛!"她似乎低声回答,"一八四八年前是他的父亲给我治的病,他陪他父亲来的。"

"有人对我说他的父亲是个圣人。"

"是的,是的……有点疯疯癫癫……比儿子更强。当他的手碰上来时真像天鹅绒做的。"

又是一阵静默。

"我劝您他怎么说您就怎么做,"埃莱娜又说,"他医术很高,我的女儿就是他救的。"

"那当然!"费杜大娘激动地叫了起来,"对他可以放心,有一个小男孩眼看就要没命了,也是他救活的……啊!您没法不让我说,像他这样的人没有第二个。我真是运气好，碰上了好人中的好人……所以，我每天夜里感谢好上帝。你们两人都叫我忘不了，是啊！我在祈祷中也一个没有拉下……让好上帝保佑你们，让你们一切如意！给你们种种恩赐！给你们在天堂中留个位子！"

她身子撑了起来，双手合在一起，好像怀着特殊的虔诚在祷告上天。埃莱娜任她这样摆弄了很久，甚至还面带微笑。老妇人信口把自己贬得那么低，终于让她听了美滋滋的。当她离去的时候，答应老妇人哪天可以起床了，就送给她一顶便帽和长裙。

整个星期埃莱娜照顾着费杜大娘，每天下午探望费杜大娘已成了她的习惯，尤其对走水巷特别感兴趣。这条陡直的小道清凉寂静，叫她喜欢，还因为下雨天从高地流下的水把小道冲洗得干干净净。这条小道只有邻近街道的居民才有点知道，陡坡上经常阒无一人，当她走到那里从上面往下看时，心里总有一种奇异的感觉。然后她大着胆子走进雷努阿尔路边房屋下的拱门。她小步走下七层宽台阶，沿着台阶是一条铺着小石子的阴沟，占了半条窄狭的走道。花园的墙忽而向左突，忽而向右拱，灰色的墙面斑驳陆离。有几棵树树枝伸出很长，叶子纷纷飘落，常春藤像厚地毯似的往下挂，森森草木中只看见几小片蓝色天空，光线非常柔和幽邃。走下半山坡她停步喘气，望着那里的街灯，倾听花园门后传来的笑声，她从来没有见到花园的门开过。偶尔，一个老妇人扶着嵌在右面墙上的乌黑铁栏杆往上走；一位太太撑着太阳伞柄当手杖；一群孩童往下走，鞋底噼噼啪啪响。但是绝大部分时间她是一个人，这条隐蔽不见天日的阶梯像森林中的幽径极有情趣。到了坡前，她抬起头。看到自己刚才冒险走过的陡坡，心里感到微微一震。

她的衣服上还带了水巷的凉意和静谧走进费杜大娘的家。这个贫穷受苦的角落不再使她吃惊，她犹如在自己家里那样做事，感到气闷就打开圆窗，桌子碍着就移走。没有陈设的阁楼、刷白粉的墙、破旧的家具使她回到少女时代偶尔梦想的朴实生活。尤其使她心醉的是她生活中的那种美妙感情：自己护理病人、老妇人不断诉苦、看到身边事物而生的感想、内心颤动和无限怜悯，最后还有怀着明显的焦急心情等来了医生。她问他费杜大娘的病情，然后他们谈一会儿其他事，两人站得很近，眼睛正视着对方。两人产生一种亲切的感情，他们惊奇地发现两人情趣相近。他们经常不用张口就彼此了解，内心一下子涌起同样的善意。对埃莱娜说，在非常情况下形成的这份情意比什么都甜蜜，使她心甘情愿，毫不抗拒地受它摆布。起初她见了医生会害怕。若在自己的客厅里，按照她的本性，她会表现出怀疑和冷淡，但是在这里，他们远离众人，只有一张椅子可坐，这些丑陋不值钱的东西使他们接近、使他们动感情，几乎有一种幸福感。将近一周，他们像共同生活了好几年那样熟悉。费杜大娘的这间内室也因他们共同的善意而充满了光辉。

可是老妇人身子恢复很慢，医生大惑不解。当她向他诉说她的腿沉得不能动弹时，他怪她娇里娇气。她哼个不停，仰面躺着，头转来转去；她闭上眼睛，像特意让他们为所欲为。甚至有一天她好像睡着了，但是她的眼皮下露出一线黑眼乌珠，在窥视他们。终于她应该起床了。第二天埃莱娜把她答应的便帽和长裙带来了。医生还在时，老妇人突然一声喊：

"我的上帝！邻居叫我去照看她的蔬菜牛肉汤呢。"

她往外走，把门在身后带上，让他们两人单独相处。他们继续说话，没有发现已被关在门内。医生要埃莱娜答应有时下午到维欧斯街他家的花园里去走走。

"我的妻子，"他说，"应该向您回访，她会再向您提出我的邀请……这对您的女儿是很有好处的。"

"我是不会拒绝的，我哪能要人家郑重其事地来请我呢，"她笑着说,"只是我怕太冒失……好吧,我们以后再说吧。"

他们还在闲谈。后来,医生感到奇怪。

"她上什么好地方去啦?为了那锅汤走了有一刻钟了。"

埃莱娜这时看到门已经关上。这并没有立即让她受窘,她谈到德贝勒太太,在她的丈夫面前赞不绝口。

但是医生时时朝门那边转过头去,她终于感到别扭了。

"真奇怪她还不回来。"她喃喃地说。

他们的谈话突然中断。埃莱娜不知做什么好,打开了圆窗;当她转过身来时,他们有意不看对方。圆窗像蓝色月亮高高悬在空中,外面传来儿童的哭声,他们确是单独在一起,除了这扇圆窗谁也看不见他们,儿童的声音也在远处消失了;周围是一片颤动的静默。谁也不会到这间隐蔽的小阁楼里来找他们。他们越来越拘谨。这时埃莱娜对老妇人很不高兴,盯着医生看。

"我还有许多地方要去,"他立刻说,"既然她不来我就走了。"

他走了。埃莱娜又坐下。费杜大娘立即回来,连珠炮似的说:

"啊!我可不能再拖了,都怪我心软……亲爱的先生他走了吗?这里连个站的地方都没有。你们俩都是天使,肯花时间陪伴我这个不幸的老太婆。但是上帝都会替我还情的……今天病到了脚上,我只好在台阶上坐了下来。我一点不知道,因为你们一点声音也没出……说来也是我该弄些椅子,只要有一张靠椅就好了!我的床垫很坏了,你们来我真难为情……把这里当做你们的家,若有需要我往火里跳也行。好上帝是知道的,我经常对上帝这样说的……哦,我的上帝!让这位好心的先生和太太的所有欲望得到满足。以圣父、圣子、圣灵的名义,阿门!"

埃莱娜听着她说,感到一种奇异的难堪。费杜大娘浮肿的脸叫她不安,她也从来没有在这间小室感到这样不舒服。她看到了丑恶的贫穷,她为屋内恶浊的空气、要什么没什么而难受。费杜大娘又一刻不停地祝福叫她受不了,她匆匆走开了。

经过水巷却又遇到另一件惨事。从高处往下走到水巷中间的台阶,靠右边有一个坑,是一口废井,井前有栏杆。两天来她经过那里听到洞底有猫叫声。这次她往上走,猫叫声又开始了,非常悲哀,像是临死的哀鸣。这个可怜的动物跌在废井里,慢慢饿死,使她想起就心碎。她加快步子,一心想沿着这层石阶走不敢多逗留,只怕又听到死亡的喵鸣声。

恰巧那天是星期二。到了晚上七点,埃莱娜刚穿上衣,熟悉的门铃声响了两下,罗萨莉去开门,说:

"今天是神父先生第一个到……啊!朗博先生也来了。"

席间谈得很欢,雅娜的身体日益见好,这两兄弟宠着她,居然让她吃了一点她爱吃的生菜,尽管是博丹医生明令禁止的。然后大家进入客厅,女孩趁着兴头搂着妈妈的脖子悄声说:

"我求你了,小妈妈,明天把我带到那位老太太家去。"

但是神父和朗博先生首先责怪她。不幸的人家不能带她去,因为她不会控制自己。最近一次,她就昏迷了两次;有三天甚至在睡梦中,她红肿的眼睛也是泪汪汪的。

"不,不,"她重复说,"我不哭,我保证。"

那时,妈妈一边亲她,一边说:

"不行,我的宝贝,老太太身体很好……我不出去了,我整天陪你。"

(四)

下一个星期,德贝勒太太来访问格朗让太太,她显得又和气又温柔，走到门前正要告退时说：

"您答应我的事可别忘了……天气一好，您就上我家的花园来，把雅娜带来，这是大夫开的一张药方。"

埃莱娜微微一笑。

"是的，是的，这事说定了。可以相信我们。"

三天以后，二月一个晴朗的下午，她跟女儿一起下楼去了。女门房给她开小门。在花园深处一间温室改建的日本式平房内，她们见到德贝勒太太，她的身边是她的妹妹波利娜，她们两人都空着手，在一张小桌子上放着刺绣，她们放上去后已经忘了。

"啊！你们真是太好了！"朱丽埃特说，"请，请这里坐……波利娜，把这张桌子挪一挪……你们瞧，这里坐着坐着还是有点凉的，从这间平房我们可以很好照看孩子……去玩吧，我的孩子，可是小心别跌倒了。"

平房的大窗子打开着，活动玻璃窗框往两边移；这样像在帐篷里，一出门槛不用上下，就可进入前面花园。这是布尔乔亚家庭的花园，中间一片草地，两旁是花坛，朝维欧斯街是一扇简单的铁栅门，关着；一排高高的草木形成屏障，从路那边观察不到里面的动静；常春藤、铁线莲、金银花缠在一起盘在铁门上；在第一道草木屏障后面还竖起紫丁香和金雀花组成的第二道屏障。即使在冬天，不落的常春藤叶和纠结的树枝足够挡住视线。但是美景还是在花园深处，那几棵百年大树——挺拔的榆树——遮住了一幢六层楼黑色墙面，这些树紧紧挨着周围的建筑，造成这仅仅是花园的一个角落的错觉，把这座打扫起来像客厅那么轻松的巴黎小庭院变得无限深邃。在两棵榆树之间挂了一座秋千架，木板已因受潮而发绿了。

埃莱娜看着，为了看清楚而俯着身子。

"喔！这秋千架才针眼那么大，"德贝勒太太漫不经心地说，"但是，在巴黎树木稀少……家里有上六七棵，真是太幸运了。"

"不，不，你们这里很好，"埃莱娜喃喃地说，"很美。"

那天，天色很淡，阳光像金色的粉末，淡紫小花蕾点缀着灰色树皮。沿着小径的草坪上，青草和砾石露出地面，被贴地的一层薄雾遮着，隐隐约约。还没有一朵花，只是欢跃的阳光照在光秃的泥地上，显示了春意。

"现在，还是有点荒凉，"德贝勒太太又说，"到了六月份您可以看到那才是一只真正的鸟窝。隔壁人家由树木挡着根本看不过来，那时我们才是在自己的小天地里……"

但是她没说完却叫了起来：

"吕西安，你不要碰那个水池行吗？"

男孩向雅娜介绍完花园以后，刚把她领到台阶下的水池子前，他开了水龙头，伸出靴子尖头在水下冲。这是他喜欢的游戏。雅娜面色严肃地望着他把脚打湿。

"等一等，"波利娜说着站了起来，"我去叫他别闹。"

朱丽埃特要她别去。

"不，不，你比她还要疯，那天真以为你们两人都洗了个澡呢……真怪，一个大姑娘连两分钟也坐不住……"

她旋转身：

"你听见了吗，吕西安，立刻关上水龙头！"

男孩害怕了，愿意听话。但是他把龙头拧反了，水往下落，又急又响，把他吓昏了头。他往后退，溅得肩上都是水。

"马上把龙头关了！"妈妈又说，脸涨得通红。

这时，一直不声不响的雅娜小心翼翼地走近水池，而吕西安面对发狂的水流心里害怕，又不知怎么办，呜呜咽咽哭了。她用腿把裙子夹住，伸出赤裸的手腕，不让水湿了衣袖就关上了龙头，身上没沾一滴水。洪水突然止住了。吕西安很惊奇，感到钦佩，眼泪不掉了，抬起大眼睛望着那位小姐。

"这孩子真叫我光火。"德贝勒太太又说，她的脸色又恢复苍白，躺下来好像疲惫不堪。

埃莱娜认为应该有所表示：

"雅娜，"她说，"携住他的手，去散步玩。"

雅娜携了吕西安的手，他们严肃地沿着小径小步走。她比他高得多。他的手臂举在空中，像举行什么典礼似的绕着草坪转，但是这种隆重的游戏他们玩得很认真，使人不敢小看他们。雅娜像一位贵妇人，眼光飘忽迷茫，吕西安有几次禁不住要对他的女伴看上一眼。他们相互不说一句话。

"他们真滑稽，"德贝勒太太喃喃地说，笑嘻嘻，态度镇静，"说真的，您的雅娜是个非常可爱的好姑娘……她又听话又懂事……"

"是的，她在做客时是这样，"埃莱娜回答，"她也有闹的时候。但是因为她爱我，为了不叫我难受，她尽量乖。"

太太们谈起了孩子。女孩比男孩早熟，但是不要看了吕西安的傻相就以为他很傻，要不了一年，他变得乖巧一点后，会是个好小伙子。然后话题又转到了住在对面小平房的一个女人，她家真是发生了一些怪事……德贝勒太太说到这里对她的妹妹说：

"波利娜，到花园里去待会儿。"

少女静静地走出去，待在树下。每当谈话转到要在她面前提到难以启齿的事，她总是被人家请了出去，这已成了习惯。

"昨天，我在窗前，"朱丽埃特往下说，"这个女人我看得清清楚楚……她连窗帘也不拉上，真不像话！小孩也可能看到了。"

她声音很低，表情很生气，可是嘴上带着浅浅的微笑。然后她提高声音叫：

"波利娜,你可以回来啦。"

波利娜站在树下神情冷淡地望着空中,等待姐姐把话说完。她走进平房,又坐上她的椅子,朱丽埃特继续对着埃莱娜在说话:

"您没有看见什么吗,太太?"

"没有,"后者回答,"我的窗子不是朝那间平房的。"

虽然少女漏听了一段她们的谈话,她那张白皙的闺女脸仍然表现出仿佛很懂的样子。

"哎!"她还在透过门望着天空,"树上还真有了鸟窝呢!"

这时,德贝勒太太拿起刺绣装装样子。她一分钟绣上两针。埃莱娜不能坐着没事干,要求容许她下一次也带些活来干。她有点闲,转过身细看这间日本式平房。四壁和天花板都贴着勾金线的墙布,上面有展翅欲飞的鹤、颜色鲜艳的蝴蝶和花卉,以及蓝舟徜徉在黄水上的风景。在铺细席的地面上放了坐椅和硬木花盆架,漆器家具上放满形形色色的摆设——铜像、小瓷瓶、五颜六色的奇怪玩具。在角落里一只萨克森大瓷娃娃,屈着两腿,露出大肚子,稍一动脑袋就拼命摇晃,开心得不得了。

"嗯?够丑的吧?"波利娜大声说,她注意到埃莱娜的目光。"姐姐你买的东西都是些次货,你知道吗?美男子马利尼翁说你的这些日本玩意儿都是'地摊货'……对了,我遇见了美男子马利尼翁,他跟一位女士,喔,一位女士,游乐剧场的小弗洛朗斯。"

"在哪儿啊?我要逗逗他!"朱丽埃特起劲地问。

"在大马路……他今天不是要来吗?"

但是她没有得到回答。孩子不见了,这些太太担心了。他们可能在哪里?在她们呼唤他们的时候,有两个尖尖的声音叫了起来。

"我们在这儿呢!"

他们确实在那里,草坪中央,坐在草地上,给一排卫矛遮去了半个身子。

"你们在干吗?"

"我们已经到了旅馆!"吕西安叫道,"我们在自己的房里休息。"

她们对他们看了看,非常开心。雅娜也兴致很高参加游戏。她在割身边的草,显然在准备午餐。他们在树丛下捡了一块木板当做行李。现在他们在闲谈。雅娜很兴奋,充满信心地重复说他们是在瑞士,他们要去参观冰山,这好像叫吕西安很吃惊。

"咦!他来了!"波利娜突然说。

德贝勒太太转过身,窥见马利尼翁走下台阶。她几乎没让他有时间行礼和坐下。

"好哇!您真可爱!到处宣扬我家里的东西仅是些次货!"

"啊!是的,"他平静地说,"这个小客厅……肯定都是些次货。您只有一样东西值得一看。"

她非常恼火。

"怎么,是那个丑娃娃?"

"不是,不是,这些都很布尔乔亚……要有些情趣。您又不愿意我给您布置……"

这时她打断他的话,脸色通红,真的生气了。

"您的情趣,说说看!您的情趣,可高尚呢……有人遇见您跟一个女人……"

"哪个女人?"他问,对攻击的激烈很感意外。

"眼光不错呀,我向您祝贺。这个女人,全巴黎……"

但是她看到了波利娜就不说下去了,她忘了波利娜在场。

"波利娜,"她说,"到花园里去待会儿。"

"啊!不去,烦死人了!"少女说,她反抗了,"动不动要我走开。"

"到花园里去。"朱丽埃特更加严厉地说。

少女很不乐意地往外走,然后她转过身加一句:

"那么,快点。"

等到她一走开,德贝勒太太又揪住了马利尼翁。怎么像他这样杰出的青年可以跟这个弗洛朗斯在大庭广众露脸?她至少有四十多了,丑得叫人害怕,乐队里的人只演了几场,个个跟她混得挺熟。

"您说完了吗?"波利娜叫道,她在树底下赌着气散步,"我无聊极了。"

但是马利尼翁为自己申辩。他不认识这个弗洛朗斯,从来没有跟她说过话。看到他跟一个女士一起是可能的,有时他陪伴朋友的妻子外出,然而是什么样的人看见他啦?要有人证物证。

"波利娜,"德贝勒太太突然提高了嗓门问,"你不是遇见他跟弗洛朗斯一起吗?"

"是的,是的,"少女回答,"在大马路,比尼翁酒店对面。"

这时马利尼翁露出尴尬的笑容,德贝勒太太得意洋洋地大声说:

"你可以回来了,波利娜,这里没事了。"

马利尼翁第二天在戏剧乐园订了一个包厢。他殷勤地请德贝勒太太去,对她的奚落毫不介意;再说,他们也总是拌嘴。波利娜要知道她是不是也可以看演出;因为马利尼翁边笑边摇头,她就说这很笨,剧作家应该写些让少女可看的剧本。他们同意带她去看《白夫人》和上古典剧院。

可是这几位太太都不去注意孩子了。突然,吕西安发出可怕的叫声。

"雅娜,你对他怎么了?"埃莱娜问。

"我对他没什么呀,妈妈,"少女说,"是他自己跌倒在地的。"

事实是这些孩子刚要去爬所谓的冰山。因为雅娜假设这是在高山上，他们两人都抬高了腿要跨过岩石。但是吕西安玩得气喘吁吁，一脚踩空，跌在花坛中央，一倒地就孩子似的又气又恼放开嗓门哇哇大哭。

"扶他起来。"埃莱娜又叫。

"他不肯，妈妈。他在地上打滚。"

雅娜往后退，看到这个男孩那么没有教养，仿佛很吃惊和生气。他不知道怎么玩，他肯定会把她弄脏的。她嘟着嘴像受了牵连的贵妇人。这时，德贝勒太太被吕西安叫得不耐烦，求妹妹去拉他起来，叫他闭嘴。波利娜求之不得，她跑过去，扑倒在男孩的身旁，跟他滚在一起。但是他挣扎，不愿意人家扶他起来。于是，她两臂夹住他的腋下站了起来。为了叫他安静：

"别叫了，闹鬼！"她说，"咱们去荡秋千。"

吕西安突然不出声了，雅娜严肃的神色瞬间洋溢了喜气。三个人都朝秋千跑去，波利娜坐到了秋千架上。

"你们推我。"她对孩子们说。

他们伸出小手用尽全力推。只是她很沉，只推动了一点点。

"推啊！"她又说，"喔，这些笨孩子不懂怎么推。"

德贝勒太太在平房里身子一颤。她觉得尽管太阳很好，天气却不热。她请马利尼翁把挂在长插销上的白色羊绒斗篷递给她。马利尼翁站起身把斗篷披在她的肩上。他们两人亲热交谈的事，引不起埃莱娜的兴趣。她感到不安，怕波利娜不留意撞倒了孩子，就走进了花园，让朱丽埃特和青年人讨论他们感到很兴奋的帽子款式。

雅娜一看到母亲，就嗲声嗲气地走近来，显出若有所求的样子。

"哦！妈妈，"她喃喃说，"哦！妈妈……"

"不行，不行，"埃莱娜心里非常明白，回答说，"你知道你是不许这样做的。"

雅娜喜欢荡秋千。她觉得自己变成了一只飞鸟，她说。吹在脸上的风，突如其来的飞跃，不停地来回摆动，像飞翔那样的节奏，给她一种腾云驾雾的美妙冲动。她相信自己上天了，可是结局总是不好。有一次，她抱住秋千的绳索昏迷过去，眼睛睁得大大的，四肢悬空，充满恐惧。又有一次，她像中了铅弹的燕子，身体僵硬，跌了下来。

"哦！妈妈，"她继续说，"一会儿，就一会儿。"

她的妈妈为了求太平，终于让她坐在秋千架上。女孩容光焕发，表情恭敬，快活得微微发颤，赤裸的手腕动个不停。因为埃莱娜推得她非常轻，"使点劲，使点劲。"她喃喃地说。

但是埃莱娜不听女孩的，她决不离开秋千绳。她自己也活跃起来，脸上发红，跟着秋千板一起来回颤动。平时的严肃神态转化成跟女儿的朋友情谊。

"够了。"她说，把雅娜抱了起来。

"那么，你来荡，我求你，你来荡。"女孩说，搂着她的脖子不放。

她就是爱看自己的母亲——像她说的——飞起来，看她玩比自己玩还要快乐。但是妈妈笑着问谁来推她呢；这不假，她玩的时候荡得比树还高。恰在这个时候，朗博先生由门房领着走了进来。他在埃莱娜家里遇见过德贝勒太太。埃莱娜不在自己的公寓里，他就擅自过来了。德贝勒太太显得非常客气，这位正派人的仁慈态度使她感动。然后她又与马利尼翁继续热烈讨论。

"好朋友来推你！好朋友来推你！"雅娜叫道，绕着母亲身边跳。

"你给我闭嘴！我们不是在自己家里。"埃莱娜装出严肃的样子。

"我的上帝！"朗博先生喃喃说，"您想玩，我悉听吩咐。在乡下的时候……"

埃莱娜心动了。她在少女时代，会玩上几个小时不停。这个游戏使她回忆起往事，她就跃跃欲试。波利娜跟吕西安坐在草坪边上，她是一位不拘俗礼的少女，神色坦然地插进来说，"是的，是的，这位先生来推您……接下来他推我。是吗，先生，您会推我的吧？"

这下使埃莱娜下了决心。在大美人冷若冰霜的表情下蕴蓄着的青春朝气，痛痛快快、高高兴兴发泄出来。她像寄宿生那样单纯和快乐。尤其她不矫揉造作。

她笑着说，她不愿意让腿露出来，于是要了一根绳子把裙子系在脚踝上。然后，她爬到秋千板上站住，双臂撑开，抓住绳子，快活地说：

"推吧，朗博先生……先是轻轻的！"

朗博先生把帽子挂在一根树枝上。他的宽大善良的脸发亮，露出父爱的微笑。他确认绳子结实了再查看树木，才决定轻轻推。埃莱娜才第一次脱去丧服。她穿灰色长裙，配上紫色花结。她站直身子，开始慢慢地像摇篮似的掠过地面。

"推吧，推吧！"她说。

这时朗博先生伸出双臂，抓住晃动的秋千板，把她猛地一推。埃莱娜往上升，随着板子一下比一下晃得高。节奏有条不紊。她还是不苟言笑，美丽的脸上没有表情，两只眼睛熠熠发光。只有鼻孔像灌满了风鼓鼓的。裙子的摺裥没有一条拂动，发髻上的一条辫子松了开来。

"推吧！推吧！"

猛地一推把她抛向空中。她愈晃愈高，进入了太阳。她掀起一阵清风，在花园里吹动。她晃得那么快，已经身影难分。现在她应该在笑，面孔桃红色，眼睛像流星那样划过天空，她的辫子散落在脖子上。

裙子尽管系着绳子，还是飘了起来，露出白色的脚踝。看得出她很轻松，她挺着不受约束的胸脯在空中悠然自在。

"推吧！推吧！"

朗博先生汗水淋漓，面孔通红，使出浑身的力气。有人叫了一声。埃莱娜还在升高。

"妈妈！哦！妈妈！"雅娜出了神反复说。

她坐在草坪上，瞧着妈妈，小手紧紧握在胸前。仿佛她把吹过来的空气都吸了进去，她换不过气来，肩膀不由自主地跟着秋千一摇一晃的：

"再使劲！再使劲！"

她的妈妈还在升高。她的脚碰上了树枝。

"再使劲！再使劲！哦，妈妈，再使劲！"

埃莱娜高悬空中。树枝被风吹弯了似的，发出断裂声。她的裙子盘旋升空，好像在风暴中噼啪作响。当她张开双臂，挺起胸脯下降时，她低下了头，滑翔了一秒钟；然后，又是一冲把她带到高处，头向后仰，闭着眼皮飘忽迷糊地再跌下来。这样上上下下使她感到眩晕，感到快乐。她在高空像进入了太阳，进入了二月里洒落金色尘埃的金色太阳。她的栗色秀发闪耀着琥珀的光辉，点着了火。全身简直像是在燃烧，而她的紫色丝带在发白的长裙上如同火花那样闪烁。春天围绕着她而诞生，玫瑰色花蕾如彩色的漆一般点缀蓝空。

那时，雅娜双手交叉。在她看来，她的母亲宛如一位头绕光环、朝着天堂飞去的圣女。她还在断断续续地嘟囔："哦！妈妈，哦！妈妈……"

德贝勒太太和马利尼翁也来了兴趣，走到树底下。马利尼翁觉得这位太太很勇敢。德贝勒太太则神色惊慌地说：

"换了我肯定心都翻出来了。"

埃莱娜听到，从树枝中间这么说：

"哦！我的心可强壮呢……推吧，推吧，朗博先生。"

确实她的声音依然平静如常。她好像不在乎待在那里的两位先生，显然他们并不碍着她。她的发辫早已乱了，发绳大概也松了，裙子发出旗子飘动的声音。她在往上升。

但是突然，她叫道：

"好了，朗博先生，好了！"

德贝勒医生刚刚出现在台阶上。他走过来，温柔地亲吻妻子，把吕西安举起来亲吻他的额头。然后，他带着微笑瞧埃莱娜。

"好了，好了！"埃莱娜继续说。

"为什么呢？我打扰您啦？"

她没有回答，变得神色庄重。秋千还在晃动，一点没有停止，依然有规则地大幅度摇摆，把埃莱娜送得很高。医生惊喜交加，很欣赏她，她是那么出色，高大健壮，像古代雕像那么纯洁，在春天的阳光中又是那么娇柔。但是她像有点气恼，突然跳了下来。

"慢！慢！"每个人都叫了起来。

埃莱娜低低呻吟了一声。她跌在砾石小径上，站不起来。

"我的上帝，多么不小心！"医生说，脸色非常苍白。

大家慌忙过来围着她。雅娜大哭，朗博先生自己也支持不住，还是把她扶了起来。医生急切地问埃莱娜：

"是右腿着地的吗……您站不起来了？"

她跌昏了头，没有回答，他又问：

"您痛吗？"

"膝盖里隐痛。"她困难地说。

这时他叫妻子去找药箱和绷带。他再三说：

"应该看看，应该看看……不会有什么的。"

然后他跪在砾石上，埃莱娜让他检查。但是当他伸手过来时，她勉力起身，把裙子围住脚边。

"不，不。"她喃喃说。

"可是，"他说，"应该仔细看看……"

她身子微微一颤，声音更低地又说：

"我不想……没什么的。"

他先是吃惊地瞧着她，她连脖子都红了。有一时，他们四目交织，好像看到了对方的灵魂深处。这时他也惶惑了，慢慢站起来，依然留在她身边，不再坚持要给她检查。

埃莱娜向朗博先生示意，在他的耳边说：

"去找博丹大夫，把发生的事告诉他。"

十分钟后，博丹医生来了，她鼓着超人的勇气站了起来，靠着他和朗博先生回到了自己家里。雅娜跟在她的后面，哭得身子一颤一颤的。

"我等着您，"德贝勒医生对他的同行说，"免得我不放心。"

花园里又热烈谈论起来。马利尼翁大叫，女人的念头就是怪，这位太太干吗就是喜欢往下跳？波利娜见一桩好事成了一桩祸事很扫兴，觉得给人推得这么重有欠谨慎。医生没有说话，好像心神不宁。

"没什么，"博丹医生又回来说，"轻微挫伤……只是她至少两星期离不开靠椅……"

德贝勒先生于是亲切地拍马利尼翁的肩膀。他要妻子回到房里去，因为天气凉多了。他自己抱着吕西安吻个不停。

（五）

房间的两扇窗开得很大；房子竖立在高地上，墙脚下是一个深渊，巴黎就是深渊中无限延伸的一片平原。钟敲了十下，二月晴天的早晨已有春天的温柔气息。

埃莱娜躺在长椅上，膝盖依然系着绷带，在一扇窗前看书。她已不感到痛苦，但是一周来她钉死在那里，连平时的针线活也不能做。她穷极无聊，打开一本书放在小圆桌上，但是从来不念。这本书她每天晚上是用来遮伴眠灯的，朗博先生给她的小书柜里装满了正经书，一年半来她取出来的只是这一本。通常，在她看来小说虚伪和幼稚。这一本是华尔德·斯各特的《撒克逊劫后英雄略》，起初读了觉得沉闷，后来又产生了一种说不出的好奇心。她看完了偶尔很动情，感到困时，任着书从手中滑落，好几分钟眼睛定定地望着地平线。

那天早晨，巴黎懒洋洋地带着微笑醒来。塞纳河谷的雾气淹没了两岸，这是一层淡淡带乳白色的蒸汽，被愈来愈大的太阳照得透亮。在这层飘忽不定的纱笼下，城市的景色模糊不清。窟窿中的厚云染上一层蓝色，广大的空间逐渐透明；透过特别细洁的金尘，仿佛看到交错纵横的街道；更远处圆顶和塔尖刺穿浓雾；灰色的楼影高高矗立，四周还环绕着破碎的云絮。有时，一片片黄色的雾气散开，像一头巨鸟沉重的翅翼，然后像被空气吞没得无影无踪。在这片无垠之上，在压住巴黎上空的乌云上，天空深邃开阔，非常清澈，蓝得那么淡，几乎成了白色。太阳上升到轻柔的光芒中。金色的光四处照射，使空间充满暖洋洋的颤抖。这是节日，至高无上的和平，无限的亲切欢乐，而城市在光芒照射下，懒洋洋提不起精神，迟疑不决地从面纱下露出真面目。

一星期来，埃莱娜就只是望着展开在眼前的大巴黎作为消遣。她永远也看不厌巴黎像海洋一样深不可测和变幻无常。早晨净洁，晚上火红，随着天空的反应表现欢乐和悲哀。一道阳光照得城市气象万千，一朵乌云会引起浊浪滚滚。巴黎永远不断地更新，平静如镜，霞光万道，狂风怒号，时而大地上一片青灰，时而屋脊上光亮耀目，时而又大雨滂沱，使宇宙混沌不明。埃莱娜坐在窗前感到了在海面上经历的一切忧郁和希望；她甚至相信晚上吹来了海风，闻到了咸味。就是城内不停的喧哗声，也使她听来宛若拍打悬崖的浪声。

书从她的手里滑了下来。她的眼睛望着前方出神，当她这样做时，是需要中止阅读，需要理解和等待。有意不马上满足自己的好奇心，在她只是一种享受。书本的内容使她激动，透不过气来。恰在那个早晨，巴黎使她的心感到喜悦和隐约不安。事情还不知道，然而猜到了一半，任其慢慢渗透，心里觉得自己开始了第二次青春，有一种强烈的魅力。

这些小说就是在撒谎！她从来不阅读是有道理的。头脑空空的人觉得故事非常动听，他们对生活没有实际的认识。然而她还是受到了迷惑，不由自主地想到了艾凡赫骑士，被两个女人热恋，美丽的犹太人吕蓓卡和高贵的夫人罗芙娜。她觉得她喜欢像罗芙娜夫人那样爱得高傲沉着。爱！爱！这个词她没有说出口，但是在她心中颤动，使她惊异，使她发笑。远处，苍白的云片被微风驱赶，像一群天鹅在巴黎上空遨游。大团迷雾徐徐移动，塞纳河左岸显了出来，悸动模糊，像在梦中见到的童话世界；但是一团蒸汽压了过来，这座城市沉浸在泛滥的水雾之中。现在雾向四处均匀散开，形成一片美丽的湖泊，白色水面上看不到波纹。只有一条更浓的水流，弯曲带灰，表示这是塞纳河。慢慢地在这片平静如镜的水面上，有阴影移动，仿佛几艘红帆船，少妇沉思的目光一刻也不离开它们。爱吧，爱吧！她对着自己漂游的梦想微笑。

这时，埃莱娜又拿起了自己的书，她读到进攻城堡这一章节，那时吕蓓卡照料受伤的艾凡赫，并在窗前把目睹的战斗转述给他。少妇觉得自己生活在美丽的谎言中，她徜徉在里面犹如徜徉在一个理想的长满金果的花园，尽情享受各种各样的幻想之乐。最后，读到这一章结束，吕蓓卡裹着头巾在熟睡的骑士身边体贴温存，这时埃莱娜的书又落在地上，内心充满激情，无法读下去。

我的上帝！这些事都是真的吗？她仰卧在长靠椅上，全身一动不动，麻木了，她呆望着沉浸在金色阳光下神秘的巴黎。受到小说情节的启发，她想起了自己的身世。她看到自己还是一个少女，跟父亲制帽商穆雷一起住在马赛。小马利亚街很昏暗，房屋里放着制帽商用的一盆热水，就是晴天也散发淡淡的潮气。她又看到长年患病的母亲，用苍白的嘴唇吻她，不说一句话。自己的小房间终日不见阳光，家里的人总是在她的身边辛勤工作，仅是勉强挣个温饱：这便是一切。结婚以前，就是这样日复一日，没有起伏。有一天早晨，她和母亲从市场回来，她拎了装满菜的篮子撞上了格朗让家的儿子。夏尔转过身，跟在她们身后。她的全部爱情故事仅此而已。三个月来他们不断相遇，他谦逊拘谨不敢接近她。她十六岁，知道这个仰慕者是个富家子弟，感到很自负。但是她觉得他长得丑，常常取笑他，夜里在潮湿的大房间睡得很平静。然后家里人使他们结成了夫妻。这桩婚姻至今她还莫名其妙。夏尔崇拜她，晚上她就寝时，他跪在地上吻她赤裸的双脚。她充满好意地微笑，还责怪他太孩子气。于是开始了一场灰色的人生。十二年中她已记不起有什么突出的事，她很平静、很幸福，脸不发烧心不跳，整日埋头为穷夫妇的家务事操心。夏尔亲吻她大理石的双脚，而她对他表示宽容和母性。仅此而已。她突然看到瓦尔旅馆的房间，死亡的丈夫，摊在椅子上的丧服。她像母亲逝世的冬夜那样痛哭流涕。然后日子又开始扭转了。两个月来，她觉得跟她的女儿日子又过得非常幸福和平静。我的上帝！如此而已吗？当这本书说到使一生光辉灿烂的伟大爱情时，究竟是在说些什么？

在地平线静睡的湖面上流过长长的涟漪，然后湖面像是突然开裂，出现了几条裂缝，整个湖面发出分崩瓦解的预兆。太阳高悬空中，光芒四射，威武地把浓雾驱散。徐徐地，大湖似乎在枯竭，仿佛有一条无形的溢洪道把平原抽干。刚才还是浓厚的迷雾逐渐稀薄透明，呈现出彩虹的强烈色彩。整个左岸地区一片青色，愈往后愈深，顺着植物园一直到底成了淡紫色。在右岸，杜伊勒利区像一块粉红色的地毯，浅浅淡淡的，而往蒙马特尔方向像一团炭火，黄中透红；然后更远处，郊外工人区罩在砖红色中愈远愈暗，终于转化成石板瓦的青灰色。城市还在颤抖，在逃逸，令人看不真切，就像在海底，肉眼只是通过清澈的水去观测令人毛骨悚然的海藻水草，汹涌澎湃的激流和一闪而逝的怪物。可是，水位始终在下降，只剩下零零星星的几团细雾。最后细雾也一团一团消失了，巴黎的景象一刻比一刻清晰，从梦境中露了出来。

爱！爱！在她目睹浓雾化尽的时候，为什么这个词在她心里引起这样的温情？她不是也爱过自己的丈夫，照料他像照料孩子似的吗？但是一个痛苦的回忆苏醒了，母亲死后三星期，父亲在挂着妻子长裙的小屋内悬梁自尽。他身子僵硬地在那里度过临终时刻，头埋在一条裙子里，身子裹在衣服里，上面还残存他一直钟爱的人的余温。然后，遐想中又有一个突然的转变，她想到了家务琐事，想到当天早晨跟罗萨莉没有算完的当月开支，她对自己持家有方感到十分骄傲。三十多年来，她在生活中绝对讲究尊严和坚强，唯有正义才使她兴奋。当她回顾过去，找不到片刻的软弱，她看到自己步子平稳地走在一条平坦笔直的道路上。当然，时光流逝，她还会继续平静地走下去，伸脚碰不上一块障碍。这也使她变得严厉，对这些被英雄主义搅乱人心的虚伪人生抱着愤怒和轻蔑的态度。真正的人生是她的人生，在一片和平中度过。但是，在巴黎上空，只有一片淡淡的烟，一层浅浅的雾，它们在颤动，快要散尽。一种突如其来的温情侵入了她的内心。爱！爱！一切都受到这个词的爱抚，即使她对诚实的骄傲也是如此。她的遐想变得那么飘忽，以致她沉浸在春天的气息中不再思想，两眼湿润润的。

这时，巴黎慢慢显露，埃莱娜又去取书。不见一丝微风吹过，这像是一个提示。最后的轻雾飘动上升，消失在天空。城市没有一块暗影，在凯旋的阳光下一览无遗。埃莱娜手托着下巴，凝视大地的苏醒。

一望无际的山谷中，房屋层层叠叠，在山丘隐没的一面，露出栉比鳞次的屋顶，而在高低不平的地面上，房屋此起彼伏，绵延到看不见的乡村。这是涨潮时的海面，带着它的滚滚不尽和变化莫测的波浪。巴黎向前延伸，像天空一样宽阔。这座城市在清晨灿烂阳光照射下，如同一片成熟的麦田。这幅大画面简洁单纯，只有两种色彩，淡蓝的天空和赭黄的房顶。春天的曙光照临也使万物看来圣洁幽雅。光线那么纯，细枝末节都看得清清楚楚。巴黎的石头建筑纵横交错，却像在水晶中那样熠熠发光。然而明亮静止的清澈中时时吹过一阵风，于是像透过看不见的火焰，看到街区平缓的线条颤动起来。

埃莱娜首先对呈现在窗下的宽阔街景，从特罗加德罗斜坡到河滨大道，感到兴趣。她要弯下腰才能看到赤裸裸的战神广场，远处被军事学院的深色铁栏栅隔开。在下面大广场、街道和塞纳河的两岸她看到了行人，他们如从蚂蚁窝中爬出来的小黑点子，很有生气；一辆黄车厢公共汽车打出一颗火星；货车马车穿过桥梁，像儿童玩具那么大，身躯娇小的马却像一些机械零件；沿着人行道植草皮的斜坡上有不少散步的人，其中一个女用人穿了白胸衣使草地亮了一块。埃莱娜抬起眼睛，而此时人群散开了，消失了，车辆也成了几颗沙粒。城市仿佛空了，荒了，仅剩下巨大的骨架，只是靠了内在的悸动才表示出生命。那里，在前景的左面，军需品厂的大烟囱上烟雾袅袅，而在河的对岸，荣军院广场和战神广场之间，一片大榆树占了公园的一角，清晰见到裸露的枝桠，顶尖已经变圆见绿。中间是塞纳河，夹在两道灰色的堤岸之间，愈流愈宽，浩浩荡荡，堤岸上排满从船上卸下的木桶，高耸的蒸汽吊车架，排成行的双轮载重车，很像是一座海港码头。埃莱娜不时地把目光转向这片发光的水流，看到小船像黑色海鸟似的驶过。她远远眺望，把这条美丽的河流一览而尽。河流像一条银带把巴黎截成两块。这天早晨河水映着红霞奔流，地平线上没有比这更耀眼的光芒了。少妇的目光首先看到的是荣军院桥，然后是协和桥、王宫桥；桥一座又一座，一座更接近一座，叠到一起，构成奇怪的多层旱桥，中间有各种形状的桥孔；河流通过这些轻盈的建筑物间隔处，露出板板块块的蓝水，愈往前变得愈淡愈窄。她把目光抬得更高，那边河水分流到杂乱无章的房屋之间；城岛两边的桥成为连接两岸的线，圣母院的金色塔顶像矗立在地平线上的界石；越过这些界石，河流、房屋、树丛都只是阳光下的灰尘。这时她感到眼花，不再去看巴黎这块气势磅礴的中心地带，城市的全部精华都像在这里烧了起来。在右岸，香榭丽舍大街中间，工业宫的大玻璃闪出雪光；更远处，圣玛德兰教堂扁平像块墓碑，后面矗立着庞大的歌剧院；然后，还有其他的建筑物，穹顶、塔楼、铜柱广场大柱子、圣文森·德·保尔教堂、圣雅克塔楼，更近有新卢浮宫和杜伊勒利宫沉重的立体形建筑，有一半掩蔽在栗树林中。在左岸，荣军院的圆顶上金水流淌。再过去，圣苏尔比斯的两座高低不同的塔楼在阳光中显得苍白；在后面，在圣克洛蒂尔德教堂新修的尖顶右边是发青的先贤祠，方方正正矗立在一块高地上，俯视全城，在天空中展示它细长的圆柱，在空中一动不动，像系了线的气球，带丝绸的光色。

现在，埃莱娜缓缓地转动眼珠，把全巴黎浏览了一遍，屋顶的起伏表示了山谷的深浅，磨坊岗带着它的老石板瓦像水浪高高掀起，而大马路这一条线像河流向下倾斜，房屋纷纷往里钻，瓦片也看不见。在这清晨的时刻，斜阳照不到特罗加德罗方向的门面。没有一扇窗子有光。只有屋顶上的玻璃窗映射出反光，在四周红色陶瓷盆之间发出强烈的云母般的光彩。房屋还是灰色的，上面带有反光的暖色；但是有几处灯光宛如这个区的缺口，在埃莱娜面前笔直的几条长街，也以闪射的阳光把阴影切成几段。只是左面蒙马特尔高地和拉雪兹墓地在平坦的地平线上形成土包，浑圆得没有一道裂痕。前景中明明白白的细部，烟囱上数不清的凹凸，千万扇窗户上的黑色影线，渐趋暗淡，黑蓝相间，在看不到尽头的城市纷扰中模糊不清，而肉眼达不到的郊区则像是卵石滩的延伸部分，被一片紫色掩盖在广漠明亮的天色下。

埃莱娜神色庄重地在看，这时雅娜高高兴兴地走了进来：

"妈妈，妈妈，你看！"

女孩捧了一大束黄色桂竹香。她笑着说她候着罗萨莉从菜场回来，好翻看罗萨莉的菜篮子。搜菜篮子是她的一大乐事。

"看呀！妈妈！这个在篮子底下……你闻一闻，香极了！"

黄里带紫的花束芬芳迷人，满室生香，这时埃莱娜充满激情地把雅娜拉到怀前，桂竹香落在她的膝盖上。爱！爱！当然她爱自己的孩子。她一生中都怀着这种伟大的爱，难道还不够吗？这种爱甜蜜平静，始终不渝，亘古不变，应该使她满足了。

她把女儿搂得更紧，仿佛为了驱散威胁她们分离的念头。而雅娜也听任母亲抚爱，她眼睛湿润，细细的脖子撒娇地靠在母亲的肩上扭来扭去。然后，她的一条手臂伸到母亲的腰后，温顺地把脸贴在母亲的胸前不动了。桂竹香在她们之间散发香味。

她们很长时间不说一句话。雅娜身子没有动，声音轻轻地说：

"妈妈，你看那里，河旁边，这个玫瑰色拱顶……是什么？"

这是法兰西研究院的拱顶。埃莱娜瞧了片刻，好像在思索，然后轻轻地说：

"我不知道，我的孩子。"

女儿听到这样的回答也不再追问，又是沉默不出声。但是她立刻又提出另一个问题。

"那里很近的，这些漂亮的树呢？"她说，指着杜伊勒利花园的一条通道。

"这些漂亮的树？"妈妈喃喃地说，"右边的是吗……我不知道，我的孩子。"

"啊！"雅娜说。

然后，经过片刻的遐想，她嘴巴一努，认真地说：

"我们什么也不知道。"

确实，她们对巴黎毫无所知。十八个月来，巴黎无时无刻不在她们的眼前，但是她们对其中的一草一木都不了解。她们到城里只去了三次；但是街上到处喧闹嘈杂，回到家里，头脑乱哄哄得发涨，回想起来什么都没有看到。

可是雅娜偶尔偏偏要问。

"啊！我要你给我说！"她问，"这些全白的玻璃……那么一大片，你应该知道的。"

她指的是工业宫。埃莱娜迟疑不决。

"这是一座车站……不，我相信这是一家剧院。"

她微微一笑，吻雅娜的头发，还是重复她那惯常的回答：

"我不知道，我的孩子。"

于是，她们继续凝视巴黎，并不想更多了解它。知道它在那里，又不探究它，真是非常有意思的。它包含了无限和未知，就像她们走到一个新世界的边缘，面前有变化无穷的景象，却又不想再往前走一步。有时，巴黎给她们带来热浪狂风，使她们感到不安，但是这天早晨，巴黎显得高兴和天真无邪，它的神秘在她们看来只是温馨的表示。

埃莱娜又拿起书，而雅娜偎依在她的身边始终在看。明亮宁静的天空没有一丝风。军需品厂的烟笔直往上升,到了高处散成一片片轻烟消失了。波浪掠过屋顶,横穿城市,这是隐藏的生命交织而成的生动体现。街上的噪声在阳光中也不使人心烦意乱,但是有一个声音吸引了雅娜的注意力,这是从邻居鸽笼里飞出来的白鸽,越过窗子对面的天空。它们布满地平线,白色飞动的羽翼把无边的巴黎都遮住了。

埃莱娜又抬起眼睛,茫然凝视远方,又陷入了沉思。她成了罗芙娜夫人,她怀着高贵的灵魂所特有的平静和深情的爱。这个春天的早晨,这个温柔的城市,这些早开、使她的膝盖生香的桂竹香徐徐地融化了她的心。

第二章

（一）

一天早晨，埃莱娜忙着整理她的小书室，里面的书被她弄乱了好几天，这时雅娜跳跳蹦蹦拍着手进来。

"妈妈，"她喊道，"一名士兵！一名士兵！"

"什么？一名士兵？"少妇说，"你跟我说士兵又怎么啦？"

但是女儿疯疯癫癫的，快活极了。她跳得更厉害，反复说："一名士兵！一名士兵！"也不做进一步的说明。这时，因为她让房间的门开着，埃莱娜站起身吃了一惊，发现一名士兵，一名小士兵在外面客厅里。罗萨莉出门了，雅娜那时大概不顾母亲的正式禁令在楼道上玩。

"您要什么，我的朋友？"埃莱娜问。

小士兵看到这位太太穿着花边的晨衣，那么美丽，那么白，他感到惶惑不安，一只脚在地板上搓，鞠躬，慌忙中喃喃说：

"对不起……请原谅……"

他找不到其他的话说，两脚在地面上拖，一直退到墙前。他没法再往后退了，看到这位太太带着勉强的笑容等着，他急忙搜自己的右口袋，从里面取出一块蓝手绢、一把小刀、一片面包。他对每样东西看了又看，又塞进了口袋，然后他搜左口袋，里面有一段绳子、两根生锈的铁钉、包在半张报纸内的图片。他把这一切又塞进口袋，神情焦虑地拍大腿。他目瞪口呆，结巴地说：

"对不起……请原谅……"

然后，他突然用一个指头点着鼻子，哈哈大笑起来。笨蛋！他想起来了。他解开上衣的两个纽扣，前臂伸进上衣，在胸前搜索。他终于取出一封信，猛烈晃动，仿佛要摇落上面的灰尘，然后再交给埃莱娜。

"给我的一封信，您没弄错吧？"埃莱娜说。

信封上确是她的姓名和地址，字体粗劣，笔划都靠在一起，像在玩竖纸牌游戏。信中用的句子和拼写都是独创的，看一句要想一想，当她终于弄懂意思后笑了。这是罗萨莉的姑妈写的一封信，是要把泽菲林·拉古尔罗介绍给她。"尽管神父给他做了两次弥撒"，他还是抽中签要去当兵。泽菲林是罗萨莉的情人，她要求太太允许这两个孩子在星期日见面。信有三页，反反复复这几句话，提出这个要求，反而愈说愈糊涂，费了好大的劲，该说的事还是没有说出来。然后在署上名以前，姑妈好像心里豁然一亮，写上："神父说可以的。"笔在一团墨迹中摁了一摁。

埃莱娜慢慢折上信。在细认信的内容时，她抬过两三回头，向士兵看一眼。他一直把背贴在墙上，嘴唇翕动，好像每句结束时下巴都要轻轻一动；信的内容无疑他都记熟了。

"那么，您就是泽菲林·拉古尔罗？"她问。

他开始笑了，脖子晃了一晃。

"请进吧，我的朋友，别待在这里。"

他决定跟她进去，但是，当埃莱娜坐下时他又在门旁站住了。在外客厅的阴影里她没能看清他。他的身材大约跟罗萨莉一般高，若矮上一厘米，就可以免服兵役了。一头红发齐根剃了，滚圆的脸上布满雀斑，没有一根胡子，两只眼睛小得像螺丝孔。他的军大衣是新的，穿着太大，显得身体更圆了。他叉开穿红裤的双腿，拿着宽边的军帽在身前扇动时，又胖又矮又傻乎乎的模样真是好笑可爱，完全是个穿军装的庄稼汉。

埃莱娜想向他打听一些消息。

"您一星期前离开博斯的？"

"是的，太太。"

"您现在到了巴黎。您没有不高兴吧？"

"没有，太太。"

他胆子大了向屋里张望，看到蓝天鹅绒窗帘非常惊讶。

"罗萨莉现在不在，"埃莱娜又说，"但是马上要回来的……她的姑妈告诉我您是她的好朋友。"

小士兵没有回答，他低下头，不自然地笑笑，又用脚尖去搓地毯。

"那么，您服完兵役就准备娶她？"少妇继续问。

"那当然，"他说，脸涨得通红，"当然，这是起过誓的……"

少妇的和蔼态度使他自在一点，他把军帽在手指间转来转去，决定也说上几句：

"哦！那是很早以前的事了……我们还是很小的时候，就一起去偷果子，我们可没少挨棍子；就为这个事，不瞎说……应该对您说拉古尔和比雄两家挨在一起。所以，不是吗？罗萨莉和我差不多是在一张饭桌上长大的……后来，她家里的人去世了，由她的姑妈玛格丽特抚养她。但是她这个姑娘，膀子可厉害呢。"

他停了下来，觉得自己过于兴奋了一点，犹豫地问：

"可能这些都跟您说过了吧？"

"是的，但是您说您的吧。"埃莱娜回答，觉得他很有趣。

"好吧，"他又说，"她人不比百灵鸟大，力气却大得很；她给你干活可来劲呢！嘿，有一天，她给我认识的一个人一巴掌，哦，一巴掌！我看他胳膊上的乌青块一星期也没退……是的，就是这么厉害。在我们家乡人人都把我们看成是一对。那时我们还没十岁，拍拍手，事情就定了……这就算数了。太太，这就算数了……"

他把手放在自己心上，五个指头张开。埃莱娜可是又变得严肃了。她想到让一名士兵走进自己的厨房，还是感觉不安。神父先生同意也没用，她觉得这事有点悬。在乡下大家自由自在，谈情说爱通行无阻。她的担心叫人看了出来。当泽菲林明白以后，想哈哈大笑。但是出于礼貌他还是忍住了。

"哦！太太，哦！太太……我看出您一点不了解她。我头上挨过她不少打……我的上帝！男孩子总爱开玩笑，不是吗？有几次，我捏她。她转过身，劈脸就是一巴掌……是她的姑妈再三对她说：我的孩子，你要明白，不要让人家动手动脚，这不会有好结果。神父也来管了，可能就是这样，我们的情谊一直很好……原来打算在抽签后结婚的。后来结不成啦！事情有了变化。罗萨莉说要到巴黎来打工，积一份嫁妆，等我……就是这么回事，这么回事……"

他的身子左右摇摆，军帽在手里传来传去，但是，因为埃莱娜还是一声不出，他认为这是她对他的忠诚表示怀疑。这使他很伤心。他激动地叫了起来：

"您可能在想我以后会欺骗她吧？我对您说过这是起过誓的！我会要她的，您看着吧，就像太阳照在我们的头上一样没错……我可以给您签字保证……是的，您说，我就给您立字据。"

他情绪很激动，在房里走来走去，看哪里可以找到笔墨。埃莱娜竭力要他平静下来。他反复说：

"我觉得还是给您立张字据好……这对您没什么用？您以后可以省心了。"

恰在这个时刻，刚才又溜到外面的雅娜一边跳一边拍手回来了。

"罗萨莉！罗萨莉！罗萨莉！"她按着自编的舞曲唱。

从开着的门外果真传来了女仆的喘气声，她提着菜篮子走上来。泽菲林退到房间的角落，咧开嘴不出声地笑，他的螺丝孔眼睛闪光，显出乡下人的狡黠。罗萨莉在这家已经做熟，直接走进房里给女主人看上午买的菜。

"太太，"她说，"我买了菜花……您看……两棵十八苏，这不贵……"

她递上打开的菜篮子，抬起头看到在一旁微笑的泽菲林，惊讶地站在地毯上不动了。这样过了两三秒钟，她显然没有一下子认出这位穿了军服的人。她的圆眼睛睁得大大的，小胖脸变得苍白，黑色粗发也晃了起来。

"哦！"她说不出别的话。

她惊讶中松开了菜篮子。篮中的东西——菜花、洋葱、苹果——滚了一地。雅娜高兴地叫了一声，扑倒在地，在房间中央追着到椅子和玻璃柜底下去抓苹果。可是罗萨莉始终瘫了似的，待在原地不动，反复说：

"怎么！是你……你在这里做什么，说呀？你在这里做什么？"

她朝埃莱娜转过身，问：

"是太太放他进来的？"

泽菲林不说话，只是带着狡黠的神情眨眼睛，这时罗萨莉流出了动情的眼泪；为了表达重逢的喜悦，她除了嘲笑他不知说什么好。

"啊！好，"她又走过去说，"你穿了这身衣服真漂亮，真干净……我就是经过你身边，也不会说上一句：上帝赐福给你……你真不赖！背脊上像扛了个岗亭。他们把你的头发剃得真漂亮，像圣器室里的卷毛狗……好上帝！你多丑，你多丑啊！"

泽菲林听了恼火，决定回敬一句。

"这又不是我的错；你要是上部队，我倒也要看看你会是个什么样子。"他们完全忘了自己是在什么地方，忘了房间里的埃莱娜和雅娜；雅娜还在拣苹果。女仆直立在小士兵面前，双手叉在衣胸前。

"那么，那边一切都好吗？"她问。

"都好，就是吉尼亚尔的奶牛病了。兽医来了，对他们说它的肚里积满了水。"

"肚里积满了水，这下子可完了……除了这个一切都好吗？"

"是的，是的……乡警摔断了胳膊……卡尼韦大爷死了……神父先生从冈瓦尔回来丢了钱袋，里面有三十苏……其余一切都很好。"

他们不说话了。他们明亮的眼睛瞧着对方，抿紧嘴唇慢慢动，亲切地做个鬼脸。这或许就是他们拥抱的方式，因为他们连手都没有伸出来。但是罗萨莉一下子又从出神的状态中醒了过来，看到地上都是菜不能原谅自己。事情一团糟！闯下这场祸都得怪他！太太应该让他等在楼梯上的。她一边埋怨，一边弯腰把苹果、洋葱、菜花都放回菜篮子，惹得雅娜很不高兴，她不愿意有人帮她。罗萨莉再也不看泽菲林，要往厨房里去的时候，埃莱娜被这对情人的平静和理智所感动，拉住她说：

"听好，我的孩子，您的姑妈要我允许这位青年每星期来看您……他可以下午来，您安排一下，不要耽误家务就是了。"

罗萨莉停下，只是把头一侧。她很满意，但还是板着面孔。

"哦，太太，他会影响我的工作的！"她喊道。

她越过埃莱娜的肩膀朝泽菲林看一眼，又向他温柔地做个鬼脸。年轻的士兵一动不动地待了一会儿，不出声地咧开嘴笑。然后他把军帽放在胸前，一边道谢一边往后退。门已经关上了，他还在楼梯口鞠躬。

"妈妈，这是罗萨莉的兄弟？"雅娜问。

埃莱娜听了这个问题感到很难回答。她刚才好心答应了，自己也奇怪。她有点后悔。她思索了片刻，回答：

"不，这是她的表兄。"

"啊！"女儿严肃地说。

罗萨莉的厨房是朝德贝勒医生的花园开的，阳光充足。窗子很大，到了夏天，榆树的树枝伸进房内。这是公寓中最舒适的房间，光线明亮，到了下午照得罗萨莉要拉上蓝布窗帘。她只是埋怨这间厨房太小，细长得像条肠子，右边是炉子，左边是桌子和餐具柜。但是她把炊具和家具放得整整齐齐，在窗边还留出一块空角落，晚上可以干活。她引以为自豪的是把锅炉盆碗保持纤尘不染。所以，当阳光照进来时，墙上光芒四射。铜器闪烁金色的火星，铁器犹如皎洁浑圆的银月，而青白色陶瓷炉台在这堆火焰中呈现淡雅的色调。

下一个星期六晚上，埃莱娜听到乱哄哄的搬动声，决定去看看。

"怎么啦？"她说，"您跟家具在干仗？"

"我在洗呢，太太。"罗萨莉回答，她头发散乱，满脸淌着汗水，正蹲在地上用尽两条小臂的力气擦地面。

她擦完以后，还用毛巾揩。她从来没把厨房收拾得这么漂亮。新娘也可以躺在上面，洁白一片像为婚礼准备的。桌子和餐具柜像重新刨过似的，她的手指头在上面磨了多少遍。室内井井有条，锅罐按大小排列，钩子上该挂什么挂什么，就是平底锅和烤肉架也闪着光，没有一点烟熏的痕迹。埃莱娜站了一会儿，默不作声；然后笑一笑走开了。

从此，每星期六，都同样地打扫一遍，又是灰又是水地忙上四个小时，罗萨莉要在星期日让泽菲林瞧瞧有多么干净。在她接待客人的那天，出现一个蜘蛛网会叫她无地自容。当一切在她的周围闪闪发亮时，她的心情也好了，会唱起歌来。三点钟，她还要洗洗手，戴上一顶系绸带的帽子，然后把棉布窗帘打开一半，让光线像内室那样柔和，她坐在整整齐齐、散发月桂和百里香花香的厨房中央等待泽菲林。

三点半，泽菲林准时赴会；只要街头的钟不敲三点半，他就在路上溜达。罗萨莉听着他的大鞋子走上台阶，在楼层上站住，就给他开门。她不许他拉门铃的绳子。每次见面说的都是这两句话。

"是你？"

"是的，是我。"

他们面对面，眼睛闪光，嘴巴抿紧。然后泽菲林跟在罗萨莉后面，但是他不取下圆军帽和军刀，罗萨莉不会让他进来。她不愿她的厨房里有这些东西，她把它们藏在壁柜里。然后她要她的情人坐在窗边那个留出来的角落，再也不许他移动了。

"安安静静待在这里……你可以瞧着我给太太做饭。"

他来的时候几乎从不空手。一般来说，早晨他跟几位战友到默东森林里去溜达，漫无目的地来回闲逛，呼吸新鲜空气，还有点想家。为了手不闲着，他砍几根枝条，削成各种形状，边走边在上面刻花纹；他的脚步放慢了，在沟边停了下来，军帽推到了颈背，眼睛盯着削木头的小刀。然后，因为他下不了决心把木条抛掉，到了下午就带给了罗萨莉。她叫着，从他手里夺了过来，因为这会弄脏她的厨房。其实她要把它们搜集起来，在她的床下就有一捆，什么样的长短和图案都有。

一天，他带来了鸟蛋，盛放在他的军帽里，上面盖了一块手绢。

他说，炒鸟蛋非常好吃。罗萨莉把这些怕人的东西扔了，但是把鸟窝留了下来，跟木条放在一起。此外他的口袋总是装得满满的。里面的东西无奇不有，在塞纳河边捡的透明石子、从前的铁器装饰、干硬的野浆果，以及连捡破烂的也不要的莫名其妙的破东西。他的爱好主要是图片。他一路上捡巧克力和肥皂的包装纸，上面有黑人、棕榈树、埃及舞女和玫瑰花束，遇到破盒盖上有金发沉思的女人的商标纸，或是扔在城郊集市上油光光的招贴纸和苹果糖锡纸，更是如获至宝，满心欢喜。这些东西都装入他的口袋，他把最好的用报纸包好。每星期日，罗萨莉做了卤汁还没做烤肉前有一会儿空，他就给她看图片。他见她要就送给她。只是纸片四周并不总是干净的，他就把图像剪下来，这也是他的一大乐趣。罗萨莉不乐意，碎纸片会飞到盆子上；为了得到剪刀，他会施展农民由来已久的狡猾。偶尔为了免得纠缠，罗萨莉突然把剪刀递给了他。

可是，煎锅里的黄油沙司发出声音。罗萨莉拿了木勺瞧着它，泽菲林则低着头剪图片，背部衬着红肩章。他的头发剪得很平，连头皮也露了出来；黄领子的后部敞开，露出乌黑的脖子。时间一刻一刻过去，他俩谁都不说一句话。泽菲林抬起头，望着罗萨莉取面粉、切芹菜、放盐、洒胡椒粉，全神贯注。隔会儿他说上一句：

"嘿！真香啊！"

女厨子正忙得不可开交，不会马上回答。沉默了好长一会儿才说：

"你看，这要慢慢煨。"

他们的对话无非如此，甚至老家也不再提起。说起从前的事，一个字就可彼此了解，会心里笑上整个下午。这就够他们享用了。当罗萨莉把泽菲林送到门口时，他俩都觉得玩得很痛快。

"好了，你走吧！我要侍候太太了。"

她把军帽和军刀还给他，推着他往前走，然后高高兴兴地侍候太太；而他摇晃着双臂回到军营，身上还带着月桂和百里香的芬芳，心里美滋滋的。

最初，埃莱娜认为应该看着他们一点。她偶尔会不期而至，吩咐她做这做那。她总是发现泽菲林待在桌子与窗子之间的那个角落里，旁边的水池挤着他把腿往里缩。太太一出现，他就像持枪的军人站起来，站得笔直。太太跟他讲话，他只是彬彬有礼地行礼和咕噜一声。渐渐地，埃莱娜看到自己并没撞见他们什么，他们脸上保持有耐性的情人的那种平静，也就放心了。

哪怕罗萨莉显得比泽菲林机灵得多。她已在巴黎待了几个月，愈来愈老练，虽然至今只认识三条路：帕西路、弗兰克林路和维欧斯街。他待在部队里，乡气未脱。她要太太相信他愈来愈傻；以前在家乡，说真的，他灵活得多；她说，这完全是穿了军装的缘故，哪个青年当上了兵都会笨得要命，泽菲林被生活弄得手足无措，确实睁圆了眼睛像只呆头鹅。他的肩章下依然保持了农民的纯朴，军营生活还没有叫他学会巴黎步兵做作的语言和神气的姿态。啊！太太完全可以放心！要玩还轮不着他呢？

所以罗萨莉显得母性十足。她一边做烤肉串，一边对泽菲林说教，谆谆劝导他不要跌入深渊。他听话，听到一声忠告，重重点一下头。每星期日，他要向她起誓，他夫望过弥撒了，没有忘记早晚两次祈祷。她还要他讲究卫生，在他走的时候给他刷衣服，把军服的一只纽扣缝好，把他从头看到脚，看看有什么不妥。她还担心他的健康，给他提供包治百病的药方。泽菲林为了报答她的好意，主动给她装满水池。她推辞了很久，怕他把水泼在地上。但是有一天，他挑了两担水，在楼梯上没有溅出一滴水，从那以后，星期日存水的工作就归他了。他还在其他事情上帮她，包揽一切重活，要是她忘了他还会上水果店代买黄油，甚至当上了大师傅。起初他剥菜帮子，后来她让他剁菜。干了六星期，他还没获准去碰沙司，但是他可以拿了木勺在一旁看着。罗萨莉要他做下手；有时她看到他穿了红裤子、黄衣领，臂上放一块抹布在炉子前忙忙碌碌，像个小厨子，不由哈哈大笑。

一个星期日，埃莱娜到厨房来。她穿了拖鞋，走路没有声音，站在门槛上，女仆和士兵都没有听到她走进来。泽菲林从他的小角落朝着一碗冒热气的汤走来。罗萨莉背对着门，在给他切长长的面包条。

"吃吧，我的孩子！"她说，"你走得太多了，肚子都走空了……嗨！够了吧？还要来点吗？"

她用温柔和不安的目光看着他。他身子浑圆的，俯身在碗上，一口吞下一根面包条。热气冒上来，把他长满雀斑的脸也熏红了。他喃喃地说：

"啊哈！汤真鲜！你在里面放了什么啊？"

"等等，"她又说，"要是你喜欢韭葱……"

但是她转身看到了太太。她轻轻一叫，两个人都成了化石。然后罗萨莉急忙说出一大堆话为自己辩白：

"这是我的一份，太太，哦，真的……我自己就不喝了……我以最神圣的名义起誓！我对他说：'要是你要我的那份汤，我就给你了……'喔唷！你给我说话啊！你知道是这么回事……"

女主人还是不声不响，罗萨莉以为她在生气，感到很不安，声音哀伤地继续说：

"太太，他饿得慌；他偷了我的一只生萝卜……那边吃得真差！他还要沿着河走长路，还不知走到什么鬼地方，您想想……太太，您自己也会跟我说的，罗萨莉给他喝碗汤吧……"

小士兵嘴里塞了东西不敢往下咽。埃莱娜站在他面前也严厉不起来，她温和地说：

"是的！我的孩子，这位青年饿的时候，应该留他吃饭，这没什么……我允许你这样做……"

她刚才在他俩面前感觉到的这份温情，已经有过一次叫她忘记了自己的严肃。他们在厨房里那么幸福！半掩的布窗帘让夕阳照了进来。铜器在角落的墙上烧了起来，使朦胧的房间泛出红光，他们两张圆圆的小脸，在黄澄澄的影子里安详明洁像两只月亮，他们的爱情那么自信，那么镇静，一点也不搅乱炊具的秩序。炉灶的香味使他们心花怒放，胃口大开，心灵得到了滋养。

"妈妈，你说，"雅娜经过长时间思索后问，"罗萨莉的表哥从来不亲她，这是为什么？"

"为什么你要他们亲来亲去？"埃莱娜回答，"他们成亲那天会亲的。"

（二）

星期二，喝完汤后，埃莱娜侧着耳朵说：

"这雨真够大的，你们听见了吗？我可怜的朋友，今晚，你们要挨淋了。"

"喔！几滴小雨。"神父说，他那旧黑袍的肩上已经淋湿了。

"我有一段路程，"朗博先生说，"但是我还是走回去；我喜欢……而且我还带了雨伞。"

雅娜在思索，认真望着自己的最后一匙面条汤，然后慢慢地说：

"罗萨莉说天不好你们不会来……妈妈说你们会来……你们真好，你们不会不来的。"

桌旁的人都笑了，埃莱娜对两兄弟亲热地点点头。外面大雨哗啦啦地下个不断，间或几阵狂风吹得百叶窗劈啪响，仿佛冬天又回来了。罗萨莉已把红窗帘细心地拉上；小餐厅关得很严，雪白的吊灯放出宁静的光，在狂风怒号中显得温馨亲切。桃心木食品桌上的瓷器发出幽静的亮光。在这种和平的气氛中，宾主四人从容闲谈，面前放着布尔乔亚家庭洁净的餐具，等着女仆端菜上来。

"啊！也只好叫你们等了！"罗萨莉端了一盘菜回来老生常谈地说，"这是特地给朗博先生做的烙鱼排，这可要烧好就吃的。"

朗博先生装出贪吃的样子，跟雅娜逗乐，同时也讨好对自己的手艺很自豪的罗萨莉。他向她转过身，说：

"嗨，您今天做了些什么……您总是在我吃饱后才把好东西端上来。"

"哦！"她回答，"像平时一样，三道菜，一点不多……鱼排以后还有羊肉和布鲁塞尔白菜……真的，没别的了。"

但是，朗博先生斜眼看雅娜。女孩很开心，合着双手掩住嘴笑，摇着头好像在说女仆撒谎。这时他面带疑惑，用舌头咂了一声。罗萨莉假装生气。

"你们不相信我！"她又说，"就因为小姐笑了……那就相信她吧，留着肚子别吃，你们看着回到自己家别再上桌子吃一顿。"

女仆走开后，雅娜笑得更厉害，忍不住心里痒痒的，要说几句。

"你太贪吃了，"她说，"我到厨房里去过……"

然而她不说了：

"啊！不，不应该告诉他，妈妈，是吗……没什么，没什么。我笑是为了骗你。"

每星期二都要这样闹一会儿，每次都很成功。朗博先生配合做这样的游戏，他的好意叫埃莱娜感动。因为她深知他长期以来像普罗旺斯人那样俭朴，只吃一条鳀鱼和六只橄榄过日子。至于儒伟神父，从不知道自己吃的是什么；人家常拿他在这方面的无知和不在意开玩笑。雅娜张着明亮的眼睛窥视他。菜端上来了。

"这条鳕鱼很好吃。"她对神父说。

"很好吃，我的宝贝，"他喃喃说，"嗨，真的，这是鳕鱼；我以为是鲮鱼呢！"

大家都笑了，他天真地问为什么。罗萨莉刚走进来，显得受到了冒犯。啊！是的，在她的家乡，神父先生对烹饪十分精通；在切家禽时，就能说出这只家禽养了多久，前后差不了一个星期；他不用走进厨房，靠了气味就能说出吃些什么。好上帝！要是她在神父先生这样的堂长家里帮厨，到今天恐怕连鸡蛋也不会炒呢。堂长脸色尴尬地表示歉意，仿佛他对美食一窍不通是他的一个缺点，他要改也改不了似的。但是说真的，他头脑里的事情实在太多。

"是羊肉。"罗萨莉把羊腿放到桌上说。

大家又开始笑了，儒伟堂长第一个笑。他伸出一颗大脑袋，眨着小眼睛。

"是的，当然，这是一条羊腿，"他说，"我相信我还认得出来。"

这天，神父比平时还要心不在焉。他吃得很快，匆匆忙忙，好像是一个看到桌子就讨厌，在家里是站着吃的人。然后他若有所思地等着其他人吃完，仅用微笑回答别人的问话。他时时刻刻向弟弟看上一眼，眼神中含有鼓励和不安。朗博先生好像也不如平时镇静，但是他的不安表现在滔滔不绝地讲话和坐在椅子上不停地动，可他天性沉着，以往完全不是这个样。在布鲁塞尔白菜上桌后，罗萨莉迟迟没有端来甜食，房间里有一阵静默。户外雨愈下愈大，墙上雨水淋漓。餐厅内有点沉闷。这时，埃莱娜意识到气氛不一样，两兄弟之间有什么事情没有说出来。她关切地望着他们，终于喃喃地说：

"我的上帝！雨下得真可怕……不是吗？雨下得你们心烦。你们两人看起来不舒服吧？"

但是他们说不，急忙要她安心。当罗萨莉端了一只大盘进来时，朗博先生为了掩饰激动的心情，大叫：

"我不是说过嘛！又是一道意料不到的菜！"

这天这道意料不到的菜是香草奶油糊，是厨娘的一大拿手好点心。所以，她放到桌子上张开嘴不出声笑的情景值得一看。雅娜拍手，反复说：

"我早知道，我早知道……我看到厨房里有鸡蛋。"

"但是我吃饱了！"朗博先生神色绝望地说，"我吃不下了。"

这时，罗萨莉脸色一沉，很不高兴，但没有发作。她只是自尊地说：

"怎么！这是我特地给您做的奶油糊……好吧！您不肯吃，试试看呢……嗯，试试看呢……"

他没办法，取了一大块奶油。堂长还是心不在焉，他卷好餐巾，在甜食结束前站起身，他经常是这样做的。他在餐厅里踱起步来，头斜侧在肩膀上。然后，当埃莱娜离开桌子时，他向朗博先生会意地使一个眼色，把少妇带到卧室里。他们身后门开着，立刻可以听到他们缓慢的说话声，但是听不清说什么。

"你吃快点，"雅娜对朗博先生说，他像是一片饼干也吃不下了，"我给你看我的手工。"

但是他不着急。当罗萨莉收拾餐具时，他只得站起身来。

"等一下，等一下。"他喃喃地说，而女孩要把他拉到房间里。

他的样子难堪而害怕，躲着门走。因为神父提高了声音，他一下子变得那么软弱，不得不重新坐在撤走了餐具的桌子前。他从口袋里取出一份报纸。

"我给你做一辆小车子。"他说。

这下，雅娜不说要进房间里去了。朗博先生拿到一张纸可以折出各种各样玩具，这种本领叫雅娜看了入迷。他能折出鸡、船、教士帽、车子、笼子。但是那一天他摺纸时手指发抖，做得很粗糙。隔壁房间有什么声音传出来，他就低下头。可是，雅娜很感兴趣，靠着桌子坐在他旁边。

"在这以后你折只鸡，"她说，"放在小车上。"

儒伟神父依然站在房间里边，蒙在灯罩的阴影里。埃莱娜占了小圆桌前的老位子；因为星期二她跟她的朋友熟不拘礼，她做起了手工，只看见她苍白的手在灯光的照耀下缝一只小童帽。

"雅娜不再叫您担忧了吧？"神父问。

她回答前摇摇头。

"德贝勒大夫好像完全放心了，"她说，"但是可怜的宝贝还是容易激动……昨天我看见她在椅子上失去了知觉。"

"她缺乏锻炼，"神父说，"你们关在家里的时间太多，你们不像平常人那样生活。"

他不说了，房里一阵静默。无疑他知道怎样转换话题，但是真的要说还得深思一番。他取了一张椅子，坐在埃莱娜旁边，说：

"听着，我亲爱的孩子，我想跟您认真谈一谈，已有一段时间了……您现在过的生活不好……在您这样的年龄不应该把自己关起来；这种与世隔绝的生活对您不好，对您的女儿也不好……危害性是说不完的，危害健康，危害其他东西……"

埃莱娜抬起头，表示惊讶。

"您要说什么，我的朋友？"她问。

"我的上帝！我对世界了解不多，"神父略显尴尬地继续说，"但是我知道一个女人如果没有保护是很容易受到伤害的……总之，您太孤单了，您愈陷愈深的这种孤独生活是不健康的，请您相信我。总有一天您会感到痛苦。"

"但是我不埋怨，我像现在这样觉得挺好！"她高声说，有点冲动。

老神父的大脑袋轻轻摇晃。

"当然,这生活很平静。您觉得十分幸福,我理解。只是沿着孤独和冥想的斜坡会滑到哪儿就很难说了……哦,我了解您,您是不会做坏事的……但是您会迟早失去心境的安宁。别到了一天早晨,您在心里和周围都是空洞洞的,产生一种痛苦和不可言状的感情,那时就太晚了。"

埃莱娜留在暗影里,脸上泛起了红晕。神父料到了她的心事吗?她内心滋长的不安,她生活中随时感到的骚动,连她自己也不愿深究,难道让他看出来了吗?她的手工落在膝盖上,身子感到软弱;她要跟神父推心置腹密谈,让自己终于高声明确地说出她屡屡压在心底的模糊的杂念。既然他洞悉一切,他就会问她,她就努力回答。

"我的朋友,我把自己交给您了,"她喃喃说,"您知道我对您是无话不听的。"

这时,神父静默了片刻,然后慢慢地,认真地说:

"我的孩子,您应该结婚。"

她两臂下垂说不出话,这句劝告使她发呆了。她期待的不是这几句话,所以她一时没有听懂,但是神父继续用种种理由说服她要考虑再婚。

"想一想,您还年轻……您不可能长期住在巴黎的一个偏僻角落里,大门不出,对生活一无所知。您应该跟大家一样过日子,免得将来痛悔自己处境孤独……您自己一点不觉得这种封闭生活的慢性腐蚀,但是您的朋友注意到您脸色苍白而感到不安。"

他一句一停顿,希望她截住他的话头,谈论他的建议。但是她完全冷冰冰的,仿佛听了这出人意料的话身子发凉了。

"当然,您有一个女儿,"他又说,"这件事总是需要慎重考虑……可是，就是为您的雅娜着想，这个家有个男人的支持还是大有好处的……哦！我知道要找一个各方面都是很好的人，可以担当做一个真正的父亲……"

她没有让他说完，突然带着出奇的反抗与反感的神情说。

"不，不，我不愿意……我的朋友，您劝我做什么……不要提了，您听见吗，不要提了！"

她的心胸起伏不停，她对自己这样粗暴拒绝也感到吃惊。神父的建议恰恰说中了她不敢正视的这块心病。她从自身感到的痛苦来看，终于明白自己心病的严重性，她像个害羞的女人，感到最后一件内衣从身上滑了下来的那样慌张。

这时，她在老神父明亮慈祥的目光下进行挣扎。

"但是我不愿意！但是我没爱上什么人！"

因为他盯着她看，她以为他从她的脸上看出她在撒谎；她脸红了，结结巴巴地说：

"请想一想，我脱下丧服才两个星期……不，这是不可能的。"

"我的孩子，"神父镇静地说，"我说这些话以前是深思熟虑过的。我相信这是您的幸福所在……请安静。您完全可以按照您的意愿办事。"

谈话戛然而止。埃莱娜努力把已经到嘴边的一长串托辞压了下去。她又拿起女红，低了头做几针。在静默中间，听到雅娜尖细的声音从餐厅传过来说：

"哪儿有把鸡套在车上的，套的是马……你不会折马吗？"

"啊！不会做。马太难折了，"朗博先生回答，"不过你要我教你折车子。"

游戏总是到这里结束。雅娜全神贯注地瞧着她的好朋友把纸连续不断折成小方块；然后她自己试做，但是她做错了就跺脚。她已经会折小船、教士帽。

"你看,"朗博先生耐心地说了一遍又一遍,"先像这样折出四只角,然后转过来……"

刚才,他竖起耳朵大约听到了隔壁房间说的某几句话;他可怜的双手抖动得更加厉害,他的舌头打结,说话有了前句没后句的。

埃莱娜没法安静,又顺着这话题说下去。

"再结婚,跟谁?"她把女红在小圆桌上一放,突然问神父,"您心目中有人了,不是吗?"

儒伟神父站起身,慢慢走了起来。他肯定地点点头,没有停步。

"好哇!给我说说名字。"她说。

他在她的面前站了一会儿,然后轻轻耸肩,喃喃地说:

"又何必呢!既然您不想结。"

"那也没关系,我要知道,"她说,"要是我不知道,我怎么做出决定呢?"

他不立刻回答,始终站着,正面对着她看。嘴边露出有点凄然的微笑。他终于几乎声音低低地说:

"怎么!您没有猜过?"

不,她没猜。她在想,很惊讶。那时,他仅是给了一个暗示,头朝餐厅一侧。

"是他!"她压着嗓子喊了起来。

她变得十分严肃。她也不再大声推辞,脸上只露出惊愕和悲哀。她长时间眼睛看着地板出神。不,当然,她怎么也猜不着的;可是她也找不到任何异议。唯有朗博先生这样的人,她可以以身相许而不用丝毫担心。她知道他善良,她不会嘲笑他的布尔乔亚习性。但是尽管她对他感情很深,想到他爱她不由身子发冷。

可是,神父又满房间地踱起方步;当他经过餐厅门前,他轻唤埃莱娜。

"哎,您来看一下。"

她站起身看。

朗博先生最后叫雅娜坐上自己的椅子。他先靠在桌上,身子又滑下在女孩的脚边。他跪在她面前,一条胳膊搂着她。桌上一辆鸡拉的车子,还有小船、盒子、教士帽。

"那么,你很爱我啰!"他说,"再说一遍,你很爱我。"

"是的,不错,我很爱你,你知道。"

他在犹豫,身子颤抖,仿佛要向人求爱似的。

"要是我要求你让我永远留在这里,跟你在一起,你会说什么?"

"啊!我很高兴;我们不是可以一起玩吗?这就有趣了。"

"永远,你听好,我永远留下。"

雅娜拿了一只船,把它变成一顶警察帽。她喃喃地说:

"啊!这要妈妈同意。"

这句回答好像叫他坐立不安,他的命运正待决定。

"当然,"他说,"但是要是你妈妈同意,你不会说不,是吗?"

雅娜折成了警察帽很兴奋,自编自唱起来:

"我会说是,是,是……我会说是,是,是……你看啊,我的帽子多么漂亮!"

朗博先生感动得眼泪都快掉下来了,他跪着竖起身子,亲她,而她也双手搂着他的脖子。他拜托他的哥哥,征求埃莱娜的同意,而他征求雅娜的同意。

"您看到了,"神父带着微笑说,"女儿很愿意。"

埃莱娜保持严肃,她不再谈论。神父又开始他的游说工作,他强调朗博的品德,岂不是雅娜的现成父亲吗?她了解他,嫁给他决不会冒任何风险。然后,因为她一直保持沉默,神父怀着极大的感情和尊严又说，他自告奋勇来撮合这件好事，决不是为了他的弟弟，而是为了她和她的幸福。

"我相信您，我也知道您多么爱我，"埃莱娜急忙说，"等一等，我要在您面前给您的兄弟一个答复。"

十点钟敲了。朗博先生走进卧室，她伸出手朝他走过去，并说：

"我感谢您对我的厚爱，我的朋友，我对您十分感激。您说出来很对……"

她平静地对着他瞧，把他的大手抓在手里。他全身战栗，不敢抬头。

"只是我要求考虑，"她继续说，"可能需要很长时间。"

"哦！您爱多久就多久，六个月，一年，还可以多。"他结结巴巴地说，放了心，她没有立刻把他撵出门外。已经够幸福了。

这时，她淡淡一笑。

"但是我要求我们还是朋友。您像以前那么来，您只是要答应，以后由我首先开口谈这件事……同意吗？"

他已经把手抽回来，神经质似的找帽子，连续点头表示同意。然后，在出门时他又会说话了。

"听着，"他喃喃地说，"现在您知道我了，不是吗？您可以对自己说，不论发生什么事，我此心不会变。这一切神父应该都对您说了……十年后，要是您愿意，只要一个暗示。我会服从您的。"

他又最后一次抓住埃莱娜的手，捏得快要断了。在楼梯口，这对兄弟像以往那样转过身，说：

"星期二见。"

"是的，星期二见。"埃莱娜回答。

当她回进房间时，又是一阵雨打在百叶窗上，这声音引起她的忧郁。我的上帝！雨就是下个不停，她的可怜的朋友要挨淋了！她打开窗户,朝街上望。几下急风吹得煤气灯摇曳不定,在暗淡的水潭和发亮的水柱之间,她窥见朗博先生浑圆的背影,他在黑暗中徐徐远去,高兴得跳跳蹦蹦,显然并不在乎滂沱大雨。

可是雅娜零零星星听到她的好朋友最后几句话后神情非常严肃。她刚脱下她的小靴子,穿了衬衫坐在床边上沉思。她的母亲进来跟她拥抱时,她就是这样子坐着。

"晚安,雅娜,亲亲我。"

女儿像没有听到,埃莱娜在她面前蹲下来,搂着她的腰。她低声问她。

"他要是跟我们一起住,你喜欢吗?"

雅娜对这个问题并不表示惊讶。她无疑也在想这件事。慢慢地,她点头同意。

"但是,你要知道,"母亲又说,"他将永远在这里,白天黑夜,饭桌上,到处。"

小女孩清澈的眼睛表示出忧虑。她把脸贴在母亲的肩膀上,吻她的脖子,最后在她身边,全身颤抖着问:

"妈妈,他会亲你吗?"

埃莱娜额上升起红晕。首先她不知道如何回答孩子这个问题,终于她喃喃地说:

"我的宝贝,他将像你的父亲一样。"

这时,雅娜的细细双臂僵硬了,突然大声哭了起来。她结结巴巴地说:

"哦!不,不,我不愿意了……哦!妈妈,我求你,你跟他说我不愿意,你去对他说我不愿意……"

她气咽了,扑到母亲怀里,在母亲身上又落眼泪又亲吻,埃莱娜试图叫她安静,对她反复说这事以后再说。但是雅娜要马上给一个决定性的回答。

"哦！说不，好妈妈，说不……你看到我会死的……哦！这事不会发生的，是吗？不会发生的！"

"好吧！不会发生的，我答应你；要理智，躺下吧。"

女儿还是一声不出，神情激动地把她紧紧搂了几分钟，仿佛不能离开她，仿佛阻止别人来把她抢走。最后，埃莱娜可以让她睡下了；但是夜里还是在她身边守了一段时间。女儿在睡眠中时时惊醒，每过半小时，她就睁开眼睛，看到母亲在身边才放心，然后嘴贴着她的手又睡着了。

（三）

这一个月风和日丽。四月的太阳给花园披上了一层嫩绿，像花边似的轻巧细致。靠近铁栅栏，铁线莲散乱的枝条长出小叶，金银花蕾散发出几乎带甜的幽香。修剪整齐的草地两边花坛上开着红色天竺葵和白色异种丁香。花园深处，几座建筑物挤在一起，低矮的榆树树枝横斜在绿色窗帘前，小叶子经风一吹就抖抖索索。

三个多星期来，天空一片蓝色，没有云朵。仿佛一个春天的奇迹，在庆贺埃莱娜心中迸发的新的青春朝气。每天下午她和雅娜下楼到花园里去。她的去处是固定的，右边的第一棵榆树前，有一把椅子等着她。第二天，她还可以在石子小径上看到她前一天撒落的线头。

"您不要见外，"每天傍晚德贝勒太太再三说，她对埃莱娜抱着这种可以维持六个月的热情，"明天，设法来得早点，好吗？"

埃莱娜确实像在自己的家。她慢慢地习惯待在花园的这一角落，她像孩子似的急不可待地等候上花园的时间。这座布尔乔亚的花园内，最使她入迷的是草地和花丛干干净净，没有一根遗落的草破坏枝叶的对称。小径每天早晨耙扫一遍，脚走在上面像踩在地毯上。她在那里消磨时光，宁静安逸，毫不心躁。看了这些棱角分明的花坛，园丁除去一片片黄叶子的常春藤不会感到半点烦恼。榆树浓阴匝地，隐蔽的花坛又因德贝勒太太待过而带麝香味，她坐在那里犹如坐在一座客厅里。当她抬头看天空时，便想到旷野，还深深呼吸起来。

经常是她们两人共度下午，见不到其他客人。雅娜和吕西安在她们的脚边游戏，很长时间没有声音。后来，德贝勒太太耐不住空想出神，会唠叨上几个小时，埃莱娜的默认也够使她满足，只要看到埃莱娜一点头便又滔滔不绝说了起来。小圈子里太太的故事说不完，今年冬季的邀请计划、当天要闻、叽叽喳喳的议论，在这位美丽太太的脑袋里旋转的全是这些理不清的社交新闻。有时又突然流露出对孩子的爱，或是针对友情的珍贵说几句动感情的话。埃莱娜任凭自己的手让她握着，并不总是在听；但是她不断地得到人家的眷顾，对朱丽埃特的抚爱也表示出非常感动。她说埃莱娜是个大好人，简直是一位天使。

有几次客人来访。这时德贝勒太太很兴奋。自从复活节以后，按照一年这时节的惯例，她也停止星期六会客。但是她害怕孤独，有人不拘礼节地到花园里来看她也会很高兴。那时她最操心的事是选择去哪个海边消夏。在每个客人面前她提到同样的话题，她解释说丈夫不陪她去海边；然后她问客人，她一个人拿不定主意。这不是为她，这是为吕西安。英俊的马利尼翁来了，就两腿一跨，坐在一张乡村椅子上。他说他讨厌农村，逃离巴黎到海边去纳凉，那才是发疯。他还评论海滩，所有海滩都是脏的，他还宣称除特鲁维尔海滩以外，再也找不出一个是干净的。埃莱娜每天听到翻来覆去的这几句话，居然也不讨厌，甚至还乐意她的日子过得这么单调，使她软绵绵地昏昏欲睡，而没有其他想法。到了月底德贝勒太太还是不知道该往哪儿去。

有一天晚上，埃莱娜正要退出，朱丽埃特对她说：

"我明天要出门一次,但是您依然到花园里来……等着我,我回来不会迟的。"

埃莱娜答应了。她在花园里一个人度过一个美妙的下午,她只听到头上麻雀在树枝上啾啾地窜来窜去。她的身心陶醉在这个照到太阳的角落里。从这天开始,她的朋友让她单独过的下午才是她过得最愉快的时光。

她与德贝勒一家的关系愈来愈密切,她就像开饭时受邀请而留下的朋友一样在德贝勒家吃晚饭。当她在榆树下坐得晚了时,皮埃尔会走下台阶说:"太太,桌子已经摆上了。"朱丽埃特求她留下吃饭,她有时也不坚持要走。这是便饭,小孩吵吵嚷嚷的气氛很快乐。德贝勒医生和埃莱娜像是好朋友,他们的性格理智,有点冷淡,彼此却很投机。所以朱丽埃特有时叫嚷:

"哦!你们一起挺合得来……你们不慌不忙的,真叫我着急……"

每天下午将近六点医生出诊回来。看到这两位太太在花园里就在她们身边坐下。最初几次,埃莱娜有意急忙走开,好让他们单独在一起。但是朱丽埃特见她说走就走非常光火,她现在也就留下了。这户人家好像非常和谐,她也多少进入了他们的感情生活。医生来时,他的妻子每次总是亲切地伸过脸去让他亲。然后,吕西安往他的腿上爬,他把吕西安往上一提,放在膝盖上,同时参加闲谈。小孩用小手捂上他的嘴,没规没矩扯他的头发,他只好把小孩放在地上,跟他说找雅娜去玩。埃莱娜看到这些嬉闹总是微笑,她一时放下手里的活儿,安详的目光望着他们一家三口。丈夫的亲吻不叫她感到丝毫局促,吕西安的顽皮使她心醉。可以说她在别人家的和平幸福中也感到了平静。

可是,太阳下山了,树顶的枝条挂上了黄色的余晖,天空苍白,弥漫宁静的气氛。朱丽埃特爱提问题,也爱打听陌生人的事,她向丈夫提了一个又一个问题,经常又不等待回答。

"你去哪儿啦？你做了些什么？"

于是，他谈他的出诊，跟她说去见了一个熟人，告诉她几条消息，在商店陈列架上看到的一块料子或一件家具，讲话时经常跟埃莱娜的目光相遇。谁也没把头转开。他们彼此的脸一瞬间内很认真，仿佛窥见了对方的心；然后他们微微一笑，眼皮慢慢放下。朱丽埃特神经质好动，又有意装得没精打采，无法使他们好好静上一阵子，而且谈到任何内容少妇都要打岔。可是他们还是交换几句，缓慢平常的句子，好像另有深意，不是声调字句本身所能包含的。他们说一句轻轻点一下头，仿佛他们所有的想法都是相同的。这是一种绝对的、亲切的、来自心灵、恰在静默中愈来愈深的理解。偶尔，朱丽埃特停止絮聒，对自己老是说个不停有点难为情。

"嗯？您感到无聊了吧？"她说，"我们在谈些跟您无关的事。"

"不，别管我，"埃莱娜高兴地说，"我一点也没无聊……静静听着一句话也不说，对我是一种幸福。"

她没有撒谎，她在长时间静默中才充分享受待在这里的乐趣。低头对着针线活儿，隔一会儿抬起眼睛，跟医生相互注视很久，彼此心领神会，她很乐意沉浸在自私的激情中。她向自己承认她与他之间现在确有一种隐蔽的感情，这是非常甜蜜的，尤其世界上没有别人跟他们分享而更显得甜蜜。她心里存着个秘密但心情很平静，并不感到骗了谁而觉得不安，因为他俩确也没有坏心思。当他叫吕西安跳跃和亲朱丽埃特的脸颊时，她更爱他。自从她看了他的家庭生活，他们的友谊加深了。现在她像是这家的人，没想到有什么疏远隔阂。她在心里叫他亨利，自然是由于老是听到朱丽埃特这样叫他。当她的嘴唇称"先生"时，她的内心的回响却是"亨利"。

有一天，医生看到埃莱娜单独在榆树下。朱丽埃特几乎每天下午出门。

"咦！我的妻子不在吗？"他说。

"不在，她把我撂下了，"她笑着说，"您也回来得比平时早。"

小孩在花园另一头玩耍。他在她的身边坐下，他们单独相晤毫不心慌。他们海阔天空聊了几乎一个小时，一点也没有意思要暗示一下充满内心的柔情。说这一切有什么用呢？他们不知道他们可以相互说些什么吗？他们不需要互诉隐情。两人在一起，在一切方面都很投机，在这里——即使是他每晚当着她的面亲吻妻子的地方——不受骚扰地单独相处，这已够他们快活了。

那一天，他对她做针线的热情开玩笑。

"您知道，"他说，"我从来没有见过您的眼睛是什么颜色的；您的眼睛总是对着您的针线活。"

她抬起头，像平时那样正面看着他。

"您真会逗人，不是吗？"她慢慢地问。

但是他继续说：

"啊！是灰的，灰中带蓝，不是吗？"

他们敢做的仅此而已，但是这些想到就说出来的话却包含无限的温柔。从那天以后他经常在黄昏时看到她一个人，他们不由自主地也不知不觉地愈来愈亲近。他们说话的声音变了，温和的语调也不同于有别人在场时的那种语调。这时朱丽埃特来了，带回她在巴黎各处听到的新闻，又兴奋又多嘴。她来也不妨碍他们，他们依然继续谈下去，既没有不妥，也不用把椅子往后挪。好像这个美丽的春天，这座紫丁香盛开的花园也激发了他们内心最初的衷情。

将近月底，德贝勒太太为一桩大计划而激动不已。她突生异想要组织一个儿童舞会。季节已经晚了，但是她无事做的脑袋冒出了这个想法，立刻着手忙忙碌碌地准备起来。她要求做得完美无缺。舞会上人人化装。于是她在自己的家、在别人的家，到处谈的就是她的舞会。在花园里也就有说不完的话。英俊的马利尼翁觉得这项计划有点"傻里傻气",但是他还是表示出兴趣,答应带一个他认识的滑稽歌手来。

一天下午,正当大家都在树阴下时,朱丽埃特提出吕西安和雅娜穿什么服装这个大问题。

"我犹豫了很久,"她说,"我想到穿白缎子的皮埃罗①。"

"哦!这太一般了!"马利尼翁说,"您的舞会会有十几个皮埃罗……等一等,要仔细想想……"

他开始拼命动脑子,嘴贴在手杖的手柄上。波利娜来了,叫起来:

"我要扮一个丫头……"

"你!"德贝勒太太惊讶地说,"但是你又不化装!大傻瓜,你把自己看成孩子不是吗……你还是给我穿白长袍吧。"

"嗨!这也让我玩玩呗。"波利娜喃喃说,她尽管年已十八,身子发育成熟,还是喜欢与小孩子跳跳蹦蹦。

埃莱娜依然在树底下做针线,偶尔抬头跟大夫和朗博先生笑一笑,他们两人站在她面前闲谈。朗博先生终于也与德贝勒一家人建立了亲密的关系。

"雅娜,"医生说,"您给他穿什么?"

但是他的话给马利尼翁的一声惊叫打断了。

"我想着了……路易十五时代的一位侯爵!"

他挥舞手杖,一副胜利的姿态。然而周围的人并不起劲,他觉得奇怪。

"怎么!不懂吗……这是吕西安接待他的小客人,不是吗?您让

---

① 哑剧中粉面白衣的滑稽角色。

他站在门前,穿了侯爵的服装,旁边一大束玫瑰花,向太太们敬礼。"

"但是,"朱丽埃特抗议说,"我们也会有十几个侯爵。"

"这又怎么样?"马利尼翁平静地说,"侯爵愈多愈滑稽。我跟您说这要动脑子的……宴会主人要扮成侯爵,不然您的舞会大大减色。"

他说得那么肯定,朱丽埃特最后也热心起来了。一身蓬巴杜侯爵的白缎子礼服,别上几束小花,确是美妙极了。

"雅娜呢?"医生又说。

女孩已过来靠在母亲身上,嗲兮兮的,她就是爱这样的姿势。正当埃莱娜要张口,她喃喃地说:

"哦!妈妈,你答应我的事还记得吗?"

"什么啊?"周围的人问。

这时,女儿用目光恳求她,埃莱娜笑着说:

"雅娜不愿意我把衣服说出来。"

"是啊!"女儿说,"服装说出来就不稀奇了。"

大家对女孩的撒娇都乐了一阵。朗博先生有意要逗她。最近一段时间来,雅娜对他爱理不理的;可怜的先生灰心丧气,不知道如何再取得小朋友的宠幸,就逗她以便跟她接近。他望着她重复了几次:

"我要说的,我要说的……"

女孩脸色变得苍白,她受苦的孩儿脸上表情凶狠冷酷,额上出现两道深刻的皱纹,下巴往外伸,神经质地颤动。

"你,"她结巴着说,"你,什么都不许说……"

因为他还装出要说的样子,她向他疯狂地扑上来,大叫:

"你闭嘴,我要你闭嘴……我要……"

埃莱娜还没有来得及阻止雅娜发作,这类盲目的勃然大怒常引起她的女儿可怕的冲动。她严厉地说:

"雅娜,不要胡来,看我教训你!"

但是雅娜没有听她的，也没有听见。她全身颤抖，跺脚，要勒死自己，反复说："我要……我要……"声音愈来愈凄厉嘶哑，伸出痉挛的双手抓住朗博先生的胳臂，用异乎寻常的力量扭动。埃莱娜威胁她也无用。这时既然态度严厉也无法把女儿压服，在众人面前丢这个丑叫她非常难堪，她只是轻轻地呢喃：

"雅娜，你叫我伤心极了。"

女儿立刻放了手，转过头。当她看到母亲满脸失望，两眼含着眼泪时，她自己哇的哭了起来，勾住母亲的脖子，喔嚅说：

"不，妈妈……不，妈妈……"

她用手抚埃莱娜的脸不让她哭，她的母亲慢慢地推开她。这时女孩心碎了，不知所措，倒在几步外的一张长凳上，呜呜哭得更凶。吕西安注视着她，很惊奇，也有点幸灾乐祸，因为别人老要他学她的好榜样。埃莱娜一边收针线活，一边为这场不愉快的事道歉，朱丽埃特跟她说不，我的上帝！小孩什么都应该原谅；女孩还是心地非常善良，她哭得那么悲伤，可怜的小乖乖，这对她已经是太过分的惩罚了。她叫雅娜过来要拥抱她，但是雅娜不愿接受宽恕，赖在长凳上，哭得喘不过气来。

朗博先生和医生可是走了过去。朗博先生俯下身，他的声音温和感动，问：

"好吧，我的宝贝，你为什么发脾气？我对你做了什么啦？"

"哦！"女孩说，伸开手露出悲恸的脸说，"你要抢走我的妈妈。"

医生听到笑了起来。朗博先生一时没有明白过来。

"你在那里说什么？"

"是的，是的，那个星期二……哦！你知道，你跪在我的面前问我，你要是留在我家里我会说什么。"

医生不再笑了，他的没有血色的嘴唇抖动一下。而朗博先生脸上

升起了红晕,他压低声音,结巴地说:

"但是你说过我们永远在一起玩。"

"不,不,那时我不知道,"女孩粗暴地说,"我不愿意,你听见吗……不要,永远不要再说了,我们才可以做朋友。"

埃莱娜站着,篮子里放了针线后,听到最后几句话。

"好了,上楼吧,雅娜,"她说,"要哭也不要叫大家讨厌。"

她行个礼,推着女孩往前走。医生脸色苍白,呆呆地望着她。朗博先生很狼狈。至于德贝勒太太和波利娜,由马利尼翁帮着,抓住了吕西安,把他围在中间,热烈讨论蓬巴杜侯爵的服装怎样穿在小孩的身上。

第二天,埃莱娜一个人在榆树下。德贝勒太太为她的舞会带了吕西安和雅娜出门去了。医生比平时早回来,他急忙走下石阶;但是他不坐,绕着少妇走,剥下树干上的小片树皮。她有一时抬起眼睛,看到他激动不安;然后她又扎起针,手有点哆嗦。

"天气变坏了,"她对大家不出声很尴尬,说,"今天下午,几乎冷了下来。"

"现在还只是四月份。"他喃喃地说,尽量使音调保持平稳。

他显出要离开的样子。但是他又回来了,突然问她:

"您要结婚了吗?"

这个问题提得那么突然,使她猝不及防,手中的活儿也掉了下来。她脸色苍白。她尽量用意志克制,面孔毫无表情,眼睛睁大了看着他。她不回答,他在哀求:

"哦!我求您啦,一个字,只要一个字……您要结婚了吗?"

"是,可能,跟您有什么关系?"她终于说,语调冷冷的。

他猛的一个手势,叫道:

"但是这不可能啊!"

"为什么呢？"她又说，盯着他看。

这时，这种目光使他有话也在嘴边留住了，他只好不出声。他还在那里留了一会儿，手放在太阳穴上，然后，他透不过气来，害怕又情不自禁地粗暴起来，走开了，而她又装得平静地拣起活儿。

但是下午的美妙情趣消失了。第二天，他徒然表现出温柔和百依百顺。埃莱娜与他单独相处就显得不自在。原来并肩坐在一起，不会感到丝毫心乱，只觉得在一起很快活，这种无拘无束、坦然信任的气氛荡然无存。他尽管处处小心不让她受惊，他偶尔望着她，突然会一阵惊悚，脸上烧得通红。她自己也失去往日的恬静；她全身颤抖，有气无力，手也不勤快，什么都不干。各种怒气和欲望也像在他们心中苏醒了。

埃莱娜甚至不愿意雅娜走远。医生总是在他与她之间看到这位旁证，用她清澈的大眼睛监视着他。尤其令埃莱娜受不了的是她突然在德贝勒太太面前感到难堪。德贝勒太太风风火火回家，称她为"我亲爱的"，跟她谈在外面做了些什么，这时她不能再像以往那样带着微笑和平静的心情来听她；在她的内心深处升起一种骚乱，有一些她不愿面对的感情，像是一种羞耻和怨恨。她诚实的本性起来反抗了，她向朱丽埃特伸出手，但是当她朋友温暖的手指触及她的皮肤时，她无法克服肉体上的颤抖。

可是，天气变坏了，阵雨逼得这两位太太躲进了日本式平房。井井有条的花园成了一片泽国，大家不敢再走小道，怕鞋底粘上土。当一道阳光在云朵里射出时，草木淋了水洗刷一新，每朵小紫丁香花上都凝聚几颗珍珠，从榆树上滴下大点雨水。

"这下子总算定了，在星期六，"一天德贝勒太太说，"啊！亲爱的，我支持不了啦……不是吗？请在两点光临，雅娜和吕西安一起主持舞会开幕。"

在温情的冲动下，对自己的舞会准备工作又很得意，她拥抱两个孩子，然后笑着拉了埃莱娜的胳膊在她的脸上重重地吻了两下。

"这是对我的奖励，"她高兴地说，"嗨！我应该得到的，我忙够了！您看着吧，肯定成功。"

埃莱娜依然冷若冰霜的样子，吕西安勾着医生的脖子，医生从他金发的头上看着她们两人。

（四）

在小公馆的门厅里，皮埃尔站着，穿制服，系白领带，听到车声就开门。狭小的门厅里只见到门帘和绿色植物，吹进了一股潮湿的空气，阴雨午后的黄色反光才给它带来了光明。时间是两点，天空却暗得像一个凄凉的冬日。

但是，仆人推开第一座客厅的门，强烈的光照得客人眼睛发花。百叶窗都关闭了，窗帘也仔细拉上，透不进一点混浊的天色。家具上的台灯、天花板和板壁上水晶灯的烛光，照得像灯火辉煌的小教堂。小客厅灰绿色的帷幕吸收了一部分光，穿过小客厅就进入绣金黑绒装饰的大客厅，熠熠闪光，每年一月份德贝勒太太要在这里开舞会。

孩子们开始来了；波利娜非常忙碌，在客厅把椅子一行行排在餐厅门前，那扇门已拆除，放上了一幅红门帘。

"爸爸，"她喊道，"帮我一下！我们干不了了。"

勒泰利埃先生双手叉在背后观看吊灯，急忙来帮忙。波利娜自己搬动椅子。她听从姐姐的话，穿了一袭白长袍；只是领口开成方的，咽喉都露在外面。

"现在好了，"她又说，"大家可以来了……朱丽埃特在想些什么？她给吕西安穿衣服就没个完。"

恰在这时，德贝勒太太领了小侯爵过来了，所有在场的人齐声喝彩。哦！这个小宝贝！他穿了簪花的白缎子上衣，绣金大背心，洋红丝裤子，再也不可能更可爱了！他的下巴和小手都遮在花边里，一把系上玫瑰大花结的玩具剑在大腿前晃来晃去。

"来吧，行个礼。"他的母亲对他说，引他走到第一间大厅。

一星期来，他反复排练他的动作。这时，他并拢小腿肚，骑士似的挺胸凸肚，扑粉的头略往后倾，三角帽夹在左腋下；哪位女客来了，他鞠躬，伸出胳臂，行个礼，又回来。周围的人都在笑，他是那么认真，还有点放肆。他就是这样给五岁小姑娘马格丽特·蒂索引路的。马格丽特穿一身精致的卖牛奶姑娘服装，腰间挂了奶罐；他带领贝蒂埃家的两个小姑娘布朗希和索菲——一个扮成疯姑娘，一个扮成侍女；他还接待瓦朗蒂娜·德·肖梅特——长成大人的十四岁姑娘——她的母亲总把她打扮成西班牙女郎；他是那么瘦小，她像是抱着他走的。但是在勒瓦瑟一家人面前，他简直不知所措。他家共有五个姑娘，按身材高低排列，最年幼的刚过两岁，最大的十岁。五个孩子都扮成小红帽，一律是大红缎子小方帽和长裙，带黑绒阔带，上面罩宽大的花边胸衣，颜色对比强烈。他勇敢地下了决心，扔掉帽子，左右两臂挽着最大的两个姑娘，后面跟着其他三个，走进客厅。大家见了乐开了，而他俨然小大人似的一本正经。

德贝勒太太这时在角落里跟妹妹争吵。

"这哪儿行！胸袒成这个样子！"

"咦！这又怎么啦！爸爸什么也没说，"波利娜平静地说，"你要，我去别上一束花。"

她从花架盆里摘了一把天然花朵，塞在乳房中间。一些盛装艳服的太太和妈妈都围着德贝勒太太，已经在称赞她的舞会。吕西安走过来时，他的母亲把他的一绺扑粉的头发整一整，而他踮起脚尖问她：

"雅娜呢？"

"她就要来了，我的宝贝……小心别跌倒……快一点小吉罗来了……啊！她扮成阿尔萨斯姑娘。"

客厅满了起来，红帷幕对面的几排椅子差不多都有人坐着，儿童的闹声愈来愈响。男孩子成群结队来的，已经有三个穿方块衣丑角阿勒更，四个驼背丑角波利希纳尔，一个费加罗，三个蒂罗尔人，几个苏格兰人。小贝蒂埃扮小侍从。二岁半小把戏吉罗穿了皮埃罗的服装，样子那么滑稽，每个人在他经过时都把他抱起来亲亲。

"雅娜来了，"德贝勒太太突然说，"哦！她真是可爱。"

人群中传过一阵喂嚅，轻轻的尖叫中有的人转过头。雅娜在第一个客厅的门槛前站停了，她的母亲还在门厅里脱大衣。女孩穿一套日本和服，华丽别致。和服上绣了奇异的花鸟，一直盖到小脚上；在大腰带下，衣摆隔开露出浅绿带黄的波纹裙子。她的脸上五官端正，头上一只横插大别针的高高发髻，再加上山羊般的下巴和又细又亮的眼睛，使她像一个在安息香和茶园中行走的真正东京姑娘，让人感到一种无比奇特的魅力。她在那里犹豫不前，像一朵思念土地的远方的花，带着病态的美。

但是在她的后面，埃莱娜出现了。她们两人从街上灰白的日光中突然进入这里的明亮烛光，仿佛花了眼睛，不停地眨眼皮。但是还是带着笑容。这股热空气，这个客厅内浓烈的紫罗兰香味，使她们感到气咽，也使她们发凉的面颊泛起了红晕。每位客人进门都表示惊奇和犹豫。

"好吧！吕西安呢？"德贝勒太太说。

男孩子起先没有窥见雅娜。他赶快过来，抓了她的胳臂，忘了向她行礼。他们两人都那么温文尔雅，小侯爵穿了他的簪花礼服，日本姑娘穿了她的紫红绣花和服，简直是两尊萨克森上釉涂金细瓷小人像,一下子有了生命。

"你知道,我在等你,"吕西安喃喃地说,"伸出手臂挽了她走,真把我弄傻了……嗯?咱们待在一起。"

他跟她坐上第一排椅子,他完全忘了做主人的礼节。

"真的,我那时很担心,"朱丽埃特对埃莱娜说,"我怕雅娜不舒服。"

埃莱娜道歉,跟孩子永远不会有闲。她还在客厅的角落里站着,在一群女客中间,这时她感到医生在她身后走过来。他确实刚才撩开红门帘走了进来,他又把头伸到门帘后面交待最后一个吩咐。但是,突然他停止了。他猜到是这位年轻的太太,虽然她并没有转过身来。她穿了一袭黑绸长袍,比谁都雍容华贵。她从户外带来的凉意,从肩膀、从透明的衣料下赤裸裸的双臂散发出来,使他感到战栗。

"亨利是什么人都没看见,"波利娜笑着说,"嗨!你好,亨利。"

这时他走近来,向太太们行礼。奥莱丽小姐也在,留住他谈了片刻,指给他看她带来的侄儿。他殷勤地站着,埃莱娜没有说话,把戴黑手套的手伸给他,他不敢抓得太重。

"怎么!你在这里!"德贝勒太太重新出现时大声说,"我到处找你……快三点了;可以开始了。"

"当然,"他说,"马上开始。"

这时厅里已满是人。做父母的把他们的见客服装放在房间四周,在明亮的吊灯照耀下形成乌黑的一条边。女士们座位挤在一起,自成几个圈子;男士们靠着墙不动,填补中间的空隙;而在隔壁小厅的门前,大衣愈来愈多压在一起,堆得很高。全部光线都集中在大厅中间晃动的喧闹的人群上。差不多有一百来个孩子,乱哄哄挤在一起,他们穿了五光十色的衣服嬉闹,其中蓝色与玫瑰色尤其显眼。一大片金头发,颜色从灰金到紫金,深深浅浅的都有,间或夹杂醒目的发结和鲜花；这是一块金发的麦田，一阵阵大笑像清风一样吹得麦浪滚滚。偶尔，在这缎带与花边、绸缎与丝绒形成的花簇中，有一张脸转了过来；一只红鼻子，一对蓝眼睛，一张微笑或赌气的嘴，像是迷失了方向。还有身高不到靴子的小孩，站入十岁的活泼少年中间，母亲从远处找根本别想发现。女孩子摆动着裙子，相衬之下还是男孩子拘束，神情傻乎乎的。有的已经显得十分大胆，用肘臂去碰还不相识的邻近女孩，对着她们的脸笑。但是姑娘们还是舞会的王后，她们三五成群坐着乱动，摇得椅子都快散架了，说话声音响得谁也听不见谁。所有人的眼睛都盯着红门帘。

"注意？"医生说，走到餐厅门前轻轻敲三下。

红帷幕慢慢开了，在门框里出现一座木偶戏舞台。这时全场肃静。突然，从后台跳出波利希纳尔，"哇"的一声喊得那么怕人，吉罗又惊又喜地接着呼叫。这是一幕恐怖剧，波利希纳尔把警长痛打一顿以后，又杀了警察，嘻嘻哈哈践踏天上与人间的所有清规戒律。台上一棍子敲破木头脑袋，台下无情的观众都报以尖锐的笑声；敌对双方决斗，长矛刺进胸膛，打脑袋像打空葫芦似的，大屠杀后，人物都失了人样子，缺臂少腿地走下舞台，更引起满堂一阵阵笑声，历久不停。后来波利希纳尔在舞台边上锯警察的脖子，场上笑声达到顶点；这场戏叫大家看了那么高兴，观众一排挨着一排笑得前俯后仰。一个粉妆玉琢的四岁女孩觉得戏好看极了，张开小手扪住心怡然出神。有的人鼓掌，男孩张大嘴巴在嘎嘎笑，而女孩则发出长笛似的尖叫。

"他们玩得真高兴！"医生喃喃地说。

他已回来站在埃莱娜附近。她像孩子一样哈哈大笑，而他站在她的身后，闻着她的头发散发的香气感到心醉不已。在棍子敲得最响的那一声中，她转过身对他说：

"您看真是太有趣了！"

但是孩子们异常激动，现在也投入这出戏的演出。他们与演员对答。有一个姑娘了解剧情，在解释接下来会发生什么事。"等一会儿他要打老婆了……现在人家要把他吊起来了……"勒瓦瑟家最小的姑娘，才两岁的那个，突然大叫：

"妈妈，要不要罚他吃干面包？"

然后是喝彩声、评论声，可是埃莱娜在孩子中间寻找。

"我没有看见雅娜，"她说，"她玩得好吗？"

这时，医生俯下身，把头伸到她的头旁边，低声说：

"喏，那里，在那个小丑阿勒更和那个诺曼底姑娘中间，您看她的发髻上的大别针……她笑得高兴着呢。"

他还弯着腰，脸颊感到埃莱娜脸上的热气。直到那时他们还没有做过任何表白，互不说明反使他们保持亲密的关系，只是最近一段时间来一种隐约的不安妨碍了这种关系。但是面对这些孩子，在爽朗的笑声中间，她又变得非常孩子气，她不矜持了，而亨利的呼吸使她的后颈发热。她听了响亮的棍子声，身子一颤，咽喉发胀；她向他转过身，眼睛发亮。

"我的上帝！不像话！"她每次说，"嗯！他们打得真凶！"

他颤着声音回答：

"哦！他们的脑袋结实。"

他心里也想不出其他的话，他们两人也看起了这些幼稚的故事。波利希纳尔不足为训的一生使他们厌倦。然后剧情将近结束时魔鬼出现了，大打一场，全面杀戮，埃莱娜身子后仰，压着亨利放在椅背上的手；孩子们在座位上又叫又拍手，兴奋之下把椅子弄得咯咯响。

红帷幕又落下了。这时喧闹声中，波利娜用她惯常的那句话通报马利尼翁的到来。

"啊！英俊的马利尼翁来了。"

他赶到了，气喘吁吁，把座位往边上推。

"嗨！把门窗关得严严的，真可笑！"他大叫，惊奇犹豫，"真像进入了灵堂。"

他朝着走近来的德贝勒太太说：

"您可真行，弄得我东奔西跑的……我一早就去找佩蒂盖，您知道我的歌手……可是我没法找着他，我给您带来了大莫里佐……"

大莫里佐是业余魔术师，常上私家客厅客串变戏法。有人给他留出一张小圆桌，他表演了他的拿手好戏，但是观众情绪不高。可怜的小宝贝变得非常严肃；年幼的吮着手指睡着了；较大的旋转头，对着父母笑；父母自己也偷偷打哈欠。所以，当大莫里佐决定收摊时，观众都松了一口气。

"哦！他棒极了。"马利尼翁对着德贝勒太太的颈子说。但是红帷幕又拉开了，神奇的场景使全体孩子都站了起来。在中央大灯和两座十支大烛台的强烈照耀下，餐厅中又加了一张大桌子，布置得像举行盛宴似的。桌上放了五十套餐具。在中央和两端矮矮的篮子里放了几簇盛开的鲜花，鲜花之间有高脚杯隔开，杯子上堆着晶晶发光的彩纸包装的"礼物"。然后是多层蛋糕，堆成金字塔的冰糖水果，层层叠叠的三明治。下面又是许多放得对称的盘子，装满了糖果和点心；朗姆酒蛋糕、奶油泡夫、圆球蛋糕，跟饼干、脆饼、果仁小烤饼交替排列。冻糕在水晶杯里颠动，奶油在瓷罐里涌了出来。香槟酒瓶像手掌那么高，根据客人的身材特制的，酒瓶的银盖子在桌子四周发光。可以说是儿童在美梦中才能想象这类盛大茶会，这个茶会却像大人宴会似的隆重，像父母餐桌似的充满神奇，糕饼店、玩具店里的一切珍馐美物都倾注到这里来了。

"好啦，挽着女士们去吧！"德贝勒太太看到孩子们出神的样子笑着说。

但是队伍组织不起来。吕西安兴高采烈,挽了雅娜的手臂走在头里。其他人在他的身后有点推推搡搡,只好出动妈妈们让他们坐好。她们待在那里,主要在孩子们身后,监视着生怕出事。这些客人起先确也显得很拘束,他们相互看,不敢碰这些美食。世界颠倒过来了,小孩坐着,父母站着,隐约感到不安。终于,最大的孩子胆子上来,伸出手。然后,妈妈帮着切多层蛋糕,在周围张罗,气氛热烈了,立刻变得非常喧闹。像吹过一阵狂风,打乱了桌子上美妙对称的布置;大家七手八脚,盆子递过来就拿,一切都同时转动。贝蒂埃家最小的两个女儿布朗希和索菲对着她们的盘子笑,里面什么都有:糖果、奶油、蛋糕和水果。勒瓦瑟家的五位千金霸占了放糖果的角落,而瓦朗蒂娜年已十四,感到很自豪,于是照顾她的邻座,想做个有理智的女性。可是吕西安为了表示殷勤开了一瓶香槟,笨手笨脚,差点把酒洒在他的桃红色丝袜上。这成了一件大事。

"你能不能把瓶子放下!"波利娜叫,"香槟该由我来开!"

她奇特地一比画,自顾自乐了。一名男仆过来,她夺走他的巧克力壶,兴致勃勃地给各人的瓷杯倒满,动作利落像咖啡馆侍者。然后她分冰块和果汁杯,放下一切去喂一个大家遗忘的幼女,又转身走开对人问这问那。

"你要什么,你,我的大孩子?嗯?一块圆蛋糕……等等,我的宝贝,我给你来些橘子……吃吧,大傻瓜,以后再去玩!"

德贝勒太太较为镇静,说了几次,让他们自己来吧,他们总会处理好的。埃莱娜和几位太太在房间角落看了用餐的景象只会笑。粉红色的脸上都伸出雪白的牙齿在啃在嚼,这些好人家出身的孩子偶尔失态,吃相像个小野人,这样子是再逗也没有了。他们两手捧起杯子喝到杯子见底,嘴边衣服上都是斑斑点点的污渍。喧声愈来愈大。最后

几只盘子也一扫而光。雅娜听到客厅里演奏四组舞曲,在自己的椅子上跳了起来,她的母亲走过来怪她吃得太多:

"哦!妈妈,今天我好极了!"

但是音乐已叫其他孩子站了起来。渐渐地,桌子边上的人少了,不久只有在正中央留下一个胖娃娃,这个胖娃娃仿佛对钢琴满不在乎。她的脖子上围着一条餐巾,他个儿那么小,下巴颏只到桌布,每次他的妈妈喂给他一勺巧克力,他都睁大了眼睛,伸出舌头。杯子空了,他由人抹着嘴唇,始终在咽东西,眼睛睁得更大了。

"喔唷!我的小乖乖,你好吗?"马利尼翁说,他出神地瞧着胖娃娃。

这时开始分发"想不到"礼品袋。小孩离开桌子,每人捧了一只金色大纸袋,忙不迭地打开包装;从里面取出玩具,纸做的怪帽子、鸟和蝴蝶;最令人兴奋的是爆竹。每包"礼品"中都有一枚爆竹,男孩勇敢地往地上摔,听到爆炸声高高兴兴,而女孩把眼睛闭了又睁好几回。有一时只听到劈劈啪啪的干响声,在这阵喧闹声中孩子们回到客厅,钢琴不断地演奏四组舞曲。

"我真想吃上一块蛋糕。"奥莱丽小姐坐下时喃喃地说。

这时,有几位太太在人已走空还残留大堆甜食的桌子前坐了下来。她们共有十来个人,一直知趣地等着吃上一点东西。因为仆人一个不在身边,就由马利尼翁代劳了。他倒空了巧克力壶,查看酒瓶的瓶底,还找来了冰块。但是他一边显得殷勤讨好,一边喋喋不休抱怨谁出的怪主意,把百叶窗都关上。

"完完全全像在一座墓穴里。"他说了好几遍。

埃莱娜还是站着,跟德贝勒太太聊天。德贝勒太太要回客厅去,她准备跟着走,这时感到有人轻轻碰她,医生在她的背后微笑,他不离开她。

"您什么都不要吗？"他问。

这句话说得很平常，但含有一种强烈的恳求，她感到极大的骚乱。她理会到他要跟她谈的是另一件事。周围这么欢乐，她也渐渐感染到兴奋。这个跳呀叫呀的小天地也使她身上发热。她脸蛋红润、眼睛明亮，她先是拒绝：

"不，谢谢，什么都不要。"

后来，因为他坚持，她有点不安，为了摆脱他：

"好吧！来一杯茶。"

他跑开带了一杯茶回来。他递给她时手在发抖，她喝的时候，他向她走近去，嘴唇翘起，微微发颤，心里的话涌了上来。这时，她后退，把空杯子还给他，趁他把杯子放上餐具柜时，溜走了，把他孤零零地撂在餐厅里跟奥莱丽小姐在一起，她正慢慢咀嚼，有条有理地审察每个盘子。

客厅角落里钢琴正奏得起劲。大厅的舞客从一头转向另一头，滑稽动人。雅娜和吕西安跳着四组舞，大家围着他们转。小侯爵步子有点乱，只有抓住雅娜时才跳得可以；这时他搂住她的腰转了起来。雅娜像一位女士那样摆动身子，只是嫌他弄皱了她的衣服；然后她一时兴起，把他抱住举了起来。花团锦簇的白缎上衣与绣异卉珍禽的和服卷在一起，颇有萨克森古风的两尊瓷像却像橱窗饰物那样雅致和怪异。

四组舞后，埃莱娜叫雅娜把和服系好。

"是他，妈妈，"女孩说，"是他弄皱的，真叫人受不了。"

父母在客厅四周微笑。钢琴再度响起时，所有的孩子都开始跳了起来。可是看到有人瞧着他们就有点疑惑；他们保持严肃，克制自己不一蹦一蹦的，显出很有分寸的样子。有几位是会跳的，大部分不知道如何跳出花式来，在原地摆动，四肢不知放在什么地方。但是波利娜来干预了。

"只有我来带才行……喔！这些木头人！"

她跳到四组舞中间，用手抓了两人，一个在左，一个在右，噔噔跳了起来，震得地板咯咯响。听到这些小脚的脚跟乱蹬乱颠，只有钢琴声弹得很有节拍。其他大人也都加入进来。德贝勒太太和埃莱娜看到怕羞的女孩不敢向前，拉了她们往最密的人群中钻。她们带领女孩们走舞步，把男孩往前推，组成几个圈子；妈妈们把最小的孩子抱给她们，让她们携着他们的手跳了一会儿。这时到了大家舞兴最浓的时刻。舞客玩得兴高采烈，又是笑又是推，就像寄宿学校里，遇上教师不在，学生一下子乐疯了。这个儿童的狂欢节，这群小男小女，混杂了各民族的时尚、小说与戏剧的幻想，就像是世界的缩影。真令人赏心悦目。就是服装也从他们的明眸皓齿、娇嫩容貌中吸取了一份童年的清新，简直是仙童大会，似乎爱神乔装改扮了来参加某位英俊王子的婚礼。

"这里闷极了，"马利尼翁说，"我去透透气。"

他走出去，把客厅的门开得很大。街上的阳光照了进来，苍白暗淡，反使灿烂的灯光和烛光蒙上一层愁色。马利尼翁每隔一刻钟就把门弄得乒乓响。

但是钢琴声不停。小吉罗金头发上别了一只阿尔萨斯黑蝴蝶，被身高两倍扮成阿勒更的男孩搂着跳舞。一个苏格兰人叫玛格丽特·蒂索转得那么快，把她的牛奶罐也掉在舞池中了。贝蒂埃家两姐妹布朗希和索菲形影不离，跳舞也在一起，疯女搂着丫头，跳得身上铃铛叮咚响。只要对着舞池看一眼准能看到一位勒瓦瑟小姐，小红帽仿佛都有分身术，到处是小方帽和乌绒镶边紫红缎袍。可是为了跳个痛快，大男孩和大女孩都躲到另一间客厅的角落里。瓦朗蒂娜·德·肖梅特裹在西班牙披风里，跳花步，面前是一位穿了礼服来的年轻先生。突然笑声骤起，有人叫大家看，在一扇门后的角落里，小吉罗，两岁的皮埃罗和一个同样年纪扮作农妇的女孩子，他们搂在一起，害怕跌倒抱得很紧,像避着不见人似的脸孔贴着脸孔自顾自旋转。

"我受不了了。"埃莱娜说,走去背靠着餐厅的门。

她跳得脸都红了,在扇扇子。她的胸脯在透明的罗纱胸衣下一起一伏。她的肩上还感到亨利的呼吸,他还跟在她的身后。这时她明白他有话要说,但是她没有力量躲开他的表白。他走近了,低低地在她的头发上说:

"我爱您呀!哦!我爱您呀!"

这像是一个热气团,把她从头到脚都烫着了。我的上帝!他说了出来,她没法再装得若无其事不知道。她把通红的脸遮在扇子后面。孩子们正起劲地在跳最后几个四组舞,用脚跟跺得更响。银铃似的笑声响个不停,小鸟般的欢乐尖叫声时有所闻。小魔鬼来回奔窜,围成一圈天真无邪地跳,迸发出朝气。

"我爱您呀!哦!我爱您呀!"亨利不停地说。

她还在颤抖,她不愿意再听到。她昏了头,逃过餐厅。但是这间房是空的,只有勒泰利埃先生一个人静静地睡在一张椅子上。亨利跟了她进来,他大胆抓住她的手腕,不顾会引起什么闲话,面孔表情那么激动,吓得她发抖了。他还在重复说:

"我爱您呀……我爱您呀……"

"放开我,"她软弱无力地呢喃,"放开我,您疯了……"

隔壁房间的舞会上小脚依然蹬个不休。布朗希·贝蒂埃的小铃铛伴随着低沉的钢琴声。德贝勒太太和波利娜用手在打拍子。这是一首波尔卡。埃莱娜可以看到雅娜和吕西安笑嘻嘻,手按在腰际经过。

这时,她突然挣扎脱身,逃到隔壁一个房间,这是配膳房,阳光充足。突如其来的光明使她睁不开眼睛。她害怕了,脸上激动的神情显而易见,她不敢回到客厅去。她穿过花园,走上台阶回到自己的家里,身后则是舞会的喧嚣声。

（五）

回到楼上自己的房间里，在窗户紧闭的幽静中，埃莱娜感到窒息。这个房间那么静，那么封闭，在蓝色丝绒窗帘笼罩下睡得那么沉，使她也感到惊奇，而她给它带来了满身激情引起的短促热烈的气息。这个死气沉沉、孤寂、缺乏空气的角落是她的房间吗？这时，她粗暴地打开一扇窗子，两肘靠在窗沿上对着巴黎。

雨已停了，云正在移动，犹如一群魔鬼向四周散开钻进了地平线上的烟雾。城市上空有一片蓝色云隙，在慢慢扩大。但是埃莱娜，肘臂搁在窗台上还在颤抖，上楼时太快还没有喘过气来，什么都没有看到，只听到自己的心乱跳，撞得喉咙一起一伏。她深深吸了一口气，仿佛那个宽阔的陵谷，藏得下一条河流、二百万生灵、一座大城市的绵延山坡，没有足够的空气使她呼吸顺畅，心平气和。

她待在那里有好几分钟，神态恍惚，还是受情绪的波动。仿佛在她的内心思绪万千，焦躁不安，形成一条巨流汹涌澎湃，使她无法集中心思理解自己。她的耳朵嗡嗡响，她的眼睛看着大的白色斑点缓慢地移动。她奇怪自己在审视戴手套的双手，想起忘了把左手套上的一粒纽扣缝上。然后她高声说，重复了好几次，声音却愈来愈低：

"我爱您呀……我爱您呀……我的上帝！我爱您呀。"

她本能地合紧两手把脸捂住，把手指压在闭合的眼皮上，仿佛要加深她已陷入的浓影。她有一种要毁灭自己的愿望：不再看见，独自一人留在黑夜里。她的呼吸平静了，脸上感到巴黎送来的强烈的气息；她感到巴黎在那里，不愿意瞧着它，可是一想到离开窗子，这座因其广阔无涯而令她平静的城市不再在她眼前，就感到害怕。

立刻，她忘了一切。尽管不去想，求爱的那一幕又出现了。在一片漆黑的背景上，亨利的身影显得格外清晰，活生生的，她甚至看出他的嘴唇神经质地翕动。他走近来，他弯下身。这时，她慌张地向后仰。但是，她还是感到肩上灼了一下，她听到一个声音："我爱您呀……我爱您呀……"然后，她奋力把这个幻象赶走，却又看到它在远处出现了，渐渐大了起来；又是亨利，他跟随她走进餐厅，还是这几个字："我爱您呀……我爱您呀……"在她心中像钟似的当当响个不停。她只听到这几个字，四肢像触电似的，这使她心肺欲裂。可是她要思考，她还是在努力摆脱亨利的形象。他说出来了，她再也不敢面对面看他。男性的粗暴刚刚破坏了他们之间的温情。她回想起过去的时刻；他爱她却没有残酷地把它说出来，他们在初春的温馨中到花园里相会。我的上帝！他说出来了！这种想法停留在她的脑中，充满她的内心，变得如此沉重，即使一声霹雳把巴黎摧毁在她眼前，也不会这样惊天动地。她的心中形成了愤怒的抗议，骄傲的怒气，这个感情还夹杂一种出自肺腑的肉欲，隐蔽、不可战胜，又令她陶醉。他说出来了，他一直在说，他固执地追随不放，热情地说着："我爱您呀……我爱您呀……"这些话毁了她过去贤妻良母的生活。

可是，在这样想的时候，她还是意识到展现在她的背后，展现在看不清的黑夜后面的广袤空间。一个巨大的声音在升起，充满活力的声浪在扩散，把她团团围住。声音、气味，甚至光明，尽管她的双手痉挛似的掩住，还是打在她脸上。有时，倏然而亮的光芒好像刺穿她闭紧的眼皮；在这些光芒中，她以为看到了纪念碑、尖顶和圆顶，浮现在梦幻的流光中。这时，她移开手睁开眼睛，迷惑地待着。天空也开了，亨利不见了。

只看到天空深处有一长条云，像白垩色的岩石塌了又堆了起来。现在空气纯净，天空碧青，只有几团白色云絮轻盈地悠悠飘过，就像微风吹着轻帆。北面蒙玛特尔上空细纹密布，仿佛在这天涯一角撒上淡淡的丝网，准备在平静的海面捕鱼。但是在埃莱娜看不到的默东斜坡上，必然还有残留的阴云遮住太阳，因为巴黎尽管有阳光透照在上面，依然阴暗潮湿，在屋顶蒸发的雾气中若隐若现。这座城市色调单一，到处是青灰色的板瓦顶，有树阴的地方黑黢黢的，颜色鲜艳的屋脊和千万扇窗户则非常醒目。塞纳河像一段年深日久的银子，发出暗光。两岸的纪念建筑物像涂上了油脂；圣雅各塔满身锈斑，像博物馆的老古董，而先贤祠高高矗立在阴暗的小区，宛若一座巨大的灵台。只有荣军院的拱顶还保持金碧辉煌；有人说是大白天亮着的一盏灯，在笼罩城市的薄暮阴霾中，迷离凄凉。一切缺乏轮廓；乌云中的巴黎在地平线上看似发黑，倒像一幅格调细腻的巨大木炭画，在洁净的天空下笔触刚劲。

　　埃莱娜面对这座阴郁的城市，想起她不了解亨利。她非常坚强，现在他的形象不再追随她不放。反抗情绪也促使她否认几星期来她时刻想的就是这个人。不，她不了解他，对他的一切：行为和思想，都毫不知情；她甚至说不出他是不是一个聪明人。可能他缺乏智慧，更缺友情。她就是这样反复思考种种设想，每种设想想到头来总是痛苦，留在心里不去，又总是猜不透个中原因——这成了一道墙，把她与亨利隔开，使她无法理解他。她什么也不知道，也什么都不会知道。她只有把他想成一个粗鲁的人，在她耳边说火热的情话，给她带来唯一的骚动，扰乱她的生活，直到此时还没有恢复幸福的平衡。他为什么要用这种方式叫她忧伤。突然她想到六星期以前，她对他还是不存在的，这个想法她又受不了。我的上帝！谁对谁都不是什么，陌路相逢，可能失之交臂！她绝望地两手捏在一起，眼里泪水晶莹。

　　这时，埃莱娜呆呆地望着远处的圣母院尖塔。云隙间透出一道光照得尖塔发黄。她的头沉甸甸的，仿佛忍受不住纷繁的思绪。这是一种痛苦，她宁愿把注意力集中在巴黎，恢复恬静的心境，像每天一样用安宁的目光掠过起伏的屋脊。有多少次，在这个时刻，在静谧美丽的夜晚，大都市的神秘渗透周围，使她陷入美丽的梦境。可是，在她面前，巴黎在一道道阳光下亮了。随着第一缕阳光照到圣母院，其他一缕缕阳光纷至沓来，落在城里。太阳往下倾斜使云分裂。这时街区在光与影在纵横交错中逐渐扩散。有一时，左岸是一片青灰色，而右岸则点点光斑，像一块巨大的兽皮沿着河边延伸。然后随着带着云走的风势，光的形状变了，位置也变了。在橙黄的屋顶上，乌云都同样飘往一个方向，也同样幽静地滑行。有的是大块乌云，像一艘旗舰威严雄壮，四周是较小的乌云，平衡对称摆着海战的方阵。一团巨大长形的黑影，张着爬行动物的大嘴，挡着巴黎仿佛要一口吞噬。当这团云像蚯蚓缩到地平线里不见时，从云隙中射出雨一般的光芒，落进了它留下的空洞里。光尘像细沙一样泄流，扩大成一个巨大的锥体，不断地洒到香榭丽舍街区，在路面上飞溅跳动。这场星火形成的阵雨，像火箭不停溅落，持续了很久。

是啊！情欲是命里注定的，埃莱娜不再抗拒。她跟自己的心抗争已感到精疲力竭。亨利可以来征服她，她听之任之。这时她感到不再抗拒的无比幸福。她为什么还要拒人千里之外呢，她不是等得够久了吗？回忆过去的生活使她内心充满轻蔑和不耐烦。她怎么还能在以前引以为自豪的冷漠中生活下去呢？她看到自己还是姑娘的时候，住在马赛小马利亚路，终日哆哆嗦嗦；她看到自己结了婚，在这个吻着她的一双裸脚的大孩子身边发冷，在家务操劳中打发日子；她看到生活中每时每刻都以同样的步伐走同样的路，没有打破宁静的激情。这种平淡无奇的生活，现在又是这种沉睡不醒的爱情使她恼火。再这样过上三十年，一颗心默默无声，生命的空虚仅靠做个贞洁女子的孤傲来填补，能说自己很幸福吗？啊！循规蹈矩，顾忌声誉，使她像修女那样仅限于得到些枯索的乐趣，岂不是在自欺欺人！不，不，这够了，她要生活！她对自己的理性加以可怕的嘲笑。她的理性！事实上，她对她的理性表示怜悯；在她已不算短的人生中，这种理性带给她的欢乐，还不及她在这一小时内体味的多。她不肯失足，她有一种愚蠢的虚荣，以为她会这样一直走到底，脚边不会碰到一块石头。好呀，今天她要求失足，她还要立刻跌得很深才乐意。她的全部反抗导致这种强烈的欲望。啊！她要在拥抱中消失，她要在一分钟内把她没有经历的乐趣尝个够！

可是，她的心底充满深沉的抑郁。这是一种不流露的痛苦，带着空虚和黑暗的感觉。这时，她反复斟酌。她是自由的吗？她爱上亨利并没有欺骗谁，她的感情爱如何使用就如何使用。此外，不是一切都在原谅她吗？近两年来过的是什么日子？她明白，守寡、绝对自由、孤独，这一切都在销蚀同时也在激励她的情欲。情欲大约孕育于在两位老朋友之间度过的漫长夜晚，神父和他的兄弟单纯淳朴使她得到安慰；情欲孕育于她关在房间与世隔绝、面对地平线上汹涌澎湃的巴黎的时候；孕育于她伏在窗槛上，陷入她从前不知道的、逐渐使她萎靡不振的那些梦想中。她记起了一件往事，那个春光明媚的早晨，她躺在一张长椅上，膝盖上放一本书，懒洋洋地凝视着金色光芒中的巴黎，这座白色纯洁的城市像罩在水晶盒里。那天早晨，爱情苏醒了，表现出一种对她来说不可名状、而又无力抗拒的心颤。今天，她在原地，但是情欲得胜了，正在吞噬她，而在她的面前，夕阳照得城市着了火似的。她好像一个白天过得很充裕，通红的傍晚又带着那天早晨的清澈，她觉得所有这些火焰都在她的心中燃烧。

但是天空变了。太阳朝着默东小山丘倾斜，拨开了最后的云朵，光芒四射。蓝天灿烂发亮。远处地平线上，遮住夏朗东和舒瓦齐勒罗瓦远景的铅灰色岩状云层塌了下来，转变成绛红镶边的胭脂红云块。巴黎蓝天中慢慢浮动的一簇簇小乌云，竖起了紫色的风帆，而罩在蒙玛特尔上空的网,好像突然从白丝换成了金线,均匀的网眼准备捕捉上升的星辰。在这片辉煌的苍穹下,展现着一座黄澄澄、横着几道大黑影子的城市。下面,大广场上,沿着马路形形色色的马车在橘黄色的尘土中间穿梭往来,四周人群黑压压一片,间或有金黄色的点缀。一队神学士排成密集的队伍沿着德比里河滨道走,在迷散的光线中拖着一长溜赭石色的法衣后裾。后来,车辆和行人消失了,在远处只隐隐看见一长串闪烁着车灯的马车。在左边,军需品厂笔直的红砖大烟囱吐出一团团肉红色轻烟;而在河对岸的奥尔塞码头上,美丽的榆树形成一团浓影,夹杂着闪闪阳光。塞纳河在映着斜阳余晖的两岸之间波涛滚滚,河面上色彩斑斓,但是溯河而上,这种东方海洋才有的绚丽转成了单一的愈来愈炫目的金色,简直是从一只看不见的坩埚里流往地平线的一道金流,随着温度的下降,颜色也格外鲜艳。在这条明亮的河流上,排列着一座座桥梁,桥影婀娜多姿,伸出灰色的栏杆,消失在反射着阳光的房屋群中。雄踞在房屋之上的是圣母院的两座钟楼,像火炬那样发红。圣母院左右的建筑物也光彩夺目,工业宫的玻璃屋顶在香榭丽舍树木中间像一堆发红的炭火。远处,在玛德兰教堂的平屋顶后面,歌剧院的雄伟建筑像是一座铜山;其他建筑物,穹顶、塔楼、铜柱、圣文森·德·保尔教堂、圣雅各塔楼,更近处新卢浮宫和蒂勒黎宫殿顶上都有火焰蹿起,在每个十字路口像一堆巨火。荣军院的圆顶也在喷火,来势那么凶猛,叫人害怕每一分钟都会坍塌,使整个街区星火四溅。越过圣苏尔比斯高高矮矮的塔楼,是先贤祠在天际勾画出明亮沉重的轮廓,就像大火中的一座宫殿,将要烧成一块红炭。这时,正当太阳西下,巴黎的建筑物则成了一支支火炬。火光顺着屋脊奔窜,而黑色浓烟聚在山谷不散。朝向特罗加德罗的屋面都发红了,玻璃窗闪射出火光,城里喷出火星雨,像有一只大风箱在扇动这只大火炉。在邻近街区道路凹陷昏暗,总是溢出死灰复燃的火舌。甚至在平原的远处,在那堆发红的灰烬底下是毁坏但还发热的土地,从突然有了生气的屋子里射出漫无目标的"火箭"。不久这成了一只炉子,巴黎燃烧了。天空更红,在这座金红相间的大城市上空,云朵在渗出血水。

埃莱娜沐浴在夕阳中,受情欲的煎熬,她望着巴黎火光熊熊,这时有一只小手放上她的肩膀使她全身一颤。这是雅娜在叫她。

"妈妈!妈妈!"

她转过身:

"啊!那么高兴呀……你没听到吗?我叫了你有十次了。"

女孩还穿着日本服装,眼睛发光,高兴得两腮红彤彤的。她没让妈妈有回答的时间。

"你把我撂下了……你知道,结束时到处找你。波利娜陪我到了下面楼梯口,没有她我连马路也不敢过。"

她动作优美地把脸凑到母亲的嘴边,直截了当问:

"你爱我吗?"

埃莱娜吻她,但是漫不经心地嘴一努。她感到惊奇,仿佛看到女儿那么快回来不耐烦。她逃离舞会真有一个小时了吗?女孩不安地向她提问题,为了应付,她说自己有点不舒服,新鲜空气对她有好处。她需要一点安静。

"哦!别担心,我太累了,"雅娜喃喃说,"我去那里乖乖地待一会儿……但是,妈妈,我可以说几句话吗?"

她坐到埃莱娜旁边,紧挨着她。很高兴妈妈没有要她立刻换衣服。紫红绣花袍子、淡绿丝裙,她穿了美滋滋的。她摇晃小脑袋,就是要听到串在发髻上发夹挂件的碰击声。这时,她急切地说出一长串话。她什么都看到了,所见的记在心里了,神情则是傻乎乎的,什么都不懂似的。她规规矩矩,一言不发,目光淡漠地待了一个下午,此刻得到了补偿。

"你知道,妈妈,这是个老好人,灰胡子,是他牵动波利希纳尔。幕拉开时我看得清清楚楚……小吉罗他哭了。嗯?他真笨!跟他说了警察要在他的杯子里放水,应该把它拿走,他哭,不停地哭……吃点心时,玛格丽特把果酱都沾到卖牛奶姑娘的衣服上去了。她的妈妈一边给她擦一边叫:'哦!脏孩子!'玛格丽特羞得头都抬不起来……我一句话也没说,但是她们见了蛋糕就上去抢,我看着挺好玩。她们都没教养,小妈妈,不是吗?"

她停了几秒钟,只顾着在想一件事,然后若有所思地问:

"妈妈,你说,那种上面有白奶油的黄蛋糕你吃过吗?哦,真好吃!真好吃……我一直待在那个盘子旁边。"

埃莱娜没有听小孩唠叨。但是雅娜说话是求舒心,她的脑子里东西太多了。她又打开话匣子,把舞会的经过一五一十地说着。鸡毛蒜皮的小事都成了重大新闻。

"开始时你还没看见吧,我的腰带松了。一位太太,我不认识的,给我系上一根别针。我对她说:'我十分感谢你,太太……'这时吕西安在跳舞时给扎了一下。他问我:'你前面有什么东西怪扎人的?'但是我已经忘了这件事,我回答他说我没什么啊。是波利娜过来给我重新把针别好的……不!你没法想象!大家挤来挤去,一个粗野的大男孩在索菲的屁股上拍了一下,她差点跌倒。勒瓦瑟姐妹双脚并拢跳。肯定没有这样跳舞的……但是最逗的是最后。你已经走了,你不可能知道。大家挽了胳膊绕着圈子跳,好笑极了。有几个年纪大的先生也转。这是真的,我绝没瞎说……小妈妈,你为什么不愿相信我?"

埃莱娜一声不出,终于把她惹恼了。她挨得更近,摇母亲的手。然而只听到母亲三言两语的回答,她自己也渐渐不说了,同样陷入沉思，去回想还占据着她这颗少女心的舞会。这时，母女两人都沉默不言，面对着火红的巴黎。巴黎在透红的云朵的光照下，如同传说中在一场火雨中补赎了情欲的城市。这对她们来说是更陌生了。

"大家绕着圈子跳？"埃莱娜突然问，像一时惊醒过来。

"是的，是的。"雅娜喃喃说，轮到她陷在沉思中。

"医生呢？他跳了吗？"

"我相信跳的，他跟着我转……他把我举了起来。他问我：'你的妈妈呢？你的妈妈呢？'然后他亲了我。"

埃莱娜无意识地一笑，她因他的温情而笑。她有什么必要去了解亨利？不了解他，永远不了解他，把他当做她长期希望看到的那样，这样才更加甜蜜。为什么她会惊奇和不安？他刚才就是不失时机地出现在她的路上，这样挺好。她坦诚的本性什么都可以接受。想到她爱人，人也爱她，心里慢慢平静了。她对自己说她有坚强的性格，不会让幸福遭到破坏。

可是，夜来临了，空中吹过凉风。沉思的雅娜打了一个寒战。她把头靠在妈妈怀里，又喃喃地问，仿佛这问题来自她的沉思：

"你爱我吗？"

这时，始终在微笑的埃莱娜把她的头捧在手里，像在她的脸上寻找一会儿，然后把嘴唇放在她的嘴边一个玫瑰色小印子上面停留很久。她看得出这就是亨利吻女孩的地方。

默东昏暗的山脊已经沾上如圆月一般的太阳，照在巴黎的斜阳光辉延伸得更远了。荣军院圆顶的影子无限地扩大，把整个圣日耳曼街区罩在里面，而歌剧院、圣雅各塔楼，圆柱和尖顶给右岸划出一道道黑影。建筑物正面的轮廓，街道的缝隙，屋顶的高耸的小岛更加阴沉地燃烧。发暗的玻璃屋顶上，闪光的金片也淡了下来，仿佛建筑物已经在大火中坍塌。远处的钟响了，钟声滚动，愈来愈轻。黑夜来临，天空广阔，给红彤彤的城市上空盖上了玫瑰色天衣。突然火又可怕地复燃起来，巴黎放出最后的火光，照得偏远的郊区也发亮，然后又像蒙上了一层灰尘，街区的房屋依然矗立在那里，如同熄灭的炭那么轻而发黑。

第三章

（一）

五月的早晨，罗萨莉从她的厨房奔出来，没有放下手中的抹布。她用得宠女仆的随意态度说：

"哦！太太，快来……神父先生正在下面大夫的花园里掘土呢！"

埃莱娜没有动，但是雅娜已经冲出去看。当她回来时，大声说：

"罗萨莉笨不笨！他不是在掘土。他跟园丁在一起，园丁把桔杨放进一辆小车子……德贝勒太太把所有的玫瑰花都采了下来。"

"这是教堂用的。"埃莱娜平静地说，还忙于她的绒绣活儿。

几分钟后，门铃响了一声，儒伟神父出现了。他来说下星期二不必等他，他那几天晚上要忙马利亚月的仪式，堂长要他负责教堂布置工作。这决不会错。这些太太都向他捐花，他要两棵四米高棕榈树放在祭台左右两侧。

"哦！妈妈……妈妈……"雅娜听得出了神，喃喃地说。

"好吧！您不知道，我的朋友，"埃莱娜微笑说，"既然您不能来，那我们去看您……您那几束花叫雅娜晕头转向了。"

她不是虔诚的教徒，甚至借口女儿的健康问题也不去望弥撒：女儿从教堂出来要发颤。老神父避免跟她说宗教。他像个老好人非常宽容，仅仅说心灵美的人通过他们的贤惠和仁慈自会得到拯救的道路。上帝有一天会感化她的。

在第二天晚上到来以前，雅娜一心想着马利亚月。她向母亲提问题，想着教堂都是白色玫瑰花，成千支蜡烛，天堂的声音，醉人的香味。她要靠近祭台，看清圣母的绣袍，据神父说，这件绣袍价值连城。但是埃莱娜要她平静，吓唬她说，要是自己先弄出病来就不会带她去。

终于，到了晚上，用过饭后她们出门了。夜晚还是凉的。到了圣母恩泽堂所在的报知路，女孩发颤了。

"教堂是生火的，"她的母亲说，"我们坐在一个暖气口旁边。"

她们推开软垫门，门轻轻地关上，一阵热气袭上身来，灯光耀眼，歌声响亮。仪式已经开始。埃莱娜看到中堂已经挤满人，要往侧堂去。但是走近祭台要费九牛二虎之力，她携着雅娜的手，耐心地往前走；然后她决定放弃再往里去，见到前面两把空椅子就坐了下来。一根柱子遮去了半个唱诗台。

"我看不见，妈妈，"女孩喃喃地说，很不高兴，"我们待的地方太差了。"

埃莱娜要她闭嘴，女孩开始赌气。她只看到前面一个老太太宽阔的后背。母亲转过身来发现她站在椅子上。

"你下来吧！"她压低声音说，"你真叫人受不了。"

但是雅娜就是不依。

"你看看，这是德贝勒太太……她在那里，中间。她在向我们打招呼呢。"

少妇强烈反感，动作失去耐性，女孩不肯坐下，摇着她。从舞会以来已有三天了，她就是用种种借口不上医生的家去。

"妈妈，"雅娜带着孩子的顽固继续说，"她在看你，她在向你问好。"

这时，埃莱娜只好转过眼睛行个礼。这两个妇女相互点点头。德贝勒太太穿了一件横条白镶边绸袍，站在中堂中央，离唱诗台只有两步路，非常精神，引人注目。她把妹妹波利娜也带来了，波利娜举起手挥舞。歌还在唱，群众的合唱声往低调唱，而尖锐的童声使赞美诗拖沓平稳的节奏时而有所起伏。

"她们要你去，你看见了吗？"雅娜得意扬扬地说。

"不必了。我们在这里再好也没有了。"

"哦！妈妈，咱们去找她们吧……她们有两张椅子。"

"不，下来，坐下。"

可是那个太太还是带着微笑坚持要她们过去，毫不顾忌的示意已引起周围不满的表示，她们却很高兴那些人转过身来看她们，埃莱娜只得让步了。她推雅娜，雅娜可高兴了；她努力开出一条道，忍着一肚子怒气，手有点发抖。这可不是一件简单的事。信女都不愿挪动，愤怒地瞪着她，站着嘴还是不停地唱。她这样在愈唱愈激昂的吼声中足足辛苦了五分钟。当她不能过去时，雅娜瞧着所有这些黑而空洞的嘴，紧挨着母亲。终于她们只需再走上几步，来到了唱诗台前留出的空位。

"你们到了，"德贝勒太太喃喃地说，"神父跟我说你们要来的，我给你们留了两把椅子。"

埃莱娜谢了一声，立即打开弥撒经，不让对方说下去。但是朱丽埃特还是很会应酬客气；她在这里跟在自己客厅一样很自在，外表动人，说话不停。所以她俯下身继续说：

"近来您少见了。我本来打算明天上您家去……您至少没有生病吧？"

"没有，谢谢……各种各样的事情……"

"听着，您明天应该来了……家里人团聚，就只有咱们……"

"您真是太好了，再说吧。"

她好像在默祷，听着赞美诗，决定不再回答。波利娜把雅娜拉到了身边，跟她共同享用那个暖气口，畏寒的人慢慢暖了过来，感到浑身舒服。这两人在逐渐上升的热空气里，好奇地抬起头，观察每一件东西：低低的雕花木条拼成天花板，由实心木拱架连接的短粗的圆柱，挂在拱架下的几盏枝形灯，雕花橡木讲台。越过随着歌声起伏而波动的人头，她们一起看到侧道的阴暗角落，隐蔽的金光闪闪的祈祷室，和大门旁边围上铁栅栏的洗礼堂。但是她们的目光总是回到色彩鲜艳、金碧辉煌的唱诗台，从拱顶上吊下一盏火光明亮的水晶枝形灯；巨大的烛盘并列在蜡烛台上，在教堂的阴沉沉角落里形成对称的点点星光，衬得主祭台更加显眼，像一束枝叶茂盛的大花束。在这上面的玫瑰花丛中是圣母马利亚，身穿花边缎袍，头戴珍珠冠，抱着穿长袍的耶稣。

"嗨！身上热了吗？"波利娜问，"这里真不错。"

但是雅娜在出神，凝视着花丛中的圣母，她颤了一下。她害怕自己不乖，垂下眼睛，极力去看地上黑白相间的石板，免得眼泪掉下来。唱诗班脆弱的童声传出的气息吹到她的头发上。

可是，埃莱娜脸对着她的祈祷书，每次察觉朱丽埃特碰到她的花边衣裳就往旁边让。她对这次见面一点没有准备。尽管她对自己起过誓，只对亨利保持纯洁的爱情，决不会属于他的，但想到自己背叛了这个对她那么信任、那么有说有笑的太太就感觉不自在。只有一个思想盘踞她的心头，她不去参加那次晚宴；她想方设法怎样才能慢慢切断这个有损于她光明磊落形象的暧昧关系。但是唱诗班的歌声就在离她几步的地方高唱，她没法思考；她的脑子里一片空白，顺着歌声节拍的摆动、体味信徒的满足，以前在教堂还从来没有过。

"德·肖梅特太太的事有人跟您说过吗？"朱丽埃特问，憋不住痒痒的要说话。

"不，我一点不知道。"

"好！您想一想……她的大女儿，才十五岁，已长得挺高了，您见过吗？明年要让她嫁人了，对方是个从早到晚离不开妈妈一步的棕色头发小个子……人人都在谈这件事，谈这件事……"

"啊！"埃莱娜说，她没有在听。

德贝勒太太还谈到其他一些小事。突然歌声停了下来，管风琴呻吟了几声也不响了。这时她收住话，一片寂静的默祷声中自己的声音那么响很奇怪。一名神父刚出现在讲台上；观众席中一阵骚动：然后他讲话了。不，肯定，埃莱娜不去参加那次晚宴。她眼睛盯着神父，心里想着与亨利的首次见面，三天来她就是怕见亨利，看到他气得脸色苍白，所以闭门不出；她怕自己表示不出足够的冷淡。在她的幻想中，神父不见了，她只是听到零星几句话，从上面传来的声音直钻心田：

"这是一个无法形容的时刻。圣母低下头回答：我是上帝的侍女……"

哦！她会勇敢的，她的全部理智都恢复了。她体验被人爱的欢乐，她永远不会承认她也爱人；因为她觉得心境平静必须付出这个代价。当他们偶然接近时，不用明说她是深深地在爱，跟亨利偶尔说上一句话，相互看一眼就满足了！这是一种梦，使她心中充满永恒的想法。教堂在她的身边变得友善温柔。教士说：

"天使出现了。马利亚内心充满光明和爱，还在经历一种神秘神圣的变化，她全身心沉浸其中……"

"他讲道讲得很好，"德贝勒太太弯下身喃喃地说，"非常年轻，有三十岁了吗？"

德贝勒太太心里感动，她喜欢宗教就像喜欢高品位的激情。向教堂献花，跟神父办些小事——神父都是一些讲究礼貌、谨慎、不思邪的人，打扮整齐上教堂，用社交活动在上帝面前做些保护穷人的善举，尤其她的丈夫从不参加宗教仪式，她的慈善工作似乎有一种尝禁果的意味。埃莱娜瞧她，只是对她点一下头。两人脸上表现出痴狂和微笑。神父刚离开讲台时，响起一阵椅子和手帕的响声，他最后喊了一声：

"哦！敞开你们的爱心，基督教的虔诚灵魂，上帝献身于你们了。你们的心中有了上帝的形象，你们的灵魂中满怀上帝的恩泽！"

管风琴立即又吼了起来。圣母连祷文又从前排响到后排，带着热烈温情的召唤。从侧道，从隐蔽的祈祷室的阴影中传来一个遥远低沉的歌声，仿佛是大地对唱诗班天使般的童声的回答。众人头上飘过一阵风，吹长了蜡烛垂直的火焰，而在发出最后芬芳而渐渐枯萎的玫瑰花丛中，圣母仿佛低下了头向她的耶稣微笑。

埃莱娜突然转过身，出自一种本能的不安：

"你没有病吧，雅娜？"她问。

女孩脸色苍白，两眼湿润，仿佛被经文的爱潮卷走，凝视祭台，看到玫瑰幻化成一阵花雨纷纷落下。她喃喃地说：

"哦！不，妈妈……我向你保证，我很满足，非常满足……"

然后她问：

"好朋友上哪儿啦？"

她说的是神父。波利娜窥见他在唱诗台的祷告席上,但是要把雅娜举起来才能看到。

"啊!我看见了……他瞧着我们,他在眨小眼睛。"

神父内心在笑的时候,就是像雅娜说的"眨小眼睛"。埃莱娜这时跟他相互亲切地点一下头。这对她像是一种和平的坚信,宁静的最终原因,使她又回到亲善的教堂,使她内心充满宽容的欣喜。祭台前面香烟缭绕,轻烟袅袅升起;祝福开始,圣体显供台像太阳慢慢升起,在匍匐地上的众人额上转了一圈。埃莱娜俯着身子一动不动,很幸福,这时听到德贝勒太太说:

"结束了,咱们走吧。"

椅子移动声、脚步声在穹隆下滚动。波利娜抓住雅娜的手,她走在女孩前面,问她:

"你从来没上过戏院吗?"

"没有。比这还要美?"

女孩把沉重的叹息留在心里,摇摇下巴颏,仿佛要说没有东西会更美了。但是波利娜没有回答,她在一位神父面前站住了,他穿着白色法衣过来,离着几步路:

"哦!好美!"她说得很响,坚信会叫两名信女转过头来。

可是,埃莱娜已经站了起来。她挤在移动困难的人群中间,在朱丽埃特旁边踩脚。她满怀柔情,身子好像疲乏得没有力气,觉得她靠朱丽埃特那么近也没有感到丝毫心乱。有一时,她们赤裸裸的手腕轻轻碰上了,她们相互微笑。她们感到憋气,埃莱娜要朱丽埃特走在前面,自己在背后保护她。她们好像恢复了亲密的关系。

"说好了,是吗?"德贝勒太太问,"明天晚上我们把您也算上啦。"

埃莱娜丧失了说一声"不"的意志。到了街上再说吧。终于她们落在最后走了出来，波利娜和雅娜在对面的人行道上等着她们。但是一个带哭的声音喊住了他们：

"啊！我的好太太，我好久没有福气见到您了！"

这是费杜大娘，她在教堂门口行乞。她堵住埃莱娜的路，仿佛一直候着她，她继续说：

"啊！我生了一场大病，总是在肚子里，您知道……现在简直像锤子在锤……什么都没了，我的好太太……我不敢对您说这个……好上帝会还您的！"

埃莱娜刚才在她的手里悄悄放了一枚硬币，答应会想到她的。

"咦！"德贝勒太太依然站在门廊下说，"有人跟波利娜和雅娜在讲话……但这是亨利啊！"

"是的，是的，"费杜大娘接着说，她的一双小眼睛在两位太太身上打转，"是好心的大夫……我看见他从弥撒开始到结束没有离开过人行道，他是在等你们，没错……真是一位圣人！上帝在听着我们，我在上帝面前说这话因为这是真的，哦！我认识您，太太；您的这位大夫，有福气也是应得的……上天会实现你们的愿望，一切祝福都会降临你们的身上！以圣父、圣子、圣灵的名义，阿门！"

她千皱百褶干苹果似的脸上，一双小眼睛始终异常灵活，又不安分又狡猾，从朱丽埃特看到埃莱娜，叫人没法明白谈到好心的大夫时她究竟在跟两人中的哪一个说话。她陪着她们，嘴里呢喃不停，忽而哭哭啼啼地诉苦，忽而虔诚地感叹。

埃莱娜看到亨利隐忍的态度又惊奇又感动。他简直不敢抬头望她。他的太太还提到他所以不进教堂的看法时拿他开玩笑，他只是解释说，他来接两位太太时抽着雪茄。埃莱娜明白他愿意再见她，是向她表示她不必害怕他又会有什么粗鲁行为。毫无疑问，他也像她那样发誓保持理性。她不去细察他对待自己是不是诚恳，因为看到他难过也会使自己很难过的。因而，在维欧斯路上跟他们道别时，她高兴地说：

"好吧！说定了，明天晚上七点钟见。"

这时，关系更加密切了，美妙的人生又开始了。对埃莱娜来说，仿佛亨利并不曾有过那一分钟的疯狂。她梦想过如此，他们相爱！但是他们相互不说，只要知道就满足了。这是令人陶醉的时刻，彼此的温情不用明说，举手投足，语调抑扬，甚至默不作声，他们也在不断地交流。一切都使他们回到这份爱情，一切都使他们沐浴在他们心中蕴藏的、他们周围弥漫的情欲。好像这是他们唯一能够呼吸的空间。他们有理由说自己光明磊落，他们问心无愧地用自己的感情来演这幕喜剧，因为他们甚至连手也不紧紧捏一下，这使他们见面时交换一声简单的问候就感到一种不可比拟的感官享受。

每天晚上，这两位太太结伴上教堂去。德贝勒太太很兴奋，尝到一种新的快乐，有别于跳舞、晚会、音乐会、戏剧首场演出；她追求新的刺激，大家遇到她时她总是与修女、神父在一起。寄宿学校得到的宗教基础知识，在这个风风火火的少妇头脑中又浮了上来，做些叫她觉得好玩的小善行，仿佛在玩童年的游戏。埃莱娜是在没有宗教教育的环境中长大的，也被马利亚月的种种仪式活动吸引住了，看到雅娜显得乐此不疲也很高兴。晚上催罗萨莉提前开饭，别迟到找不到好位子，然后路过家门时约朱丽埃特一起走。有一天大家还带上了吕西安，但是他行为出格，现在就把他留在家里了。一进入温暖的教堂，到处烧着蜡烛，使人又困乏又宁静，慢慢地，埃莱娜缺了这种感觉就不行。白天，她有什么疑惑，想到亨利会产生一种不可名状的焦虑；晚上，教堂重新使她心平气和。歌声升起，洋溢着神圣的情意。新采摘的鲜花使聚在穹隆下的空气凝重馥郁。她在那里呼吸到初春陶醉的气息，崇拜奉为神明的女性，面对头戴白玫瑰花冠的圣母马利亚，她在这种爱情与纯洁的神秘中心都醉了。她下跪的时间一天比一天长，她有时看见自己双手合十也感意外。仪式一完回家也是一件美事，亨利在门口等着，夜晚温和了，顺着帕西区里黑暗宁静的小路回家，很少说话。

"但是您成了信女了，亲爱的！"有一晚德贝勒太太笑着说。

这是真的，埃莱娜敞开心扉，接纳虔诚的情感。她永远不会相信爱竟是那么美。她回到这里，像到了一片热土，不妨眼泪汪汪，万物不思，全身心默默地投入对神的崇拜中。每天晚上，有一个钟点时间，她不再强制自己，终日压抑心中的爱，终于勃发宣泄，在众人面前、在群众的宗教颤声中转化成为祈祷。嗫嚅声中的祷词、跪拜、行礼，这些没有明确意义，然而不断重复的言辞动作使她沉迷，对她像是唯一的语言，总是用同样的字或符号表达同样的情欲。她需要信仰，她在神圣的爱心中感到愉悦。朱丽埃特不仅跟埃莱娜开玩笑，还断言亨利也走上了虔诚的道路。现在他不是进教堂来等她们了吗？一个无神论者、一个异教徒，曾经声称在解剖刀光下寻找灵魂，就是寻找不到！她看到他站在椅子后的一根大柱子背后时，朱丽埃特推了推埃莱娜的肘臂。

"您看，他已经在那里了……您知道就是我们结婚时他也不愿意举行忏悔礼……不，他的脸真怪，他瞧着我们的样子逗极了！您瞧他呀！"

埃莱娜没有立刻抬头。仪式快要结束，香在烧，管风琴还在轻快演奏。但是她的朋友不是轻易罢休的女人，她必须回答。

"是的，是的，我看见他了。"她支支吾吾，没有转过眼睛。

她听到整个教堂唱起赞美歌时，已经猜到他在那里了。亨利的呼吸仿佛借着歌声的翅翼一直传到她的后颈，她跪在地上以为看到身后他的眼睛照亮了中堂，把她笼罩在一道金光里。这时她慌慌张张祈祷，连词也忘了。而他非常庄重，脸上表情正经，完全是个到上帝家里来接这些女士的丈夫，就像他到剧院大堂去等待她们一样。但是当他们在这群慢条斯理走出教堂的信女中间会合时，这些花、这些歌声把他们联结得更加密切了；他们避免说话，因为他们的心事都摆在嘴唇上了。

两星期后，德贝勒太太开始生厌。她的热情是跳跃的，要做上大家在做的事才觉得安心。现在她投入义卖工作，每天下午她要爬六十层楼梯，到著名画家家里求画，到了晚上拿一只铃主持参加义卖的太太的会议。所以一个星期日晚上，埃莱娜和她的女儿单独在教堂里。布道以后唱诗班唱起了圣母赞歌，少妇灵犀一动，转过头来：亨利在老地方那里待着。这时，她低下头直到仪式结束，等待回家。

"啊！您来真是太好了！"雅娜出门时带着孩子的亲昵说，"走在这些黑暗的路上我会害怕的。"

但是亨利装出惊奇的样子，他以为会见到自己的太太。埃莱娜让女孩回答问题，她跟着他们不说话。当他们三人走到门廊下，一个声音哀求：

"做做好事吧……上帝会还你们的……"

每天晚上，雅娜都把一个十苏硬币放进费杜大娘的手里。当她看到医生单独跟埃莱娜一起时，她只是摇摇头，心领神会的样子，而不像平时那样大声道谢。教堂的人走空了，她跟在他们后面，步子拖沓，嘴里念念有词。这些太太在夜色好的时候，有几次不走帕西路，而是走雷努阿尔路，这样能多走上五六分钟路。那天夜里，埃莱娜渴望暗影和静默，走上了雷努阿尔路，这条街的魅力吸引着她，它又长又荒凉，隔一段路亮着一盏路灯，铺石路面上看不到人影晃动。

在这个时刻，在这个僻静的街区，帕西已经沉睡，散发着外省小城镇的气息。人行道的两旁旅舍林立，那是黑黢黢、陷入梦境的少女宿舍，还有闪耀火光的食堂。没有一家店铺的橱窗在黑暗中发亮。这样冷僻，埃莱娜和亨利见了大喜。他不敢把手臂伸给她。雅娜走在他们中间，在街中央，走道像公园似的铺上了沙。房屋不见了，延伸的墙头上垂下一层层铁线莲和一簇簇紫丁香。旅舍中间都隔有大花园，有时铁栅栏露出里面发暗的长了草木的洼地，树丛中颜色较浅的草坪显得苍白，而一束束鸢尾花种在那些说不准的花盆里。三个人在温和的春夜放慢了脚步，这种夜色也使他们满身生香。当雅娜玩起儿童的游戏，抬着头看天空往前走时，再三说：

"哦！妈妈，你看，那么多星星！"

但是，在他们背后，费杜大娘的脚步声像是他们的脚步声的回声。她走近来，他们听到这句拉丁文："满怀慈爱的马利亚"，一直含糊不清地说了又说。费杜大娘回家时边数念珠边祷告。

"我还有一个硬币，给她怎么样？"雅娜问她的母亲。

她没有等到回答，就跑开去追那个老妇人，她正要走进水巷里。费杜大娘拿了硬币，千恩万谢要天上所有女神保佑她，同时又抓住女孩的手，变了音调对她说：

"那位太太，她病了吗？"

"没呀。"雅娜惊奇地回答。

"啊！上天保佑她！赐给她和她的丈夫门庭昌顺……我的好小姐！您不要走。让我给您的妈妈念一段《圣母经》，您跟着我回答：'阿门'……您妈妈不会说什么的。您说完后再去追他们。"

可是，亨利和埃莱娜这样在一长排沿街的栗树浓荫下，突然单独面对面全身颤抖。他们慢慢地走了几步，从栗树上已落下一地小花，他们仿佛走在玫瑰色地毯上。然后，他们停步了，心沉甸甸的，走不远了：

"请原谅我。"亨利没说别的。

"是的，是的，"埃莱娜嗫嚅不清地说，"我求您，别说话。"

但是她已感到他的手碰上了她的手。她往后退。幸而，雅娜奔着回来了。

"妈妈！妈妈！"她叫，"她要我念了一段《圣母经》，祝你幸福。"

三人朝欧维斯街转弯，而费杜大娘走下水巷的阶梯，数完了她的念珠。

这个月过去了。德贝勒太太还是参加了两三次宗教仪式。最后一个星期天，亨利还是大胆来等候埃莱娜和雅娜，归途也很愉快。这个月过得特别温馨。小教堂好像是为了追寻安宁和酝酿情欲而安设的。埃莱娜起初心境趋于平静，很高兴找到宗教这个庇护所，在那里她相信可以毫无愧色地去爱；但是心底的波澜并未平息，当她从虔诚的麻木中醒来时，她感觉心中已有新的牵连，如果要把这些牵连割断，她会感到切肤之痛。亨利一直毕恭毕敬，但是她看到他脸上升起情焰。她害怕疯狂的欲念会失控，她也害怕自己的热情会骤然爆发。

有一天下午，跟雅娜散步回来，她从报知街进入教堂。女孩说太累了。直到最后一天，她不愿意承认晚上的仪式使她筋疲力尽，因为她只顾到享受其中深入内心的乐趣。然而她的脸色苍白如蜡，医生劝她多散步。

"你待在这里，"她的母亲说，"你休息……我们只停留十分钟。"

她让女孩坐在一根柱子旁边，自己离开几把椅子跪下。几名工人在中堂里面卸帷幕，搬花盆，马利亚月的庆祝仪式在上一天已全部结束。埃莱娜把脸埋在手里，什么也没看见，也没听见，焦急地自问要不要向儒伟神父承认她经历的可怕危机。他会给她忠告，可能会给她找回失去的宁静。但是在她心底的焦虑之中也掺杂着一种压抑不住的喜悦。她爱自己的病痛，也怕神父给她治好。十分钟过去，一小时过去。她陷入内心的斗争。

当她终于抬起头，两眼含着泪水，她窥见了儒伟神父在身边忧愁地瞧着她。他是在指挥工人工作。他认出了雅娜就走了过来。

"您怎么啦，我的孩子？"他问埃莱娜，她连忙站起来擦眼泪。

她想不出话回答，害怕跪倒在地上号啕大哭。他走得更近了，温和地又说：

"我不要问您什么，但是您为什么不对我——对神父，而不是对朋友——说心里话？"

"以后吧，"她支支吾吾说，"以后吧，我答应您。"

可是，雅娜起初乖顺耐性地等着，瞧着四周看：彩玻璃，大门的雕像，沿着中堂两壁用浅浮雕表示十字架之路的一幕幕故事。渐渐地，教堂的凉意像裹尸布一样罩在她身上，环境死气沉沉使人什么都不想；祈祷室的肃静，噪声的回响都叫她不安。她觉得自己快要死在这块圣地上。但是她最大的忧愁是看到花一盆盆撤去。祭台上没有了大束玫瑰花，赤裸裸的，令人发寒。大理石上没有一支蜡烛，一缕烟，叫她血液凝结。一会儿，穿花边绣袍的圣母跟跄一下，横倒在两名工人的胳臂里。这时雅娜发出一声微弱的惊呼，张开两臂，肢体僵硬了，潜伏了好几天的病痛发作叫她直不起身来。

埃莱娜惊慌失措，在无所适从的神父帮助下，把雅娜抬进了马车，她转身对着门廊，紧张得双手发抖。

"这座教堂！这座教堂！"她说了几遍，态度粗暴，其中对自己一个月来温温顺顺做信女这事，既有惋意也有谴责。

（二）

晚上，雅娜好了一点。她可以起床了。为了叫母亲安心，她执意待在餐厅里不走，坐在她的空盘子前面。

"不会有什么的，"她说，竭力装出笑容，"您知道我是药罐子……您吃吧。我要您吃。"

她自己看到母亲瞧着她脸色苍白，身子发抖，一口也咽不下，就最后装出胃口来了的样子。她会吃上一点甜的东西，她发誓说。这时，埃莱娜急忙吃着，女孩始终带着笑容，头微微有点神经质地颤动，敬慕地瞧着她。后来甜食端上来，她要遵守自己的诺言，但是眼泪夺眶而出了。

"您看，吃不下呀，"她喃喃地说，"不要责怪我。"

她感到可怕的疲乏还在毁灭她。她的双腿像是已经死了，肩膀被一把铁钳夹着。但是她表现得很勇敢，脖子上疼痛刺骨，她还是忍住没有轻轻呼叫。一会儿，她忘了自己，头太沉重，痛苦中缩作一团。她的母亲看到她瘦了下来，那么弱，那么可爱，竟连正在努力吃的梨子也没能吃完。呜咽哽塞她的喉咙，透不过气来。她不顾毛巾落在地上，过来一把把雅娜抱住。

"我的孩子，我的孩子……"她结结巴巴地说，看到餐厅就伤心，当女孩健康的时候，女孩在这里狼吞虎咽的样子经常逗得她发笑。

雅娜身子一挺，努力想笑。

"不要难过，这没什么，真的……现在你吃完了，你送我上床……我那时是要看你吃饭，因为我知道你怎么想，不然你不会咽下那么多的面包。"

埃莱娜抱了她去，她已把那张小床推到卧室中自己的床旁边。雅娜躺直，被子盖到下巴，感到好多了。她只是说后脑勺上还有些隐痛。然后她很温柔，自从生病以后她的感情也好像丰富了。埃莱娜亲她，发誓说自己很爱她，还答应她自己上床时再亲她。

"我睡了就没事了，"雅娜重复说，"我还是感觉到你的。"

她闭上眼睛，睡着了。埃莱娜留在她身边，瞧着她睡着。罗萨莉踮了脚过来，问她是不是可以走了，她点点头表示可以。钟敲十一下，埃莱娜还在那里，但她相信听到楼梯口的门轻轻敲了一下。她拿了灯，很奇怪，走去看：

"谁啊？"

"是我，请开门。"一个声音压低着说。

这是亨利的声音。她急忙打开，觉得这次来访很自然。无疑，医生刚才听到雅娜的病情就赶来了；虽然她想过，为了女儿的健康要他分担一半的忧愁很不好意思而没有请他来。

但是亨利没有让她有说话的时间。他跟着她走进餐厅，身子发抖，脸上充血。

"我求您，原谅我，"他一边结巴地说，一边抓住她的手，"我有三天没有见您了，我憋不住要见您。"

埃莱娜把手抽回来。他往后退，眼睛看着她，继续说：

"不要怕什么，我爱您……您若不给我开门，我会待在您的门口。哦！我知道这是疯了，但是我爱您，我爱您……"

她听着他，非常庄重，又沉默又严厉，使他痛苦万状。遇到这样的接待，他的热情全部退潮了。

"啊！我们为什么要玩这种可恶的游戏……我受不了，我的心都要炸了；我会做出疯狂的举动来的，比今晚还要严重；我会在众人面前抱住您，把您带走……"

一种疯狂的欲望使他伸出两臂；他走近了，吻她的长袍，发烫的双手乱抓。她站得笔直，冷若冰霜。

"那么，您什么也不知道？"她问。

他已在她睡袍打开的袖管里抓住她的赤裸的手腕，贪婪地吻着，她终于不耐烦地动了一动。

"行了吧！您看到我连听都不在听。我会去想这些事吗？"

她静了下来，把她的问题又提了一次。

"那么，您什么也不知道……好吧！我的女儿病了。我很高兴看到您，您来了我安心。"

她取了灯走在前面；但是在门槛前，她转身，目光明亮，态度严厉地对他说：

"我不许您再这样……决不可以，决不可以！"

他在她身后进了房里，还在颤抖，不大明白她对他说了些什么。在房里，在这个时刻，凌乱的衣物之间，他又闻到了马鞭草的香味，第一夜他看到埃莱娜蓬头散发，披肩从肩上滑了下来，这香味使他心里很乱。又到了这里，跪在地上，体会弥漫在空中的这种爱情的芬芳，怀着景仰等待着白天，在梦的占有中忘却自己！他的太阳穴爆炸了，他靠上女孩的小铁床。

"她睡着了，"埃莱娜低声说，"您看她。"

他一点没有听见，他的情欲不愿意沉默。她在他面前俯下身，他窥见她泛着黄光的后颈，还有细软鬈曲的头发。他闭上眼睛，免得抵挡不住诱惑，在那个部位吻上一吻。

"大夫，您看到了吗，她身子发烫……这不严重吧？"

这时，疯狂的欲望在脑袋里突突跳，他机械地摸到雅娜的脉搏，又回到了职业习惯……但是斗争是太激烈了，他一会儿没动一动，好像不知道这只可怜的小手抓在自己的手里。

"您说，她有高烧吗？"

"有高烧，您认为这样吗？"他跟着说了一遍。

小手把他的手也弄暖了。又是一阵静默。医生的意识在苏醒，他计算脉搏，眼睛里的火焰在熄灭。徐徐地，他的脸色苍白，他低下身，很不安，专注地瞧着雅娜。他喃喃地说：

"病来势很凶，您说得对……我的上帝，可怜的孩子！"

他的欲望消失了，只留下了一种热情，即如何为她效劳。他又恢复了冷静。他坐了下来，向母亲询问发病前的种种迹象，这时女孩呻吟着醒来了。她说头痛得可怕。头颈和肩膀都痛得那么厉害，她身子动一下就忍不住要哭一声。埃莱娜跪在床的另一边，鼓励她，向她微笑，看到她这样难受心都碎了。

"还有别人吗，妈妈？"她问，转过身看见大夫。

"这是一位朋友，你认识的。"

女孩对他看了片刻，在想，也像在犹豫，然后脸上掠过一丝温柔。

"是的，是的，我认识的。我很爱他。"

又甜蜜地说：

"先生，要把我治好，是吗？让妈妈高兴……您开什么药我服什么药，一定。"

医生又摸住她的脉搏，埃莱娜抓了她的另一只手；她在他们两人之间，把他们一个个看过来，头神经质地微微颤动，精神非常集中，好像她从来没有把他们看得这样清楚。然后，她又难过得动来动去。她的小手抽搐，抓住他们：

"你们不要走开；我怕……保护我，别让这些人走近来……我只要你们，我只要你们两人，靠近些，哦！靠近些，挨着我，一起……"

她拉他们，痉挛似的把他们拉在一起，反复说：

"一起，一起……"

这样癫狂了好几回。平静时刻，雅娜陷入昏睡状态，大气不出一声，像死了那样。当她从这些短暂的睡眠中惊醒时，她听不到，看不见，眼睛蒙上一层白雾。医生守了半夜，病情很不稳定。他只是下楼了一会儿亲自去取药。将近天明，他走时，埃莱娜焦急地陪他到外客厅。

"怎么样?"她问。

"她的情况非常严重,"他回答,"但是不要怀疑,我求您啦;请相信我……我上午十点钟再过来。"

埃莱娜回进房里,见到雅娜坐了起来,神色迷茫地在周围找什么。

"你们把我撂下了,你们把我撂下了!"她叫道,"哦!我怕,我不愿意一个人待着……"

她的母亲亲她、安慰她,但是她还是在找。

"他在哪儿?哦!跟他说不要走开……我要他在这里,我要……"

"他要回来的,我的天使,"埃莱娜再三说,她跟女孩哭在一起,"他不会离开我们的,我向你起誓。他太爱我们了……嗯,乖,躺下。我留在这里,我等他回来。"

"是真的,是真的吗?"女孩喃喃地说,渐渐又陷入昏睡状态。

于是可怕的日子开始了,三个星期来令人提心吊胆。寒热没有退过一小时。只有医生在的时候握了她的一只小手,而她的母亲抓了另一只手,雅娜才安静一点。她在他们身上寻找庇护,她把暴虐的爱分给他们两人,仿佛她才明白她要有什么样热烈温柔的保护。她本来神经过敏,有了病变本加厉,这种过敏无疑告诉她只有他们的爱的奇迹才能救她。她好几小时瞧着他们待在床的两边,目光庄重深邃。所有人间的热情——见到的和猜到的——都表现在这个濒临死亡的女孩的目光里。她不说话,然而她用热烈的握手向他们说明一切,恳求他们不要离开,要他们明白看到他们这样她感到多么平静。医生走开后再回来,她欣喜万分,她的眼睛没有离开过门,充满了亮光,然后她平静下来,听到他们——他和母亲——在她身边转,低声说话,安心地睡着了。

发病的第二天，博丹医生来了。但是雅娜赌气扭转头，拒绝让他诊断。

"不要他，妈妈，"她喃喃地说，"不要他，我求你。"

他第二天又来时，埃莱娜只得跟他说起女儿的排斥心理。所以这位老医生也不走进房间。他隔天上她家来，探听消息，偶尔与他的同行德贝勒医生聊几句，后者是非常敬老的。

然而，什么事也别想欺骗雅娜，她的感官非常灵敏。神父和朗博先生每天都来，坐在那里，在难过的沉默中过上一个小时。一天晚上，因为医生走了，埃莱娜向朗博先生示意代替他的位置，握住女儿的手，让她不发觉她的好朋友已经离开。但是两三分钟后，睡熟的雅娜却睁开眼睛，猛地抽回手。她哭了，说人家戏弄她。

"你不再爱我了吗？你不愿再要我了吗？"可怜的朗博先生反复说，眼里满是泪水。

她望着他没有回答，她好像连认他也不愿意。这个正直的人回到自己的角落里，很伤心。他最后又悄无声息地进来，溜到窗洞前，半身躲在帷幕后，晚上就是这样悲伤发呆，眼睛定定地瞧着病人。神父也在，苍白的大面孔，瘦削的肩膀。他大声擤鼻子，不让别人看见他落眼泪。他的小朋友病危，他心乱得连他的穷人也顾不上了。

但是这两兄弟再躲在角落里也没用，雅娜还是感觉得到的；他们妨碍她，就是烧得昏昏沉沉时她也会悻悻然转过身去。她的母亲俯下身听到她喊嚷：

"哦！妈妈，我痛……都叫我发闷……叫大家走，马上走，马上走……"

埃莱娜尽量细声细气向两兄弟解释女孩要睡了。他们理解，低着头走开了。他们一走，雅娜呼吸顺畅，目光在房间里转了一圈，然后又温情脉脉地望着母亲和医生。

"晚上好,"她喃喃地说,"我好了,请留下。"

三个星期,她就这样缠住他们。亨利起初一天来两次,然后在这里过整个晚上,他有多少时间就交给女孩多少时间。最初他害怕是伤寒,但是症状一个个出现前后矛盾,他也立刻感觉无从下手。他无疑遇到了那种捉摸不定的萎黄病,这在少女发育期会引起可怕的并发症。接下来他又担心心脏病变和初期肺病。引起他不安的是雅娜的神经质冲动,他不知如何控制,尤其是这种持续高烧,就是最大程度增加药物剂量也不会见效。他在这次治疗中用上全部精力和学问,唯一的想法是他在拯救自己的幸福,甚至自己的生命。他心中默默地严肃等待;焦虑不安的三星期中,情欲没有激起过一次;感到埃莱娜的气息也不再颤栗,当他们的目光交织时,他们就像两个同病相怜的人,表示出一种友爱的悲哀。

可是,每一分钟,他们的心更加交融一起。他们彼此心领神会。他一到,瞧她一眼就知道雅娜前一夜过得怎么样;他也不需要说,她就明白他看到病人情况怎么样。此外,她表现出做母亲的令人钦佩的勇气,要他起誓保证不瞒她,有什么担心要直说。她连续三星期每夜睡觉不到三小时,依然屹立不躺倒,表现出超人的力量和镇静。她掉一点眼泪,保持了清醒的头脑,克服了自己的失望情绪,去跟女儿的疾病斗争。她的心和四周已形成一片巨大的空白,外部世界、每小时的感情,即使自己的生存意识,都已陷入其中。什么都不再存在。她与生命的联系仅限于这个奄奄一息的亲骨肉和这个答应她创造奇迹的男人。她看到的与听到的是他,也只是他;他说的最无关紧要的话,也有最大的重要性,她毫无保留地听从,她还梦想与他合二为一,以增加他的力量。暗暗地,不可抗拒地完成了这样的占有。差不多每天晚上热度上升时,雅娜有一小时的危险时刻,他们静静地单独待在这个温湿的房间里,仿佛他们愿意双双一起抵抗死神,他们的手不由自主地在床沿上碰到，长时间的紧握使他们接近，他们因不安和怜悯而发颤，直等到女孩一声轻微的呻吟，一声舒松均匀的呼吸，告诉他们危险已经解除。这时他们点一点头放心了。这次又是他们的爱赢得了胜利。每次他们的手握得愈紧，他们的关系愈是密切。

一天晚上，埃莱娜猜测亨利有什么事瞒她。十分钟来他观察着雅娜没说一句话。女孩诉说渴得难熬；她窒息、喉干，发出持续不断的咝咝声，然后又昏昏睡去；她面孔绯红，眼皮沉重得睁不开。她毫无生气，要不是喉头有咝咝声，简直与死人无异。

"您觉得她不好，是吗？"埃莱娜简单地问。

他回答说不是，没有变化。但是他的脸色很苍白，一直坐着，为自己的无能垂头丧气。这时，尽管全身很紧张，她还是倒在了床另一边的一张椅子上。

"把一切都告诉我。您保证过的，一切都对我说……她完了吗？"

因为他不开口，她粗声又问了一遍：

"您看到我很坚强……我哭了吗？我绝望了吗？说吧，我要知道真相。"

亨利定定地瞧着她，慢慢地说：

"好吧！"他说，"再过一小时她醒不过来那就完啦。"

埃莱娜没有一声哽咽。她全身冰冷，吓得毛骨悚然。她垂下眼睛看雅娜，她跪下，有模有样抱住孩子，像要孩子靠着她的肩膀。足足有一分钟，她的脸对着孩子的脸，目光看了又看，要把自己的呼吸、自己的生命注入她的体内。小病人的喘息变得更加短促了。

"没有什么可做的了吗？"她抬起头又说，"您为什么呆在那里？做点儿什么呀……"

他做个无可奈何的手势。

"做点儿什么呀……我怎么会知道呢？随便什么，总有什么可以做的……您不要让她死去。这不可能!"

"我会去做一切的。"医生只是这样回答。

他站起身。那时展开了一场惊心动魄的斗争。他恢复了医生的镇定,下定了救死扶伤的决心。那是以前他不敢用冒险的施救方法,害怕会使这个没有多少生命力的小身子更加虚弱。但是现在他不再犹豫了,他差罗萨莉去找十二条蚂蟥,他向母亲吐露真情,这是一种绝望的尝试,也可能救了她的女儿,也可能杀了她的女儿。蚂蟥找来时,他看到她一时软弱了。

"哦!我的上帝,"她喃喃地说,"我的上帝,要是您把她杀了……"

他不得不征求她的同意。

"好吧!用吧,但愿上帝显灵!"

她没有放下雅娜,她拒绝站起身,她要让孩子的头靠在她的肩上。他表情冷静,一句话不说,注意力集中在他孤注一掷的尝试中。起初,蚂蟥没有吸住。几分钟过去了,在黑暗的大房间里,只有钟摆发出它无情和顽固的滴答声,每一秒钟带走一点希望。在灯罩投出的泛黄光圈中,雅娜那个可爱而又受苦的裸身躺在掀开的被子中间,像蜡一般苍白。埃莱娜两眼干涩,喉头哽塞,望着她的细弱已经死亡的四肢。为了看到女儿的一滴血,她宁可献出她全身的血。终于看到了一颗红点,蚂蟥吮吸了。它们一个个咬住身子,女孩的生命就取决于此了。这是惊心动魄的几分钟,雅娜的这声叹气,是最后的呼吸,还是生命正在起死回生?有一时,埃莱娜觉得她的身子发硬,以为她已经过去了,恨不得把这些贪婪吸血的丑东西统统抓走;但是一种更强大的力量制止她,她张口结舌,全身冰冷。钟摆继续晃动,充满忧愁的房间好像也在等待。

女孩动了。她沉重的眼皮抬起来了,然后又闭上,仿佛又惊奇又疲劳。她的脸上掠过轻微的震颤,好像一声呼吸。她张嘴。埃莱娜贪婪、紧张,俯下身去,疯狂地等着。

"妈妈,妈妈。"雅娜喃喃地说。

亨利这时走到床头,在少妇旁边说:

"她得救了。"

"她得救了……她得救了……"埃莱娜反复说,嘴里结巴,脸上洋溢喜气,她快乐地坐倒在地上,靠着床,疯子似的瞧着女儿,瞧着医生。

她又猛地站起来,扑在医生的怀里。

"啊!我爱你!"她叫喊。

她吻他,她紧紧搂他。这是她的内心话,隐藏了那么久的内心话,终于在这心潮翻腾的时刻不经意说了出来。在这美妙的时刻,母亲和情人合为一体了;她在感激涕零时表白了自己的爱。

"我哭了,你看到,我会哭的,"她结巴地说,"我的上帝!我多么爱你,我们会幸福的!"

她对他称"你",她呜呜哭。憋了三星期的泪水,终于扑簌簌落了下来。她还留在他的怀里,孩子似的柔顺亲热,时而温情脉脉,时而心花怒放。然后她又跪下,再把雅娜抱起来,让她靠在自己的肩膀上睡着。女儿安睡时,她不时向亨利抬起湿润而又充满激情的眼睛。

这是喜庆的一夜。医生留得很晚。雅娜直躺在床上,被子盖到下巴,棕发的小脑袋埋在枕头中央,闭着眼睛没有睡着,又舒心又倦乏。放灯的小圆桌已移到壁炉旁边,只照亮房间的一个角落,使埃莱娜和亨利留在暗影里,他们还是坐在老地方,小床的两边。但是女孩没有隔开他们,反而接近他们,在他们的第一个爱情之夜添上了她的童心无邪。他们两人经过漫长焦虑的日子尝到了平静的滋味。终于他们肩并肩在一起,心扉也更加敞开。他们明白,在这些战战兢兢、同甘共苦的时刻他们更相爱了。这个房间也是媒介，那么温润，那么安静，充满宗教气氛，在病床四周保持着多么不平静的沉默。埃莱娜时而站起身，踮起脚去找药，把灯扭亮，吩咐罗萨莉做事，而医生的眼睛跟着她，向她示意走路轻一点。然后她又坐下，他们相互一笑。他们不说一句话，他们只关心雅娜一个人，她就像他们的爱情本身。但是有时在照顾她，给她拉被子或者垫高她的枕头时，他们的手碰上了，两人挨在一起也悠然出神了一会儿。他们允许自己做的也仅是这种无意的、悄悄的抚摩。

"我没有睡，"雅娜喃喃地说，"我知道你们在这里。"

这时，听到她说话他们就快活了。他们的手分开了，他们没有其他欲念。孩子使他们满足，使他们平静。

"你好吗，亲爱的？"埃莱娜看到她扭动身子问。

雅娜没有立即回答，她像在梦中说话。

"哦！是的，我不再觉得……但是我知道你们在，这叫我开心。"

然后，过了一会儿，她竭力抬起眼皮瞧着他们。她圣洁地一笑，又闭上了眼睛。

第二天，当神父和朗博先生出现时，埃莱娜无意中表现出了不耐烦。他们到她的小窝来扰乱了她的幸福。他们向她提问，害怕听到坏消息，她竟恶意地对他们说雅娜的病没有起色。她这样回答没有经过思考，只是出于自私的目的，要把雅娜脱离危险的音讯留给自己和亨利两人知道。别人为什么要分享他们的幸福？这是属于他们的，别人知道了，幸福好像就会少了似的。她简直以为是让一个陌生人干涉了她的爱情。

神父走近床前。

"雅娜，这是我们，你的好朋友……你不认识我们了吗？"

她严肃地点点头。她认识他们，但是她不愿意说话，悠然出神，向母亲会意地看看。这两个好人走开了，比平时晚上还要难过。

三天后，亨利允许病人尝一个带壳鸡蛋。这是一桩大事，雅娜就是要关上门单独跟妈妈和医生一起时才吃。朗博先生恰好也在，母亲已经把一块餐巾当做桌布铺在床上，她在母亲耳边喃喃说：

"等他走了再说。"

然后，当他走远了：

"马上吃，马上吃……没有人的时候才有意思呢。"

埃莱娜让她坐好，而亨利在她背后放两只枕头托住。一条餐巾铺好，另一条放在膝盖上，雅娜带着微笑等待。

"我给你打开壳，要吗？"母亲问。

"好的，就这样，妈妈。"

"我给你切三根面包条。"医生说。

"哦！四根，我要吃上四根，你看着吧。"

她现在对医生也称"你"。当他递给她第一根面包条时，她抓住了那只手，因为她也抓了母亲一只手，她怀着同样的热情把两只手先后吻了一遍。

"好了，要懂事，"埃莱娜看着她快要哇地哭出来的样子，"吃你的鸡蛋吧，好叫我们高兴。"

雅娜开始吃了；但是她太虚弱了，吃上第二根就累极了。她吃一口笑一笑，说牙齿都松软无力。亨利鼓励她。埃莱娜含泪欲滴。我的上帝！她看到自己的女儿吃东西了！她看着女儿吃面包，吃第一只鸡蛋，心情好极了。突然想到雅娜僵死在被子下，就全身冰冷。她在吃，她吃得那么文雅，动作悠悠的，像康复病人细嚼慢咽！

"妈妈，你不会生气了……我尽我的力，我吃到第三根了……你满意吗？"

"是的，十分满意，亲爱的……你不知道你叫我多么快活。"

她喜气洋洋，高兴得忘乎所以，把身子靠到了亨利的肩上。两个人都向女孩笑。但是女孩却慢慢地显出不自在的样子：她偷窥他们，然后低下头再也不吃了，而且脸色发白，带点疑虑和怒意。应该让她上床了。

（三）

病养了好几个月。到了八月，雅娜依然躺在床上。傍晚她下床一两个小时，就是走到窗前对她也是勉为其难，她横在一张坐椅上，面对夕阳里着了火似的巴黎。两条腿就是搬不动她；就像她带着苍白的微笑说的那样，她身体内的血还没有一只小鸟多，必须等到她喝上了许多汤，汤里还要加了一些肉。她要到下面花园里去玩，就必须高高兴兴吃下去。

时光流转，几个星期、几个月就这样流逝过去，单调美好，埃莱娜过得连日子也不用记。她不再出门，她在雅娜身边把世界都忘了。外界的消息一条也传不到她这里。室外是尘嚣中的巴黎，室内比深山里的修道院还要幽深封闭。她的孩子得救了，这件事确定无疑，她就不问其他。她终日注意的就是她的健康有没有恢复；稍有进展，眼目明亮，动作活泼，她就感到幸福。每一小时她看到女儿好转，女儿的眼睛美了、头发恢复柔软了，好像是她给了女儿第二次生命。复活的过程愈长，她体会的乐趣愈多，记起从前喂她吃的日子，看到她恢复体力，心情比起从前合起手量她的两只小脚，想知道多久能走路时还要激动。

可是她还有一桩心事。她好几次注意到雅娜会脸色发白，而且会突然多疑和暴躁。为什么她高高兴兴的会有这种突然变化？她难过吗？她有隐痛不告诉母亲吗？

"告诉我,亲爱的,你怎么啦……你刚才还在笑,现在又有心事。回答我,哪里痛?"

但是雅娜猛地转过头去,把脸埋在枕头里。

"我没什么,"她不多说,"我求你,别管我。"

她一个下午像记恨似的,眼睛盯着墙壁,执拗不听话,忧伤不已。她的母亲不知其中原因,弄得束手无策。医生也不知说什么好。总是他在的时候这些病发了。他认为这是女孩的神经质原因,尤其他叮嘱大家不要违逆她。

一天下午,雅娜睡着了。亨利觉得她情况很好,在房里多待了一会儿,跟埃莱娜聊天,她还是在窗前重新忙她那干不完的针线活。自从那个可怕的夜晚,她在热情的呼唤下向他表白了自己的爱,两个人都平平静静过日子,知道彼此相爱已经够甜蜜了,不用担心明天,也忘了世界。在雅娜的床边,在这个还留有孩子垂死阴影的房间里,他们清心寡欲,不受感官的骚扰。听到无邪的女儿的呼吸心境也很平静。于是随着病人体力增强,他们的爱情也更有力量;爱情也有了血色,他们并肩在一起,身子发颤,享受现在,不愿意去问今后雅娜病愈之后,他们自由高亢的情欲爆发时将怎么办。

好几个小时,他们有一句没一句地说着话,断断续续,为了不惊醒女孩放低了声音。话再怎么平凡,他们听了也深入内心。那一天,他们相互很动情。

"我向您保证她好多了,"医生说,"用不了两星期,她就可以下楼到花园里去了。"

埃莱娜针扎得很快,她喃喃地说:

"昨天,她还很忧愁……但是今天早晨她有说有笑;她答应我要学乖。"

一阵长时间静默。女孩还在熟睡,给他们两人创造了一种平静的氛围。当她这样休息时,他们都会感到轻松,心里更感密切了。

"您后来没再去过花园?"亨利又说,"现在开满了花。"

"雏菊都长高了吧?"她问。

"是的,花坛美极了……铁线莲长到榆树上去了。成了一个绿色天地。"

沉默又开始。埃莱娜放下针线,带着微笑瞧着他,他们都想到走在花草茂密的小径上,这是理想的小径,暗影幽深,玫瑰花瓣飞舞。他弯着身子对着她,嗅到她的晨衣散发马鞭草的淡淡香味。但是被子掀动声扰乱了他们。

"她醒了。"埃莱娜说,她抬起头。

亨利已经躲到一边,他也向床的方向看一眼。雅娜则把枕头夹在她的两条小胳臂里;下巴埋在羽绒垫里,整张脸转向他们。但是她的眼睛还是闭着,她像又睡着了,呼吸重新缓慢和均匀。

"您还一直缝东西?"他问,走了近来。

"我的手闲不住,"她答,"这是机械动作,帮我清理思想,我对同一件事想上好几小时都不会觉得累。"

他不再说什么,看着她的针穿过棉布,发出有节奏的小声音;他觉得这根线也在密切他们两人的生活。她会好几小时缝线;他也会好几小时坐在那里,倾听针的语言——这种悠闲使他们产生共同语言,而决不会使他们无聊。在这样度过的日子里,在这个宁静的角落里,他们的欲望就只是两人紧紧挨在一起。因为孩子睡着,他们不去惊动她,以免扰乱她的睡眠。令人神往的静止,听得见心跳的沉默,唯有爱与永恒给予他们无限的愉悦!

"您真好,您真好。"他喃喃地说了几遍,只会说这句话来表达她给他的欢乐之情。

她又抬起头,得到别人那么热烈的爱并不感觉丝毫局促。亨利的脸就在她的脸旁边。他们相互凝视了一会儿。

"让我工作吧,"她声音幽幽地说,"我永远也做不完了。"

但是这时,一种出自本能的不安使她转过头去。她看到雅娜面孔煞白,睁着乌黑的大眼睛瞧着他们。女孩没有动,下巴埋在羽绒垫里,枕头还是搂在小胳臂里。她只是刚刚睁开眼睛,她瞧着他们。

"雅娜,你怎么啦?"埃莱娜问,"你病了吗?你要什么东西吗?"

她没有回答,她没有动,连眼皮也没有放下,一双发愣的大眼睛里面喷出火焰,额头蒙上一堆冷酷的暗影,脸颊灰白凹陷。她的手腕已经翻转,好像快要痉挛发病。埃莱娜急忙起身要求她开口说话,但是她姿势僵硬不动,盯着母亲的目光那么阴沉,母亲面孔泛出红晕,结巴地说:

"大夫,您看,她怎么啦?"

亨利把他的椅子从埃莱娜的椅子边移开。他走近床,想把她紧紧捏住枕头的小手拉出一只来。这一接触使雅娜像给什么震了一下。她翻身朝向墙壁,大叫:

"别碰我,您……您弄痛了我!"

她钻到被子底下。他们两人用好话劝了她一刻钟也没用。然后因为他们还在劝,她索性坐起身来,两手一合恳求说:

"我求求您,别管我……您弄痛了我。别管我。"

埃莱娜十分沮丧,走去又在窗前坐下。但是亨利没有坐在她身边的位子。他们刚才终于明白,雅娜嫉妒了。他们找不到一句话。医生默默地踱了一分钟,然后他告辞,看到母亲焦虑地朝床看了一眼。当他走远后,她回到女儿身边,用力把她抱了起来,对她说了很久。

"听着,我的乖孩子,我是一个人……瞧着我,回答我……你不难受吗?那么,我叫你痛苦啦?把一切都告诉我……你恨的是我?你心里到底有什么?"

但是她是白费口舌，徒然把问题反复地用不同形式提出来，雅娜发誓说自己没什么。然后她冷不防地叫起来，重复地说：

"你不爱我了……你不爱我了……"

她放声大哭，两条抽搐的胳臂搂着母亲的脖子，在她的脸上贪婪地吻了个遍。埃莱娜心头受了创伤，压着难以形容的悲哀，长时间把她抱在怀里，两个人的眼泪流在一起，埃莱娜跟她起誓说决不会像爱她那样爱别人。

从这天开始，雅娜的嫉妒心会因一句话、一个目光而发作。她在病危的日子，一种本能要她接受这种爱，她觉得身边有这样的爱那么温柔，也是她的救星。但是现在她强壮起来，她不愿别人也得到母亲的爱。这时，她对医生产生了怨恨，随着健康日益好转，怨恨慢慢加强，变成了憎恨。这在她的执拗的头脑里，在她的多疑而又默默无言的小心灵里酝酿。她决不愿意对别人解释清楚，因为她自己也不知道。当医生离得母亲太近，她难受；她把两手放在胸前。就是这样，心在燃烧，愤怒的情绪使她胸口窒息和脸色苍白。她自己也控制不住。有人斥责她讨厌，她觉得很不公平，更加倔，一句话不回答。埃莱娜身子发抖，不敢过于逼她说出不舒服的原因，眼睛躲开这个十一岁女孩的目光，孩子的目光早熟地显露出女性情欲的所有活力。

埃莱娜看到雅娜要疯狂地发作，但又忍住，憋得气都透不过来，这时她噙着眼泪对雅娜说："雅娜，你叫我难过。"

从前这句话威力无比，会叫她哭倒在埃莱娜的怀里，现在已不再感动她。她的性格变了，脾气在一天之内要变上十次。经常她说话简短，带命令的口气，对母亲就像对罗萨莉一样，为了一点点小事麻烦她，表示不耐烦，一直发牢骚。

"给我来一杯蒂萨茶……你真慢！要让我渴死了。"

当埃莱娜把杯子递给她：

"没有放糖……我不要。"

她动作粗野地躺下，第二次茶来时又一推，说太甜了。她说，没有人愿意治好她的病，都是故意这样。埃莱娜怕她愈说愈疯，不答话，瞧着她，脸上淌下大颗的眼泪。

雅娜还把脾气留到医生来的时候发。他一进门，她平躺在床上，阴沉地把头低下，仿佛一头害怕陌生人走近来的野兽。有的日子，她不说话，把手臂给他，他号脉检查，死气沉沉，眼睛望着天花板。有的日子她甚至不愿意看到他，把两只手死命地蒙在眼睛上，要把她的胳臂扭过来才能把两手拉开。一天晚上，母亲给她吃一勺汤药，她说出这句狠心的话。

"不，这药会把我毒死的。"

埃莱娜大吃一惊，痛苦钻心，又怕对这句话寻根究底。

"你说什么，我的孩子？"她问，"你知道自己在说些什么吗……药从来没有好味道的。把这个喝了。"

但是雅娜顽固地不声不响，扭转头不吃药。从这天开始，她非常任性，服药不服药全凭一时的心情。她满腹狐疑地把床头上的小药瓶嗅闻检查。有什么药不要吃，她认得出来；她宁愿死也不喝上一滴。只有老实的朗博先生说的话她偶尔还听。她现在对他温顺得过分，尤其医生在的时候。她目光闪闪地对着母亲，看她是不是因她把感情给了另一个而难过。

"啊！好朋友，是你啊！"他一出现她就叫，"来这里坐，近些……你有橘子吗？"

她坐起来，笑着搜他的口袋，口袋里总放着糖果。然后她亲他，矫揉造作地表现热情，在母亲苍白的脸上看到苦恼，就得到满足和报复。朗博先生跟他的小宝贝和解之后喜气洋洋，但是在外客厅，埃莱娜走上去迎接他时，只是跟他迅速简短地交流几句。这时，他突然看到了桌上的药剂。

"咦！你喝糖汁？"

雅娜的脸色阴沉下来，她悄悄说：

"不，不，这不好喝，发臭，我不喝这个！"

"怎么！你不喝这个？"朗博先生样子快活地说，"我打赌这好喝……你愿意给我喝一点吗？"

不等到同意，他就给自己倒了一大勺，眉头不皱就吞了下去，还装得很满意。

"哦，好味道！"他喃喃地说，"你错了……等等，先来一点点。"

雅娜觉得好玩也就不再推辞。她要朗博先生把药尝过后才服，她仔细观察他的动作，仿佛在他的脸上研究药的效果。这位好人一个月内就这样往自己的喉咙里灌药。当埃莱娜谢谢他时，他耸耸肩。

"别提了！这确实很好喝！"他最后说，他自己也深信不疑，分享女孩的药对他也是一件乐事。

他在雅娜的身边度过夜晚。神父则隔日必来一次，雅娜能多留他们一会儿就尽量多留一会儿，看到他们取帽子要生气。现在她怕单独跟母亲和医生在一起，她愿意房里总是有人把他们隔开。经常她没有事也要喊罗萨莉。当他们一起来，她目不转睛看着他们，目光跟着他们到房间的角角落落。当他们的手碰在一起，她脸色发白，如果他们低声说几句话，她坐起来，很恼火，要知道在说些什么。甚至母亲的衣裙拖在地毯上碰到医生的脚，她也不能忍受。他们没法接近，互看一眼，而不引起她身子发抖。她的痛苦的肉体，她的无邪然而有病的可怜小身体特别敏感激动，当她猜想他们在她背后相对而笑时，会突然转过身来。他们在哪几天相爱更深，她可以根据他们带动的空气感觉出来。在这样的日子里，她更加阴郁，像神经质的女人在暴风雨来临前那样痛苦不堪。

埃莱娜周围的人都认为雅娜已经得救，她自己也已渐渐深信不疑。所以她最后把这些发作看成是娇宠孩子的常病，不当一回事。忧心忡忡地过了六个星期，她感到一种生活的需要。她的女儿现在有几个小时不用她照顾；度过这样的时光真是一种美不可言的轻松，一种休息，一种享受——她那么久以来不知道自己是否还存在。她搜寻抽斗，发现遗忘的物件非常高兴；她忙于做这些小事情，为了重过幸福的日常生活。在新生中她的爱情也成长了，亨利成了她尝了那么多苦头后应得的补偿。在这个房间的角落里，他们与世隔绝，已忘了任何障碍，没有什么能分离他们，除了这个因他们的情欲而惊厥的女孩子。

然而恰是雅娜激起了他们的欲念。她总是挡在中间，目光窥视着他们，逼得他们不断约束自己，装作若无其事，反使他们摆脱后心里更加动荡得厉害。有好几天，他们无法交换一句话，觉得她在偷听，即使她表面上昏睡时也是这样。一天晚上，埃莱娜送亨利出来；在外客厅里，她一声不出温顺地将要倒在他的怀抱里时，雅娜在关闭的门后大喊大叫："妈妈！妈妈！"声音那么愤怒，仿佛医生在母亲头发上掠过的热吻反弹在她的身上。埃莱娜只好急忙回房，因为她听到女孩从床上跳了下来。她看到女孩抖索、发怒，穿了衬衫奔过来。雅娜不愿意一个人留下。从这天起，在到来和告别时两人只能握一下手。德贝勒太太带了她的小吕西安到海边去了一个月，医生的时间完全由自己支配，在埃莱娜身边却不敢待上十分钟。他们在窗边已不能那么甜蜜地聊上很长时间。当他们相互注视时，眼睛燃起愈来愈旺的情焰。

尤其叫他们受尽折磨的是雅娜的脾气变化无常。一天早晨医生俯身对着她，她的眼泪落了下来。整个白天，她的憎恨转变成了虚弱的温情；她要他待在床边，她二十次地叫母亲，像要看到他们并排在一起，动情微笑。埃莱娜欢欣鼓舞，已在梦想今后一连串这样的日子。

但是第二天起，当亨利到达时，女孩接待他时那么生硬，母亲使个眼色请他离开房间；雅娜深恨自己对他那么好，折腾了整整一夜。这类情景随时随地都会重现。女孩带给他们美好的时光，对他们表示热情温柔以后，这些困难的时刻好像鞭子一下下抽打，更加刺激他们要投入对方怀抱的欲望。

这时，埃莱娜徐徐滋生一种反抗情绪。不错，她会为女儿去死，但是这个恶意的女儿已脱离危险，为什么要这样折磨她？她做起她日夜思念的梦，某个朦胧的梦，她和亨利在一个陌生美丽的地方散步，雅娜铁青着脸的形象突然出现，使她肝肠欲裂，无休无止。母爱和情爱的争夺，使她感到太痛苦了。

一天夜里，医生不顾埃莱娜的明令禁止来了。一星期来，他们没交换过一句话。她拒绝接待他，但是他慢慢地把她往房里推，像是要她放心。到了里面两人都以为能够把持自己。雅娜睡得很熟。他们在经常坐的位子坐下，离窗很近，离灯很远；宁静的阴影罩着他们。他们凑近面孔低低交谈了两小时，声音低得在这睡意朦胧的大房间里能辨别出呼吸声。偶尔他们转过脸，对雅娜秀气的侧影看一眼，她的一双小手合放在被子中央。但是他们最后把她忘了，喊喊喳喳的谈话声高了起来。埃莱娜突然惊醒，把发烫的双手从亨利的热吻中挣脱。他们几乎犯下了恶行，这吓出她一身冷汗。

"妈妈！妈妈！"雅娜突然激动，像受到噩梦的惊扰，结结巴巴地叫喊。

她在床上挣扎，满目睡意，努力要坐起来。

"躲一躲，我求您，躲一躲，"埃莱娜焦虑地再三说，"您在这里，她会气死的。"

亨利马上躲到窗洞下一块蓝丝绒窗帘后面，但是女孩继续呻吟。

"妈妈，妈妈，哦！我难受极了！"

"我在这里,在你身边,亲爱的……你哪儿难受?"

"我不知道……这里,你看。这里在烧。"

她睁开眼睛,面孔挛缩,她把两只小手压在胸前。

"这一下子来的……我睡着,不是吗?我觉得有一团大火。"

"这已过去了,你不觉得什么了吧?"

"觉得的,总是觉得的。"

她不安的目光在房间里转了一圈。现在她完全醒了,恶毒的疑云出现在她的脸上,脸颊变得灰白。

"你一个人吗,妈妈?"她问。

"是的,亲爱的!"

她摇摇头,张望嗅闻,神情愈来愈激动。

"不,不,我很明白……有人……我怕,妈妈,我怕!哦!你骗我,你不是一个人……"

神经发作了,她仰身倒在床上,呜呜哭,往被子下面躲,像要逃过一场危险。埃莱娜急疯了,马上叫亨利出来。他要留下来给她治病,但是她把他往外面推。她再回来,把雅娜抱在怀里,而雅娜翻来覆去这句话,这句话每次说时包含了她的最大痛苦。

"你不爱我了,你不爱我了!"

"住嘴,我的天使,不要这样说,"母亲大声说,"我爱你超过爱任何人……你会看到我多么爱你!"

她一直服侍到天亮,决心把她的心交给女儿,看到自己的爱在这个亲人心中引起那么痛苦的反响,感到害怕。女儿是以她的爱情活着的。第二天,她要求了解病情。博丹医生像碰巧似的来了,检查病人,一边说笑一边诊断。然后他跟留在隔壁房间的德贝勒医生谈了好长时间。两人的一致意见是目前的状况并不严重,但是他们害怕并发症,他们向埃莱娜问了很久,觉得这一类精神病可以在家族中找出病史，科学对它还无能为力。这时，她说出他们已经部分了解的往事，她的一个祖辈被关在普拉桑几公里外的图莱特疯人院，她的母亲一生疯疯癫癫，在一场急性痨病中突然死去。她在外貌和理智方面很像父亲。而雅娜则相反，外貌酷似那个祖辈；但她体质弱，没有高大的身材和强壮的骨架。两名医生再一次嘱咐她要小心对待。这类萎黄病再怎么谨慎也不算过分，它会引起许多危险的并发症。

　　亨利听着博丹老医生的话，要比对别的同行更加崇敬。他向博丹老医生问起雅娜的情况，像一个对自己能力产生怀疑的学生。实际上是他到这个女孩面前就怕得发抖；这越出了他的医学能力，他害怕把她治坏，失去她的母亲。一星期过去了，埃莱娜不再请他走进病人的房间。这样，他的心受了创伤，生病了，主动不再上她的家去。

　　将近八月底，雅娜终于能够下床了，在公寓里走动。她笑得很舒心；两星期中她没有发过一次病。她的母亲专心待在她身边，这是治愈她的良药。最初日子，女孩还是不信任，对她的吻要辨别味道，看到她的动作感到不安，入睡以后要抓住她的手，睡梦中也不放开。后来看到没有人再上楼来分享母亲的爱，她恢复了信心，很高兴重过以前的好日子，只有她们两人在窗子前干活。每天早晨她脸色红润。罗萨莉说她像花一般的日益鲜艳。

　　可是有几个晚上，夜色来临时，埃莱娜萎靡不振。自从女儿得病以来，她脸色始终严肃、苍白，额上出现一道以前没有的大皱纹。当雅娜发觉这一个颓唐的时刻，这一种绝望空虚的光景时，自己也感到非常痛苦，心头沉重，有一种内疚感。慢慢地，她搂着母亲的脖子不说话。然后声音低低地说：

　　"你幸福吗，小妈妈？"

　　埃莱娜身子一个寒战，急忙回答：

　　"是的，亲爱的。"

女孩还是问：

"你幸福吗，你幸福吗……真的吗？"

"真的……为什么你说我不幸福？"

这时，雅娜把她紧紧地搂在两条细瘦的胳臂里，像是在补偿她。她愿意那么爱女儿——埃莱娜说——那么爱她，全巴黎也找不出一个母亲有那么幸福。

（四）

八月份，德贝勒的花园成了真正的绿色天地。铁栅栏上丁香花、金雀花盘绕一起，常春藤、忍冬、铁线莲到处伸长它们的无尽的枝蔓，盘绕缠结，水帘似的挂下来，沿着墙垣爬行，直至花园深处的榆树。树与树之间就像挂了一块帐篷，榆树像支撑花木大厅的坚实茂密的圆柱。这座花园不大，一片阴影就能全部覆盖。到了正午，太阳在中间投下一块金黄斑点，映出圆形的草坪，两旁是花坛。在石阶上有一株大玫瑰树，开了成百朵茶色大花。到了晚上，温度下降，香味变得更加浓郁，玫瑰花的温香在榆树下凝滞不去。这个芬芳扑鼻的小角落是值得留恋的，那里看不到邻居，给人造成一种原始森林的幻觉，而在维欧斯街上北非大风琴正在演奏波尔卡舞曲。

"太太，"罗萨莉每晚问，"小姐为什么不下楼到花园去？她在树下会很舒服的。"

罗萨莉的厨房里也伸进了榆树枝。她用手拉掉叶子，她生活在这么一个大花球中也很快活，钻在里面什么都看不见。但是埃莱娜回答：

"她的体质还不够好，树荫下太凉对她有害处。"

可是罗萨莉还是要说。她以为有了什么好主意，不肯轻易放弃。

太太以为树荫对身体不好那没有道理，还不如说太太怕给人家添麻烦；但是太太错了，那里根本连人影儿也没有，先生不会在的，太太要在海边过到九月中旬，是的，不错。门房太太要泽菲林去打扫庭院，泽菲林和她这两个星期六都在那里过下午。哦！真美，美得叫人不能相信！

埃莱娜始终不改口。雅娜好像很想到花园去，她在病中经常谈起；但是一种奇异难堪的感情叫她低下眼睛，似乎阻止她在母亲面前坚持要去。最后，到了下一个星期日，女仆气呼呼地来了，说：

"哦！太太，一个人也没有，我向您起誓。只有我和泽菲林，他在耙草地……让她去吧。那里多舒服，您没法想象。去一会儿，只一会儿，看看。"

她那么肯定，埃莱娜让步了。她给雅娜罩上一块披肩，要罗萨莉再拿一条大台布。女孩很快活，她这种无声的快活，只是通过明亮的大眼睛表露出来的；为了表示自己有力气，还不要人帮助走下楼。母亲在她身后张开手臂，随时准备扶住她。当她们走到下面踏进花园，两人都叫了起来。她们认不出了，花草铺天盖地，哪里还像她们春天看到的布尔乔亚式的整齐小角落。

"我不是跟你们说了吗！"罗萨莉得意洋洋地说。

树丛茁壮长大，花径成了羊肠小道，弯曲形成一座迷楼，人走过裙子都给勾住。真像走进了森林深处，遮天的浓荫只透过一道绿光，又柔和又神秘，迷人得很。埃莱娜寻找四月份她在树下坐过的那棵榆树。

"但是，"她说，"我不要她待在里面。树荫太凉了。"

"等一等，"女仆说，"你们会看到的。"

走上三步就穿过了树林。黄澄澄的一道阳光挂下来，在草坪形成一个绿色的洞穴，温暖静寂，像森林中的空地。抬起头看到蔚蓝色天幕下映出几根树枝,轻巧得像镂空的花边。大玫瑰树上的茶色花朵在高温中有点凋谢,沉睡在枝条上。花坛里红色白色的雏菊颜色发暗,好像旧地毯的绒头。

"你们会看到的,"罗萨莉又说,"让我来干。我会安排的。"

她在花径边上树荫到头的地方铺上台布。然后她叫雅娜坐下,披肩盖没双肩,要她把小腿伸直。这样女孩的头埋在阴影里,脚露在阳光中。

"你好吗,亲爱的?"埃莱娜问。

"哦!好的,"她回答,"你看,我不冷。我还像大火烤似的……哦!呼吸很畅快,真好!"

这时,埃莱娜神色不安地瞧着窗户关闭的别墅,说她上去一会儿。她对罗萨莉千叮万嘱;要她注意太阳,不要让雅娜待在那里超过半小时,她眼睛要盯着她。

"不要怕,妈妈!"女孩叫,她笑了,"这里不会有车辆的。"

当她一个人时,她抓了几把细石子放在旁边,从一只手像雨似的撒落到另一只手里玩。这时,泽菲林正在耙地。当他看到太太和小姐,慌忙把挂在树枝上的军衣穿上。他站在那里表示敬意,地也不耙了。雅娜生病期间,他按照习惯每星期来,但是他溜进厨房小心翼翼,要是罗萨莉每次来探听消息时不加上一句说他也问候太太,埃莱娜也不会注意到他来了。哦!像她说的,他学得礼貌周到了;他在巴黎乡气脱去不少。这时他靠在耙子上向雅娜点头表示同情。她看见他时,微微一笑。

"我大病了一场。"她说。

"我知道,小姐。"他回答,一只手放在胸前。

然后,他想找一句好听的话、一句玩笑来活跃气氛,他又说:

"您的身体休息好了,您看。现在,它又会轰隆隆地响了。"

雅娜又抓了一把石子。这时他对自己很满意，咧开嘴不出声音地在笑，他又双臂奋力耙起地来，耙子在细石路上发出均匀的尖声。几分钟后，罗萨莉看到女孩专心在玩自己的游戏，高兴平静，就一步步走开，像被耙子声吸引了过去。泽菲林在草坪的另一边，晒在阳光下。

"你汗多得像头牛，"她喃喃地说，"把军衣脱下来。小姐不会觉得你失礼的，脱吧！"

他脱下军衣，又挂在树枝上。他的红军裤束得很高，腰间勒了一根皮带，而一件褐色粗布硬纤维领衬衫紧得撑了开来，使他的上身更加浑圆了。他摇着身子卷起衣袖，想向罗萨莉露出臂上的文身，那是两颗燃烧的心，这是他在连队里刺的，还有这句话：**天长地久**。

"今天早晨你去望弥撒了吗？"罗萨莉问，每个星期天她都要他受一次这样的审问。

"望弥撒……望弥撒……"他打哈哈说。

他的两只红耳朵张开，平头理得很光，浑圆的身子叫人一看就知道很爱说笑。

"望弥撒我哪能会不去呢。"他最后说。

"你撒谎，"罗萨莉哇啦一声，"我看出你在撒谎，你的鼻子在动呢……啊！泽菲林，你堕落了，你连宗教也不要了……小心着吧！"

他作为回答，做了一个殷勤的手势，要把她的腰搂住。但是她显得很气愤，叫：

"你不规矩，我要你把军衣穿上……你不害臊！小姐在那里瞧着你呢。"

这时，泽菲林耙得更加起劲了。雅娜确也抬起了眼睛，游戏玩累了。玩石子以后，她搜集过叶子，拔过草；但是她有点懒了，什么都不做，瞧着阳光一点点把她照过来。刚才只有膝盖下的小腿晒在阳光里，现在她的腰部也照到了，温度逐步上升，她也觉得热气传到身上，像抚摸，暖洋洋的非常舒服。最使她感到有趣的，是披肩上跳跃着美丽的黄斑点，简直是小动物。她仰起头，看会不会爬到脸上。她两手交叉放在阳光里等待。这双小手多么瘦！多么透明！阳光可以把它们照穿，她觉得这双手还是漂亮，像贝壳似的粉红色，纤巧修长，像童年耶稣的小手。后来，户外的空气、周围的大树、太阳的热气有点叫她发晕。她以为要睡着了，可是她还是看到、听到。这样真好，真甜蜜。

"小姐，要不要往后挪一挪，"罗萨莉又回来说，"太阳晒着太热了。"

但是雅娜一挥手不想动。她觉得挺好。现在她只在注意女仆和小兵，孩子都有这种好奇，刺探别人家瞒着他们的事情。她低下头，制造假象不在看什么；她装得睡着了，却从长长的眼睫毛里向外偷看。

罗萨莉还待了几分钟。她无力抵抗耙子的响声，又去找泽菲林，走上一步又一步，好像身不由己。她训斥他的怪腔怪调，其实她很惊讶，动心，暗中充满钦佩。这名小兵跟着同伴经常在植物园、兵营所在地水塔广场溜达，学得像巴黎驻兵那样怡然自得，口齿伶俐。他学会了注意谈吐，献殷勤，对太太们说酸溜溜的好听话。有几次，她高兴得喘不过气来，听着他跟她说话摇头晃脑，又插上几句时髦话，她听不懂，然而她听着十分自豪。他穿军服也不再别别扭扭，说话指手画脚毫不胆怯，尤其把军帽往后脑勺一推，露出他的圆面孔和高耸的鼻子，软绵绵的军帽随着身体摆动也另有一套。然后他放松了，喝上一杯，搂女人的腰。现在，他嘻嘻哈哈、欲言又止的样子，说明他见过的世面要比她多。巴黎把他的乡气改掉不少。她站到他面前，又迷惑又恼火，不知道该捆他耳光还是让他把话往下说。

可是，泽菲林耙着地转过了弯，在一簇树丛后面向罗萨莉递眼色，同时用耙子一点点把她扒拉了过去。当她近在身边时，他在她的臀部狠狠拧了一下。

"别叫，这是我爱你！"他喃喃说话，已带巴黎音，"来一个吧！"

他在她的耳朵上趁势吻了一下。然后因为罗萨莉把他拧得几乎出血，他又深深地给了她一个吻，这次在鼻子上。她满脸通红，心里却很高兴，碍着小姐在场没能给他来上一记耳光而发急。

"我给刺了一下。"她回到雅娜身边说，解释她刚才发出轻轻的叫声。

但是女孩通过树丛细疏的枝条看到这一幕，士兵的红裤子和衬衫在绿色丛中颜色鲜艳。她朝罗萨莉慢慢抬起眼睛，呆看了一会儿，面孔更红了，嘴唇湿润，头发蓬松。然后她又低下眼睛，抓了一把石子，没有力气玩了。她双手撑在热土上，在阳光的颤动中似睡非睡。她觉得身上来了气力，堵着胸口。她看到的树木也像变得巨大粗壮了，玫瑰的香味在身边弥漫。她想到一些模糊不清的事，惊异欣喜。

"小姐，您在想什么？"不安的罗萨莉问。

"我不知道，没什么，"雅娜回答，"啊！是的，我知道……你看，我要活到很老……"

她解释不清这句话什么意思。她说，她是想到什么说什么。但是晚上，晚饭后，她在想心事，母亲问她，她出人意外地提出这个问题：

"妈妈，表兄妹可以结婚吗？"

"当然可以，"埃莱娜说，"你问这个干吗？"

"不干什么……知道一下。"

埃莱娜听到她提出怪问题也习以为常。女孩到花园去上一会儿后精神挺好，于是遇上有太阳的日子她就天天去。埃莱娜也渐渐不再反对，那幢楼始终关闭，亨利也不出现，她最后就留下来坐在雅娜旁边，占去台布的一只角。但是接着一个星期天，她在早晨看到楼房打开窗子就不安了。

"哎哟！那是给房间透透气，"罗萨莉说，在催促她下楼去，"我向您起誓那里没有人！"

那天气温还要高。树缝中透出微弱的一束束阳光。雅娜体力已经开始恢复，由妈妈扶着走了将近十分钟。然后累了回到台布上，给埃莱娜留了一小块位子。两个人相互在笑，看到自己这样坐在地上很有趣。泽菲林最后也把完了地，帮罗萨莉采摘墙角里长着的一簇簇的野香菜。

突然，楼房里发出一阵声响；正当埃莱娜想溜走，德贝勒太太出现在台阶上。她穿着旅行服刚到，高声说话，十分忙碌。但是当她看到格朗让太太和她的女儿坐在草坪前的地上，赶忙过来，没完没了地表示亲昵，没完没了地说话。

"怎么！是你们哪……啊！见到你们高兴极了！亲亲我，我的小雅娜。你大病了一场，是吗，可怜的小猫？但是现在好了，你面孔红彤彤的……我多么想您，亲爱的！我给您写过信，您收到了吗？肯定有些日子非常可怕。终于这一切结束了……您允许我亲亲您吗？"

埃莱娜已经站起来，只好让她在脸上亲两下，然后再亲两下。这种接触使她毛发竖立。她结巴地说：

"请您原谅我们闯进了您的花园。"

"您在说笑吧，"朱丽埃特急忙接过话说，"这不就是您的家吗？"

她离开她们一会儿，又走上台阶，对着门窗洞开的房间喊：

"皮埃尔，别忘了东西，有十七件行李！"

但是她马上就回来，谈自己的旅行。

"哦！季节是好极了。我们在特鲁维尔，您知道。海滩上都是人，挤来挤去。好得不能再好……我还有客人来访，哦！有客人来访……爸爸来跟波利娜过上两星期……不管怎样，回自己的家总是很高兴……啊！我没有跟您说过……不，以后再向您详细谈。"

她弯下身，又亲了亲雅娜，然后神色严肃地提出这个问题：

"我晒黑了吗？"

"不，我看不出来。"埃莱娜望着她回答。

朱丽埃特的眼睛明亮空洞，两手胖乎乎的，脸蛋漂亮可爱。她不见老；海边的空气也没能改变她泰然自若、满不在乎的性格。她像到巴黎转了一圈，像从她常去的店铺购物回来，全身都映照出柜台上的陈列品。她热情洋溢，而埃莱娜则觉得自己别扭，更感到难堪。雅娜在台布中央没有动；她只是抬起她受苦的小脑袋，双手在阳光中畏寒似的抓得很紧。

"等等，你们还没有看见吕西安，"朱丽埃特喊，"去看看他……他成了大胖子。"

有人把男孩带来了，女仆给他洗去了旅途的灰尘。她把他往前推，要他转过身，让她们看个清楚。吕西安身子发胖，两腮丰满，在海滩游玩被海风吹得乌黑，显得非常健康，动作还有点迟钝，神情不开朗，因为刚刚洗完澡。他身上没有完全擦干，半张脸还是湿的，还有毛巾擦过的红印。他看到雅娜，停了下来，显得很惊讶。她的面孔憔悴瘦削，苍白如纸，黑发直挂下来，鬈发一直拖到肩上。一双美丽的大眼睛凄凉凹陷，占了整个脸庞：尽管天气炎热，她还是微微发抖，而她畏寒的双手总是往外伸像在找火。

"怎么！你不去亲她吗？"朱丽埃特说。

但是吕西安好像害怕。他最后下了决心，小心翼翼伸出嘴唇，身子则尽量不靠近病人。然后，他迅速后退，埃莱娜大颗泪珠到了眼眶边。这个孩子身体多棒！而她的雅娜在草坪走一圈就喘成什么啦！有的母亲真是幸福！朱丽埃特突然明白自己的残酷。这时她跟吕西安生上了气。

"唉！你真笨……有这样亲小姐的吗……您怎么也想不出，他在特鲁维尔真叫人受不了。"

她不知如何是好。幸而医生出现了，她喊叫一声，摆脱了困境。

"啊！亨利来了！"

他以为他们要到晚上才回来。但是她乘上另一班火车，她解释了半天还是没有说清楚。医生带着微笑听着。

"反正你们回来了，"他说，"这是最主要的。"

他刚才跟埃莱娜默默行个礼。他的目光有一会儿落在雅娜身上，然后不自在地转过头。女孩神情严肃地忍受这道目光，本能地放开手，抓住母亲的裙子，往自己一边拉。

"啊！小家伙！"医生说，把吕西安举了起来，亲他的脸，"他长得真快。"

"怎么！我，你忘了吗？"朱丽埃特问。

她伸过脸来。他没有放开吕西安，一支胳臂抱住她，俯下身也吻了一下妻子。三个人相互微笑。

埃莱娜脸色苍白，说要上楼去。但是雅娜不愿意。她要看，她迟缓的目光停在德贝勒一家人身上，然后又转到母亲身上。当朱丽埃特伸出嘴唇接受丈夫的吻时，女孩眼里燃起一道火焰。

"他太沉了，"医生继续说，把吕西安放到地上，"那里天气好吧……昨天我见到马利尼翁，他跟我谈起那里玩得怎么样……你让他先走的？"

"他真叫人受不了！"朱丽埃特喃喃说，她变得严肃起来，神色难堪，"他时时刻刻叫我们发火。"

"你的父亲希望给波利娜……我们那位先生没有表示？"

"谁！他，马利尼翁？"她叫了起来，很惊奇，也像受了冒犯。

然后，她不胜厌烦地挥一挥手。

"啊！不谈了，这个人神经兮兮的……我多么高兴回了家！"

她时常会前后毫不连贯地情感冲动，像可爱的小鸟似的令人捉摸不定。她靠在丈夫身上，抬起头。他宽容温柔地把她搂了一会儿。他们好像忘了除自己以外还有别人。

雅娜的眼睛没有离开他们，怒气使她没有血色的嘴唇发抖，她露出一张嫉妒女人的恶脸。她所受的痛苦那么强烈，使她扭转头看不下去，也恰在那时候她窥见罗萨莉和泽菲林在花园角落里继续找香芹。为了不引起大家的注意，他们钻进了树丛深处，蹲在一起。泽菲林偷偷地抓住罗萨莉的一只脚，而她不说话要打他的脸。雅娜透过树枝中间看到士兵那张圆如满月的小孩脸，非常红，痴情地笑。士兵和女仆推推搡搡，都滚到了灌木后面。太阳直射下来，树木在热空气中沉睡，没有一片叶子颤动。从榆树下传来一种没有锄过的土地发腐的气味。慢慢地，最后几朵茶色玫瑰的花瓣也一片片撒落在石阶上。这时，雅娜胸口鼓鼓地转眼看母亲；母亲发现她对着眼前的情景一动不动，一言不出，向她极度不安地看一眼：小孩这种深不可测的目光使别人不敢问个明白。

可是，德贝勒太太走了过来说：

"我希望咱们常见面……既然雅娜身体好了，她应该每天下午到楼下来。"

埃莱娜已经在找借口，说什么她也不愿意小孩太累了。但是雅娜立即插进来说：

"不，不，晒晒太阳挺好……我们会下来的，太太。您给我留着位子，是吗？"

因为医生留在后面，她向他一笑。

"大夫，跟妈妈说户外空气对我不会有害处的。"

他走向前来，因为这个女孩带着温情跟他说话，使这个习惯看到别人痛苦的人脸上泛起了红晕。

"当然，"他喃喃地说，"户外空气只会加速康复。"

"啊！你听到了，小妈妈，我们应该常来。"她说时，眼光温柔动人，但是眼泪却使她说不出话来。

皮埃尔又出现在台阶上，太太的十七件行李都送进了楼里。朱丽埃特身后跟着丈夫和吕西安告退了，说自己脏得可怕，要洗个澡。埃莱娜在台布上跪下，像要在雅娜的脖子上系围巾，然后声音低低地说：

"你不再对大夫生气了吧？"

女孩的头慢慢动了一下：

"不，妈妈。"

一阵沉默。埃莱娜两手笨拙，抖抖索索，好像连围巾的结也打不好。雅娜这时喃喃说：

"他为什么还要爱别人……我不愿意……"

她乌黑的目光又变得严厉起来，伸出双手抚摸母亲的肩膀。母亲真想叫喊，但是她害怕已经到了嘴边的话。太阳西落，她俩上了楼。可是泽菲林又来了，捧了一束香芹，一边剥一边目光投向罗萨莉，恨不得把她吞了。现在周围没有人，女仆存了戒心，保持距离；当她弯身卷台布时，他捏她，她在他的背上捅了一拳，发出"咚"的一声。这叫他全身舒坦；他剥着香芹走进厨房之后，心里还是美滋滋的。

从这天开始，雅娜一听到德贝勒太太的声音就一个心眼要往花园去。她贪婪地听罗萨莉传播关于隔壁小公馆的流言蜚语，关心楼里面的人，有时溜出房间趴在厨房窗口偷窥。到了下面，朱丽埃特叫人从客厅里端来小座椅，她正襟危坐，好像在监视全家人，对吕西安爱理不理的，对他的问题和游戏感到不耐烦，尤其医生在的时候。那时她

155

伸直身子，像疲乏了，张开眼睛瞧着。这样的下午对埃莱娜是一件大苦大难的事。她还是来了，尽管她的全身都在反抗，她还是来了。每次亨利回来在朱丽埃特的头发上亲吻，她的心就一震。这时，她如果为了掩饰惶恐的表情假装去照顾雅娜，就会看到女孩比她还苍白，黑眼睛睁得滚圆，下巴因压抑着怒气而扭歪，雅娜在忍受自己的苦难。有几天她的母亲筋疲力尽，别转眼光，被爱情弄得生气全无；她自己又那么阴郁，那么伤心，不得不要求上楼去睡觉。她无法看见医生走近他妻子而不变脸，全身颤抖目不转睛地盯着他，眼里充满遭遗弃的情妇的妒火。

"今天上午我咳嗽，"有一天她对他说，"您应该来看看我。"

雨下了起来。雅娜要医生再来给她看病，然而她的身体好多了。她的母亲为了满足她，不得不接受邀请，上德贝勒家吃了两三顿饭。女儿身体完全康复时，虽因心理折磨而内心痛苦了那么久，外表也平静了下来。她常常提这个问题：

"小妈妈，你幸福吗？"

"是的，非常幸福，亲爱的。"

这时她容光焕发，她还说应该原谅她以前的坏脾气。她谈到这件事像谈到一种不取决于自己意志的什么病，好比突如其来的头痛症。她的心里有什么东西在膨胀，当然她自己也不清楚是什么。各种各样的思想在交锋，这是一些她说不出所以然的模糊思想和恶浊梦幻。但是已经过去，她痊愈了，这不会重现了。

（五）

夜色降临。苍白的天空闪烁最初的星辰，细细的尘土像雨似的向大城市洒落，慢慢地，不懈地把它埋了起来。大块暗影已把空隙填满，而从地平线深处升起一长溜黑色浪潮，把白色的余晖、犹犹豫豫往西移的亮光吞了进去。只有帕西上空还有几排屋顶清晰可见。后来浪潮滚了过来，陷入一片黑暗。

"今晚真热！"埃莱娜坐在窗前喃喃说，巴黎的热风吹得她有气无力的。

"对穷人是个好夜晚，"站在她身后的神父说，"秋天就好过了。"

那个星期二，雅娜在上甜食时已经打盹，母亲看到她疲乏就送她上了床。她在小床上睡熟了，朗博先生在小圆桌上认认真真修一个玩具，一个会说话会走路的机械娃娃，是他送她的礼物，给她弄坏了；他精通这类工作。埃莱娜感到窒息，受不了九月份的最后炎热，刚刚把窗子完全打开，眼前这片伸向无垠的黑影海岸使她松了一口气。她推了一把座椅自顾自坐在一角。此刻听到神父的声音吃了一惊。他继续柔和地说：

"您给女儿盖上东西了吗……这里楼高，风总是很大。"

但是她需要独自安静一会儿，没有回答。她欣赏黄昏的魅力、景物的最终隐没以及声音的消失。尖顶和塔楼上还亮着灯；首先圣奥古斯丁教堂熄灭了，先贤祠有一时还保持一团蓝光，荣军院发亮的拱顶像一个月亮沉入涌现的云海。这是海洋，这是黑夜，无边无际，深不可测，下面想来是世界。从那座看不见的城市吹来一阵温和的大风。在那持续的隆隆声中，也升起另一些声音，逐渐减弱但清晰可闻，公共汽车开在河滨道的滚动声，火车穿越黎明桥的汽笛声，由于最近的风暴，塞纳河河水上涨，河面宽阔，流经时像有人直挺挺躺在阴影里发出呼吸声。发烫的屋顶有一种热的气味，而河水却给慢慢散发热气的白天带来幽微的凉风。巴黎消失了，像巨人在睡梦中被黑夜裹了起来，有一会儿不能动弹，躺在那里睁着眼睛。最打动埃莱娜心坎的莫过于城市生活停顿的那一分钟。三个月来她没有出门，寸步不离雅娜的病床，守夜时没有其他伴侣，除了延伸在地平线上的大巴黎。在这七八月的暑热中，窗子几乎日夜开着，她穿过房间，走动，转首，没法不看到这张永久的图画伸展在眼前。它不论风吹雨打都在那里，像一个不请自来的朋友跟她分担忧患，一起希望着。她对它始终一无所知；她还从来没有离开它那么远，对它的街道和居民那么不在意；它填补了她的孤独生活。这几平方米的空间，这个她那么小心关上门户的病房，却通过两扇窗子对巴黎敞开胸怀。她经常为了不让病人看到她的眼泪而到窗前靠上一靠，她瞧着巴黎哭了出来。有一天，她以为这下病人没有指望了，她长时期待着，哽咽得气都透不过来，眼睛望着军需品厂的烟腾空飞去。在经常出现希望的时刻，她把愉快的心曲诉向目光不能到达的远郊区。没有一座建筑物不让她回忆起时悲时喜的感情。巴黎的生活中也有她的存在，但是她最爱巴黎是它的黄昏时刻。这时白昼将尽，华灯未上，它让人享受片刻的宁静、遗忘和幻梦。

"星星真多啊！"儒伟神父喃喃说，"成千上万颗闪闪发光。"

他刚拿了一把座椅，坐在她的旁边。这时她抬起头看夏天的夜空。星辰像金钉一样扎在上面。离地平线稍高一点，有一颗星像宝石那么发光，而天空中群星粲然，隐约可见的小星群形成一团晕光。大熊星座横在夜空慢慢地旋转。

"您看，"她说话了，"那颗蓝色的小星，在天空的这一角落，我每晚看见它……但是它在动，每夜往后移。"

现在，神父一点也不妨碍她，她觉得他在身边像多了一份安宁。他们隔上好久才说上三两句话。有两次她问他星的名字，天空的景象总使她惶惶不安。但是他犹豫，他不知道。

"这颗美丽的星，亮得那么纯，您看见了吗？"她问。

"左边的那颗吗？"他说，"旁边有一颗比较小的，绿色的……星太多了，我忘了。"

他们都不说话,眼睛总是望着上面,面对这一片愈来愈大的星空,感到迷惑,也感到轻微的战栗。千万颗星的后面又出现千万颗星,在无限深邃的天空中没有一个尽头。这是生生不息的发展,这是星球点燃的篝火,发出宝石的冷光。银河已经发白,衍生出阳光的微粒,那么多又那么遥远,因而在苍穹下形成了一条光带。

"我看了害怕。"埃莱娜轻轻说。

她低下头不看,转过目光对着巴黎已像陷了进去的巨大豁口。那里还是没有一道光,漆黑一片,令人目眩的黑暗。高亢而又拖长的声音更显得温柔缠绵。

"您哭了?"神父说,他刚听到一声哽咽。

"是的。"埃莱娜没说别的。

他们相互看不见。她哭了好一会儿,全身都在啜泣。可是在他们身后,雅娜在睡梦中无虑无邪,而朗博先生低垂灰白的头,专注在玩具娃娃身上,他已经把四肢装上了。但是从他手里时时传出弹簧脱钩的干裂声,粗手指轻轻拨弄损坏的机件时娃娃的口吃声。当娃娃说话太响了,他立即停止,又不安又恼火,看一看有没有惊醒雅娜。然后他又用仅有的工具,一把剪刀和一把镊子,小心地投入修理工作。

"您为什么哭,我的孩子?"神父问,"我就不能给您一点宽慰吗?"

"啊!别管我,"埃莱娜喃喃地说,"眼泪流出来对我有好处……等会儿,等会儿……"

她气咽得回答不出来。第一次也在这个地方,伤心的眼泪止不住地往下落。但是她是一个人,尽可以在黑暗中呜呜咽咽,瘫在那里,等到满腔的激情宣泄尽了为止。可是,现在她不觉得自己有任何忧愁,她的女儿已经没有危险,她自己也恢复了单调然而愉快的生活。这时她的心里突然产生一种强烈的感情,犹如一种巨大的痛苦,一种她永远无法填补的不可探测的空虚,一种她和她所爱的人一起陷入的无边无际的绝望心情。她说不明白是哪种痛苦这样威胁着她。她看不到希望,她哭了。

早在马利亚月,在花香扑鼻的教堂里,她曾经这样动过情。巴黎黄昏时刻的广阔地平线,给人一种深邃的宗教印象,使她感动。平原好像在扩大,两百万人口正在逐渐隐匿,这中间自有一种忧郁的情绪。然后当天空发黑,当城市随着趋于平静的响声而失去踪影时,她压抑的感情迸发了,面对着这个肃穆和平的景象,她的眼泪夺眶而出。她会合上双手,念几段祈祷。她需要信仰,需要爱,需要匍匐在神面前,这引起她非常大的震颤。那时群星出现,使她不知所措,有一种神圣的喜悦与恐惧。

静默了好长一会儿,儒伟神父还是要问。

"我的孩子,应该信任我。您为什么犹豫不决?"

她还在哭,但是像孩子似的哭得幽幽的,好像累了,好像没有了力气。

"教堂叫您害怕,"他继续说,"有一时,我以为您皈依上帝了。但是事实并非如此。上帝有上帝的计划……是啊!您不妨怀疑教士,但是为什么还不把您的知心话告诉一位朋友呢?"

"您说得对,"她期期艾艾地说,"是的,我很消沉,我需要您……我应该向您忏悔这些事。在我小时候,我不常去教堂;今天,我参加仪式没有一次不是心里很乱……就在刚才,使我呜呜哭的,就是这个像隆隆管风琴似的巴黎之声,这片无边的夜色,这片美丽的天空……啊!我愿意有信仰。帮助我吧,指引我吧。"

儒伟神父把自己的手轻轻放在她的手上,要她安静。

"把一切告诉我吧。"他没说别的。

她又挣扎了一会儿,焦虑不安。

"我没什么,我向您起誓……我没有什么瞒您的……我毫无道理地哭了,因为我透不过气来,因为我的眼泪自己流了出来……您了解我的生活。我在这个时刻不感到有什么伤心事,没有什么错误,没有什么内疚……我不知道,我不知道……"

她的声音断了。这时,神父慢慢说出这句话:

"您在爱,我的孩子。"

她身子一颤,不敢争辩。沉默又开始了。在他们面前沉睡的黑色海洋中,有一颗火星亮了。这在他们的脚下,在深谷的某处,他们也说不准到底在什么地方,其他的火星也一颗颗出现了。它们在黑夜中一下子呼地跳了出来,然后固定不动了,像星星那么闪耀。好像在昏暗的湖面上又升起了新的星辰。不久,这些星辰构成双道光线,从特罗加德罗出发稍带跳跃地朝巴黎而去。然后又有其他光点组成的线切断这道双线,形成几个曲线,星空又扩大了,奇异而壮丽。埃莱娜总是不开口,眼望着这些闪烁的星。星光把天空无休止地延长到了地平线底下,仿佛大地都消失了,四边只看到浑圆的天穹。她又感到几分钟前大熊星座横在天空,开始慢慢绕着地轴旋转时引起她伤心的那种情绪。巴黎发亮了,扩大了,忧郁深邃,使人对星辰群集的苍穹产生敬畏的幻想。

可是,神父在她的身边喊喳了很久,他的声音单调温柔,是在忏悔室养成的习惯。有一晚他警告过她,对她说孤独的生活对她没有好处。离群索居不会不受到惩罚。她太把自己关在房间内,却对危险的幻想敞开了门户。

"我老了,我的孩子,"他喃喃地说,"我见过不少妇女来找我们,又是眼泪,又是祈祷,需要信仰和跪在地上……所以到了今天我不大会错。这些妇女表面是在虔诚地寻找上帝,其实是她们的心受到情欲的骚扰,她们在教堂里爱的是一个男人……"

她没在听,激动到了极点,在努力中终于看清了自己。她不由坦白了,声音低低的,哽塞了。

"是呀！是的，我在爱……没别的。其他我不知道了，我不知道了。"

现在他不去打断她。她兴奋地说着，句子短短的；她忏悔自己的爱，跟这位老人倾诉她多时以来堵在心头的秘密，感到一种苦涩的欢乐。

"我向您起誓，我也没法自己说清楚……这是不知不觉来的。可能是突然发生的。可是时间久了才感到了甜美……还有，既然我不那么坚强，为什么要装呢？我没有设法逃避；我太幸福了；今天，我更缺乏勇气……您看，我的女儿病了一场，我差点失去她；是呀！我的爱曾经和我的痛苦一样深，经过这些可怕的日子，爱又压倒了一切，爱占有了我，我听任它的摆布……"

她换了一口气，全身抖索。

"终于我筋疲力尽了……您说得对，我的朋友，把这些告诉您可以使我轻松……但是我求您，告诉我，我心里发生了什么事。我以前那么平静，那么幸福。这真是我生活中的一声霹雳。为什么是我？为什么不是另一个人？因为我没有要这样做，我以为自己善于保护……要是您明白！我连自己也不认识了……啊！帮助我吧，救救我吧！"

神父看到她不说了，机械地提出一个问题，忏悔师惯常都是无话不问的。

"名字，请对我说出他的名字。"

她犹豫了，这时有一个特别的声音响了，使她转过头去。这是玩具娃娃，在朗博先生的手指之间，渐渐恢复了它的机械生命；它刚才在小圆桌上走了三步，齿轮还不好转，吱吱咯咯的；然后它又仰天翻倒了，它又自己跳在地上。他跟着它伸出双手，随时准备扶住它，充满焦虑和父爱。当他看到埃莱娜转过身时，向她信任地笑了一笑，好像答应她娃娃会走的。他又开始用剪子和镊子去拨弄那件玩具。雅娜在睡觉。

那时，埃莱娜在这宁静的气氛中放松了下来，在神父耳边喃喃说出一个名字。神父没有动。他的脸在黑暗中也看不见。静默了一会儿，他说：

"我早知道，但是我要您自己告诉我……我的孩子，您一定受了很多苦。"

他没有针对义务之类泛泛说一句什么话。埃莱娜诚惶诚恐，神父明智的怜悯使她难过得要死，眼睛又去看巴黎夜景中闪烁的火星。愈往远方火星愈多。仿佛纸头烧到那里，火星跟着灰烬到了那里。首先，这些光点是从特罗加德罗出发的，朝着城中心而去。不久，左面出现另一簇火星，朝蒙玛特尔延伸；然后右边也有一簇，在荣军院后面；更后面在先贤祠一边还有一簇。这一簇簇火星同时射出一束束小火焰。

"您记得我们的谈话，"神父又慢慢说，"我没有改变意见……您应该结婚，我的孩子。"

"我！"她说，惊呆了，"但是我刚才向您坦白……您知道我不能……"

"您应该结婚，"他更有力地重复一遍，"嫁给一个正派人……"

他的身材在旧黑袍子里好像高大了。他可笑的、平时斜搁在一个肩膀上的大脑袋抬了起来，他半闭的眼睛睁得很大，她在黑暗中看得见他的目光发亮。

"嫁给一个正派人，他当您的雅娜的父亲，也使您做人正大光明。"

"但是我不爱他……我的上帝！我不爱他。"

"您会爱他的，我的孩子……他爱您，他是个好人。"

埃莱娜在争辩，压低声音，听到朗博先生在身后发出的声音。他在希望中那么耐性、那么坚强，六个月来，没有用自己的爱情来叨扰过一次。他平静，充满信心，自然也准备作出最勇敢的自我牺牲。神父做个转身的动作。

"您愿意我把一切告诉他吗……他会向您伸出手来的，他会救您。您也会带给他无穷的欢乐。"

她制止他，惊慌失措。她的心在反抗。这两人都叫她害怕，这些那么平静那么温柔的男人，就是在她火一般的情欲旁边，他们也保持冷静和理智。他们生活在什么样的世界上，竟然对她所受的苦难不置可否？神父挥了一挥手，指着这片广阔的空间。

"我的孩子，看这个美丽的夜晚，这种至高的和平，面对着您的激动……您为什么拒绝做一个幸福的人？"

全巴黎已点上灯火。黑暗的海洋中跳动着星星点点的小火焰，从地平线的一头延伸到另一头。现在在清朗的夏夜中几百万颗星光固定不动，没有一丝风，没有一次颤抖来扰动这些火焰，它们都像悬挂在空中。巴黎已经看不见了，退缩到无尽的边际，像苍穹一样辽阔。可是在特罗加特罗斜坡下，一道快速的光——马车或一辆公共马车的车灯——像流星闪过一般切断了黑暗。那里的煤气路灯像放出昏黄的水汽，使人隐隐约约看到模糊不清的门面，有树木的角落像布景似的发绿。在荣军院桥上，星星穿插交叉无间无隙，而在桥下沿着更浓的暗流出现一种奇景，一排彗星的金色尾巴拉长了，形成一阵火星雨。塞纳河的黑水里映出桥灯的反光，但是过了这里开始不可知地带。河流漫长的曲线由双道煤气灯光带勾划出来，隔一段距离又有其他煤气灯光带连结起来，就像由光做成的一条梯子，横斜在巴黎两端挂在天边的星辰之间。在左边，又有另一道光降下来；从凯旋门到协和广场，沿着香榭丽舍大街有一队排列整齐的星辰，闪着像七斗星似的光芒；然后是蒂勒里宫、卢浮宫、河边的房屋，最后是市府大楼，都是一团团黑影，中间隔着方形大广场的灯光；再后面是三三两两的屋顶，灯光稀少了，看不到别的，除了道路的入口，大马路的转角，着了火似的十字街口。在另一边的岸上，右边，只有荣军院广场的线条清清楚楚，长方形的火焰，像冬夜里失去了腰带的猎户星。圣日耳曼区的长街上灯光稀疏暗淡，再过去是居民区，星光密集，像在模糊一团的星云中闪闪发亮。直至郊区，在地平线四周，密密麻麻的煤气灯和照亮的窗户，像数不尽的小太阳和肉眼难辨的地球微尘布满城市的远处。

房屋都下沉了，桅杆上没有一只大灯笼。有时，会以为这是在举行一次巨大的盛会，这是一座张灯结彩的巨人纪念碑，有它的楼梯、扶杆、窗子、门楣、窗台、石头世界，晶光莹莹的灯勾划出奇异巨大的建筑物轮廓。但是袭上心头的却是星辰诞生、天空无限扩大的感觉。

埃莱娜顺着神父手势的方向，对发亮的巴黎转眼看了一圈，她也说不出星的名字。她想问那边，左上方她夜夜盯着看的这颗明亮的星叫什么。她也关心其他的星。有的星她爱，而有的星使她不安和生气。

"我的神父，"她说，她第一次用这个亲切尊敬的称呼，"让我生活吧……是今夜的美使我激动……您错了，您在这个时刻不会给我安慰，因为您不能够听见我的心声。"

神父张开双臂，然后又克制地慢慢放下。沉默了一会儿低声说：

"事情必然是这样的……您呼救，但是您不接受援助。我听到绝望的表白有多少，我没法阻止的眼泪又有多少……听着，我的孩子，答应我一件事：遇到生活对您太沉重时，您要想到有一个正派人在爱您，他等着您……您只要把您的手放到他的手里就会得到安宁。"

"我答应您。"埃莱娜严肃地回答。

在她这样起誓时，房间里有一阵轻轻的笑声。这是雅娜，她刚醒来，瞧着娃娃在小圆桌上走。朗博先生对自己的修理技术很满意，总是伸出手，怕娃娃跌倒。但是娃娃很结实；它拍小手，它转头，每走一步说出同样的话，声音像鹦鹉。

"哦！这真逗！"雅娜喃喃地说，还睡意矇眬的，"你给它干了什么啦？它本来坏了，现在又有生命了……给我看一下……你太好了……"

可是，有一片发亮的云升到有灯光的巴黎上空，像是炭炉映出的红光。起初，仅是夜空中一片白光，几乎看不出来。然后，徐徐地，夜深了，变成殷红色。它悬在城市上空一动不动，翻腾着本身发出的种种火焰，像笼罩火山口上的烈焰怒火。

第四章

（一）

漱口水已经端上来，女士们在雅致地擦手指。满桌的人沉默了一会儿。德贝勒太太扫了一眼，看大家有没有结束；然后她不说话站了起来，她的客人也跟着这样做，一阵椅子移动声。一位老先生在她的右边，赶忙把手臂伸给她。

"不，不，"她喃喃地说，亲自领他朝一扇门走去，"我们到小客厅去喝咖啡。"

有几对夫妇跟着她。最后，来了两位女士和两位先生，他们继续谈话，没想加入行列。但是到了小客厅，拘束感顿时消失，又恢复吃甜食时的嬉笑。咖啡已摆在小圆桌上的一只大漆盘里。德贝勒太太以女主人身份四处张罗，操心客人的不同口味。实际上波利娜最为忙碌，自告奋勇招待先生们。约有十二位客人，这差不多是德贝勒家从十二日开始，每周三约定的客人人数。到了晚上十点钟左右还有许多人来。

"德·吉罗先生，来一杯咖啡，"波利娜说，停在一个矮小秃头的人面前,"啊!不,我知道,您不喝咖啡……那么来一杯查尔特勒酒?"

但是她的服务出错,端来了一杯干邑酒。她笑容可掬地在客人中间兜圈子,态度镇定,盯着对方的眼睛看,拖着长裙下摆从容旋转。她穿一件精致的白色印度羊绒长裙,上绣天鹅,领口开成方的。当所有男客站起来,手里一只杯子,挺着下巴小口呷时,她找上了一个高大的青年,蒂索一家的少爷,她觉得他的面孔很英俊。

埃莱娜不要咖啡。她坐在一旁,神情有点疲乏,穿一件黑丝绒长裙,没有任何装饰,裹在身上仪态端庄。小客厅有人抽烟,雪茄盒就放在她旁边的半圆桌上。医生走近来,挑了一支雪茄,问她:

"雅娜好吗?"

"很好,"她回答,"今天我们上森林去了,她玩得疯了……哦!她这时候应该睡了。"

两人友好地交谈,像天天见面的那样微笑随便。但是德贝勒太太的声音响了。

"噢,格朗让太太可以对您证明……我九月十日左右从特鲁维尔回来的,不是吗?天下雨,海边没法待。"

三四位太太围着她,而她谈她在海边的日子。埃莱娜只好站起来,参加进去。

"我们在迪纳尔过了一个月,"德·肖梅特太太说,"哦!地方美,人也好!"

"小屋后面有个花园,然后又是朝海边的露台,"德贝勒太太继续说,"你们知道,我坚持把我的马车和马车夫都带去……散步要方便多了……勒瓦瑟太太来看我们……"

"是的,一个星期天,"勒瓦瑟太太说,"我们在卡布尔……哦!您那里的房子很好,就是有点贵吧,我想……"

"说起这个，"贝蒂埃太太打断话头，对朱丽埃特说，"马利尼翁先生没有教您游泳吗？"

埃莱娜注意到德贝勒太太的脸色突然变得难堪和不悦。已经好几次，她相信窥见在德贝勒太太面前无意中提到马利尼翁的名字就会引起她的厌恶，但是少妇恢复了镇定。

"一个游泳好手！"她大声说，"他才不会给人上课呢……我怕冷水怕得要命。只要看到人家浸在水里也会叫我哆嗦。"

她果真哆嗦了一下，耸起浑圆的肩膀，像水淋的小鸟抖动身子。

"那么没这回事啰？"德·吉罗太太说。

"当然没这回事。我打赌是他自己编的，自从他在那里跟我们过了一个月后就是恨我。"

其他客人开始来到。女士们头发上插了花，盘着两臂，摇晃着头笑嘻嘻的；先生们穿了礼服，手拿着帽子，鞠躬，找一句话说。德贝勒太太一边说话一边向熟客伸出手指尖。许多人不说话，行个礼就过去了。可是，奥莱屈小姐刚才进门。她立刻出神地欣赏朱丽埃特的长裙，藏青提花丝绒料子，还镶罗缎。那时在那里的太太们眼里就只有长裙了。哦！好看，实在好看！是伍姆公司做的。这件事谈了五分钟。咖啡喝完，客人把空杯放得到处都是，茶盘上，半圆桌上；只有那位老先生没有喝完，他喝上一口就停下跟一位太太闲聊。咖啡香与脂粉香的一种混合热气味升了上来。

"您知道我什么都没有。"蒂索少爷对波利娜说，她对他谈到一位画家，父亲领了她上他家去看过画。

"怎么！您什么都没有……我给您送过一杯咖啡的。"

"没有，小姐，我向您保证。"

"但是我绝对愿意您喝点什么……等等，这里有查尔特勒酒！"

德贝勒太太悄悄朝医生点头要他过去。医生明白，亲自打开大厅的门,大家通过,一名仆人把茶盘撤走。大厅里很冷,有六盏灯和一盏有十支蜡烛的枝形灯,照得房间发白。有几位太太已经在里面的壁炉前围成一圈;只有两三位先生站在撑开的裙子中央。从灰绿色客厅敞开的门里传来波利娜尖尖的说话声,她单独与蒂索少爷在一起。

"现在我把酒倒好了,您去喝不就得了……您要我怎么办?皮埃尔把茶盘带走了。"

后来,大家看到她出现了,穿着绣天鹅的长裙,通身白色。她鲜艳的嘴唇中间露出一口牙齿笑吟吟地宣布:

"英俊的马利尼翁来了。"

又是继续握手敬礼。德贝勒先生已经站到门边,德贝勒太太坐在女士们中间的一只软垫矮墩上,随时随刻站起来。当马利尼翁到时,她故意扭转头。他穿得非常得体,火烫过的头发往两边分,中间一条头路一直开到后颈。在门槛上他把单片眼镜放在右眼上,微微做了个鬼脸,像波利娜反复说的"帅极了"。他的目光绕着客厅看一周,跟医生随便握握手,一句话没说,然后向德贝勒太太走去,到了面前高大的身材往下弯,衣服裹得很紧。

"啊!是您,"她有意说得大家都听见,"您现在好像在游泳吧?"

他没有听懂,但是他还是回答,好卖弄才气。

"当然……有一天,我救了一条快要淹死的纽芬兰狗。"

女士们觉得这话说得俏皮。德贝勒太太显得没有辙儿。

"就算您救起了一条纽芬兰狗吧,"她回答,"只是您要知道我在特鲁维尔可是一次也没有游过。"

"啊!我还是教过您课的啊!"他大声说,"好吧!有一天晚上,在您的餐厅里,我不是跟您说过手和脚要一起动吗?"

所有的女士都笑了起来,他真讨人喜欢。朱丽埃特耸耸肩,跟他没法说正经话。她站起身走到一位很有钢琴天赋的女士面前,这位女士是第一次来她家。埃莱娜坐在火炉旁边，文文静静地望着听着，对马利尼翁她好像很注意。她看着他想办法巧妙地去接近德贝勒太太，她听到他们在她的座椅后面谈话。突然声音变了。她身子向后仰可以听得更清楚。马利尼翁的声音说：

"昨天您为什么不来？我等到您六点钟。"

"别缠着我，您疯了。"朱丽埃特喃喃说。

这时马利尼翁带巴黎腔的声音升高了。

"啊！我说纽芬兰狗这件事您不信。但是我还得到过一枚奖章，以后给您看。"

他又很低地加了一句：

"您答应我的……别忘了……"

有一家人来了。德贝勒太太满口客气话，马利尼翁又出现在女士们中间，戴着单片眼镜。刚才那几句匆匆交换的话，埃莱娜听了脸色苍白。这对她是晴天霹雳，意想不到的丑事。这个女人那么幸福，脸容安详，两腮雪白滋润，怎么会背叛自己的丈夫。埃莱娜一直认为她头脑简单，有点自私，但依然可爱，不会去做蠢事招麻烦。还跟这么一个马利尼翁！突然她又看到花园里的下午，医生亲吻朱丽埃特的头发时朱丽埃特笑眯眯的，十分亲热。他们还是相爱的。可是出于她对自己也没法解释的感情，她不由对朱丽埃特怒气冲冲，仿佛是她个人刚才受了欺骗。她为亨利感到委屈，炉火中烧，脸色也明显地异常难看，以致奥莱丽小姐问她：

"您怎么啦……您不舒服吗？"

老小姐看到她一个人就坐到了她的旁边。这位太太那么端庄美丽，几小时听她说长道短而不厌烦，叫她很高兴，不由得对其表示极大的好感。

但是埃莱娜没有回答。她有一种需要，需要见到亨利，知道这时候他在做什么，有什么样的表情。她站起身，到客厅去找他，终于把他找到了。他在谈话，站在一个脸色灰白的胖子面前。他很安静，神色满意，微微在笑。她望了他一会儿。她对他产生一种怜悯，这贬低了他的形象，却同时使她更加爱他，怀着温情，还掺杂一种隐约的保护意识。她的想法还是非常模糊，但可以肯定的是此刻她应该到他身边去补偿失去的幸福。

"喔唷！"奥莱丽小姐喃喃地说，"要是德·吉罗太太的妹妹唱歌，那就热闹了……我听《杜特莱尔》不下十遍了。她只有这首歌，今年冬天……您知道她跟丈夫分离了。您瞧，那里，门旁边，这位棕头发的先生。他们两人不错。朱丽埃特请他也很勉强，要不请她就不来……

"啊！"埃莱娜说。

德贝勒太太急忙从一圈人走到另一圈人中，请大家保持安静，听德·吉罗太太的妹妹唱歌。客厅满了，三十来位女士坐在客厅中央喊喊喳喳说笑。可是有两个站着，说话更响，优美地摆动肩膀，而五六位男士非常自在，在裙裾之间毫不感到拘束。轻轻的"嘘嘘"声传过来，声音一下子停了，脸上摆出一动不动的厌烦表情；热烘烘的空气中只有扇子的扇动声。

德·吉罗太太的妹妹唱了，但是埃莱娜没有在听。现在她瞧着马利尼翁，他像在欣赏《杜特莱尔》，装得无限爱好音乐的样子。这可能吗！这个年轻人！无疑在特鲁维尔他们玩过危险的游戏。埃莱娜无意中听到的几句话，好像说明朱丽埃特还没有让步；但是失身好像不会太远了。马利尼翁在她面前心驰神往打拍子，德贝勒太太殷勤地表示欣赏，而医生一声不响，耐心客气，等着一曲唱完，好跟白脸胖子把话说下去。

女歌手唱完，响起轻微的掌声。还有捧场的话。

"唱得好！精彩！"

但是英俊的马利尼翁把手臂高举到女士们的发饰上面，戴着手套闷闷地鼓掌，喊："再来一个！再来一个！"声音响亮压倒其他人。

这股热忱也立刻下降了，大家面孔表情放松，相互微笑，有几位女士站起来，普遍感到松了一口气，谈话又开始了。室内更热了，扇子扇动，女士的身上散发一种麝香的气味。有时在嗡嗡的谈话声中突然响起咯咯的笑声，一句话说响了，引得别人转过头来。朱丽埃特已到小客厅里去了三回，要求躲进里面的先生们不要撂下女士们不管。他们跟着她，十分钟以后，他们又不见了。

"真受不了，"她生气了，喃喃地说，"一个也留不住。"

可是奥莱丽小姐在向埃莱娜介绍那些太太的名字，埃莱娜参加德贝勒医生家的晚会还只是第二次。这里有帕西区的全部上层社会，有的人非常富有。然后，她弯下身：

"这次是定了……德·肖梅特太太把女儿嫁给了这个黄头发高个子，他们两人来往了十八个月……至少，这是个会爱上自己女婿的丈母娘。"

但是她的话没说下去，非常惊奇。

"咦！勒瓦瑟太太的丈夫跟老婆的情人在说话……朱丽埃特起过誓，不同时接待他们的。"

埃莱娜目光缓慢地在客厅转了一圈。在这个正派阶层，在这个表面上老老实实的布尔乔亚圈子里，妻子个个都是不忠诚的吗？她是外省人，观念呆板，对巴黎生活中这种宽容的亲密关系表示惊讶。她不无苦涩地嘲笑自己，当朱丽埃特把手放到她的手里时会那么痛苦。真的，她那么犹豫和顾忌不是蠢得可笑嘛！通奸毫不在意地布尔乔亚化了，还带点风雅的眉目传情，显得更具活力。德贝勒太太现在像跟马利尼翁和解了，她是个棕发美人，身材矮小滚圆，软绵绵地蜷缩在座椅上笑眯眯听他说俏皮话。德贝勒先生正在过来。

"今天晚上你们不吵架了吧？"他问。

"不吵了，"朱丽埃特回答，非常快活，"他说的蠢话太多了……要是你听到他跟我们说的全部蠢话……"

歌声又响起来，但是要安静则更难了。这次是蒂索少爷跟一个上了年纪、理童式头发的女士唱《宠娃》里的二重唱。波利娜坐在一扇门旁，在黑色礼服中间，望着那名男歌手不胜钦佩，就像她看到人家欣赏艺术杰作似的。

"哦！真美！"当一句歌词被伴奏压下去时她不由自主说出这句话，声音那么响，全客厅都听到了。

晚会在继续，大家脸上都有了倦容。有的女士三小时来坐在同一张椅子上，无意间流露出一种厌烦神情，可是也很乐意在这里能够厌烦一下。这些歌听的人心不在焉，一停下来谈话又起了，好像是钢琴空洞的响声在继续。勒泰利埃说他到里昂去监督一批丝绸订货。索恩河与罗纳河的河水不流在一起，这使他很震惊。德·吉罗先生是一位法官，官腔十足地说到必须制止巴黎的罪恶。大家围着一个矮先生，他认识一个中国人，正在细说什么事。两位女士在角落里推心置腹，交换各自对自己的仆人的看法。可是在以马利尼翁为坛主的女人圈子里谈的是文学：蒂索太太说巴尔扎克令人不堪卒读；他不否定，只是他要人注意巴尔扎克的书里也有精彩的篇章。

"请静一静！"波利娜叫，"她要演奏了。"

这是那位非常有天赋的女钢琴家。所有的人出于礼貌转过头去，但是在一片寂静中听到有几个粗大的男性声音在小客厅讨论。德贝勒太太显得没有办法，在不停地发愁。

"他们闹死了，"她喃喃地说，"他们不愿意过来就留在那边；但是至少给我闭上嘴！"

她派波利娜去，波利娜很乐意跑去执行这项任务。

"先生们，你们知道马上要演奏了，"她穿了女王的长袍，带着闺女的安详大胆，说道，"请你们不要说话。"

她说得很响，声音尖锐高昂。因为她待在那里跟男士有说有笑，声音变得更响了。讨论还在继续，她还提出论据。德贝勒太太在客厅里受苦刑。此外音乐太多了，大家对此很冷淡。女钢琴家重新坐下，抿着嘴，尽管女主人觉得应该向她说些夸大的恭维话。

埃莱娜不高兴。亨利好像没有看见她。他也没有再往她这里来过。有时，他向她远远地一笑。晚会开始时，她看到他那么理智还感到一阵轻松。但是自从她听到那两个人的故事后，她希望做点什么事，是什么事她也不清楚，一种温情的表示，即使引起闲话也不顾。有一种欲望使她激动，模糊的，掺杂了一切坏的感情。他保持那么冷淡是不爱她了吗？肯定他在选择适当的时间。啊！要是她把一切告诉他，把那个用上他姓氏的女人的丑事泄露给他，他会怎么样呢！这时，钢琴正在弹奏轻快短促的音阶，她却在做梦：亨利赶走了朱丽埃特，她做了他的妻子，到他们都不会说当地话的远方国家过日子。

一个声音叫她打了个寒战。

"您不要来点什么吗？"波利娜问。

客厅空了，大家刚走进餐厅喝茶。埃莱娜艰难地站了起来，脑子里一片混乱。她想这些都是做梦吧：听到的那些话，朱丽埃特不久失身，开心平静的布尔乔亚奸情。如果这些都是真的，亨利就会在她的身边，两人早就离开这幢房子。

"您喝杯茶吧？"

她微笑着，感谢德贝勒太太给她在桌旁留了一个位子。盛放糕点糖果的盘子上盖了台布，在每只盘子上对称地放上一块大蛋糕和两块小蛋糕；因为地方不够，茶杯几乎贴在一起，每两只中间用窄小灰色的长流苏茶巾隔开。只有女士们坐着，她们脱了手套，手指尖抓了小点心和糖渍水果，把奶油罐传来传去，文雅地给自己倒上一点。可是有三四位女士自告奋勇为先生们服务。这些先生沿着墙壁站着，喝茶，尽量小心翼翼别在无意中伸出肘臂相撞。有的人留在两个客厅里，等着蛋糕端过来。这是波利娜兴高采烈的时刻。谈话声更响了，笑声、水晶杯银器碰击声闹成一片，麝香再加上浓烈的茶香，更有热意了。

"递一块蛋糕给我，"奥莱丽小姐说，她恰在埃莱娜旁边，"这些甜品不见得都是好吃的。"

她已经吃了两小盆。然后，满口的东西还未咽下就说：

"现在有人走了……可以松快一些。"

确实，有几位太太跟德贝勒太太握过手后告辞了。许多男士悄悄地走了，房间里人少了。这时有几位先生在桌边坐了下来，但是奥莱丽小姐占了位子不让，她还要来一杯五味酒。

"我给您去找一杯来。"埃莱娜说，站了起来。

"哦！不，谢谢……请不必费心。"

埃莱娜监视马利尼翁有一会儿了。他走去跟医生握了握手，他现在在门槛上向朱丽埃特行礼。她面孔白皙，眼睛明亮，从她动人的微笑来看，想来他是在赞扬她的晚会。趁皮埃尔在门边餐具柜上倒五味酒时，埃莱娜走上前，耍了一个花招躲到了门背后。她在听。

"我求您啦，"马利尼翁说，"后天来……我三点钟等您……"

"您这人就是不能严肃一点吗？"德贝勒太太笑着回答，"看您再说蠢话！"

但是他坚持重复那几句话：

"我等您……后天来……您知道哪里吗？"

这时她迅速地呢喃一声：

"好吧，可以，后天。"

马利尼翁鞠个躬，走了。德·肖梅特太太跟蒂索太太一起离开。朱丽埃特高兴地把她们送到了外客厅，带着最可爱的神情对德·肖梅特太太说：

"我后天来看您……那天我要去许多地方。"

埃莱娜一动不动，脸色十分苍白。可是皮埃尔倒了五味酒，递给她一杯。她机械地拿了，端给奥莱丽小姐，她正在吃糖渍水果。

"哦！您太客气了，"老小姐说，"我会关照皮埃尔的……您看，不给女士上五味酒是不对的……在我这个年纪……"

但是她看到埃莱娜苍白的脸色没往下说。

"谢谢，没什么……太热了……"

她步子跟跄，回到人已走空的客厅，倒在一张座椅上。灯还在烧，灯光发红；枝形灯上的蜡烛已经很短，快要烧着烛盘。从餐厅传来最后的客人的告别声。埃莱娜已经忘了还要离开，她愿意留在这里，思考。这样，这不是一场梦，朱丽埃特要上这人家里去。后天，她知道了日期。哦！她不该约束自己，她心中又响起了这声呼叫。然后她想她的责任是对朱丽埃特谈一谈，要她避免犯错误。但是这种好心的想法使自己也身上发冷，她马上驱散这种讨厌的思想。她瞧着壁炉里，一根熄灭的木柴塌了下来。凝重沉睡的空气中还留有女人发髻的香味。

"咦！您在这里，"朱丽埃特进来时叫了起来，"啊！您没有立刻就走这很好……终于可以松口气了！"因为埃莱娜猝不及防，要站起来的样子，她又说：

"等一等，您不用着急……亨利，把香水瓶给我。"

三四个熟客还没走。大家在熄灭的火炉前坐下，不拘礼节随便聊天，大客厅也懒洋洋有了睡意。门都开着，可以看到小客厅是空的，餐厅是空的，全层楼还灯火通明，却落入一片沉重的寂静，亨利对妻子显得殷勤温柔。他刚才还上楼去取她的香水瓶,她慢慢闭了眼睛嗅了又嗅;他问她是不是太累了。是的,她感到有点累;但是她很高兴,一切非常顺利。这时,她说请客的晚上她都不能入睡,在床上翻来覆去直到早晨六点钟。亨利笑了,大家开玩笑。睡意似乎逐渐弥漫到整幢房子,在这麻木的气氛中,埃莱娜望着他们,她身子打颤。

可是,现在只剩下两个客人了。皮埃尔已去找车子,埃莱娜留在最后。钟敲一点。亨利不再客气,踮起脚把两支烧着了烛盘的蜡烛吹灭。简直像日落,灯光一盏盏熄灭,全厅沉入凹室的暗影里。

"我妨碍你们休息了,"埃莱娜突然站起身,喃喃地说,"送我回去吧。"

她面孔通红,血色上升,说不出话来。他们陪她到外客厅,但是那里气温低,医生为妻子担心,因为她的胸衣袒得很开。

"回去吧,你会着凉的……你身上太热了。"

"好吧!再见,"朱丽埃特说,她亲了埃莱娜一下,就像她在温柔的时刻做的那样,"经常来看看我。"

亨利已取了裘皮大衣,撑开帮埃莱娜穿上。她套上两只袖管,他给她拉衣领,面对着外客厅整堵墙上的那面大镜子含笑给她穿上。他们是单独在一起,在镜子里相互看得见。那时,突然她身子裹在裘皮大衣里,没有转身就倒在他的怀抱里。三个月来,他们只是友好地握握手;他们愿意不再相爱。他不笑了,脸色变得热忱兴奋。他疯狂地抱紧她,吻她的脖子。她头往后仰还了他一个吻。

(二)

埃莱娜一夜没有睡着。她辗转反侧身上发烧,当她刚要入睡时,总是同样的忧虑使她惊醒。在这半睡半醒的梦魇中,她被一个死念头折磨着,她要打听到幽会的地点。她觉得这样才会宽心。这不大可能是马利尼翁在丹坡路的小亭子间,那是德贝勒家经常提起的。那么在哪儿呢?在哪儿呢?她的脑子由不得她自己在想。她已经忘了一切私情,而沉浸在触动神经和充满欲念的探索中。

天空发白,她穿上衣服,自己也没料到说得那么响:

"就是明天的事了。"

她一只脚穿上鞋,两手垂落,她在想可能在哪家带家具的旅馆,一间按月出租的小室,后来这个假设令她厌恶。她想象一套精致的公寓,厚厚的帷幕,鲜花,每个壁炉里都点着明亮的大火。在那里看到的不是朱丽埃特和马利尼翁,而是她自己与亨利待在这个外界声音传不到的温柔乡里。她穿了晨衣,还没有扣好,身子一颤。这到底是哪儿呢?在哪儿呢?

"早啊,小妈妈。"雅娜喊,她也醒来了。

自从她康复以后,她又睡到了小房间里。她赤脚穿了衬衣走过来,像每天一样,扑到埃莱娜的身上。然后她又跑着回去,再钻进热被窝里待一会儿。这使她觉得好玩,她在被窝里笑。第二次她又来了。

"早啊!小妈妈!"

她又走了。这次她哈哈大笑,把被子盖在头上,在被下闷着声音说:

"我没在这里……我没在这里……"

但是埃莱娜不想每天早晨那样闹着玩。于是雅娜感到无聊了,重新又睡。天色还早。将近八点,罗萨莉开始谈自己的早晨。哦,外面到处是垃圾,她去找牛奶时两只鞋子差点踩在狗粪里。真是化冻的日子,天气很温和,人呼吸不畅。然后,她突然记起来了,前一天有一个老妇人来找太太。

"咦！"她听到门铃声叫道，"我肯定是她来了！"

这是费杜大娘，她干干净净的，很像个样，戴一顶白帽子，一件新袍子，胸前交叉一条苏格兰格子围巾，说话总是带哭声。

"我的好太太，这是我，我自个儿……这是我有件事要求您……"

埃莱娜望着她，看到她衣着那么讲究真有点吃惊。

"您好些了吧，费杜大娘？"

"是的，是的，我好些了，要这么说也可以……您知道，我的肚子里总是有什么怪东西在跳，但是好总是好些了……那时，我碰到一次好运。我也呆了，因为，您看，好运和我……一位先生要我料理家务。哦！这有话说了……"

她的声音慢了下来，千皱百褶的脸上的小眼睛灵活转动。她好像等待埃莱娜问她。但是埃莱娜坐在罗萨莉刚点燃的炉子旁，只有一只耳朵在听，想着心事难过。

"您有什么事要求我，费杜大娘？"她说。

老妇人不立刻回答。她观看房间，黄檀木家具，蓝丝绒帷幕。她摆出穷人讨好的样子喃喃地说：

"您家真漂亮，太太原谅我……我的东家也有这样一个房间，但是他的房间是玫瑰色的……哦！这有话说了！您想一想上层社会的一个青年到我们那幢楼里来租一套公寓。这是不是说说的。我们二三层楼以上的公寓还是非常舒适的。还有，十分安静！没有一辆车，像在乡下……那时，工人来了两个星期；他们把房间装修得像一件首饰……"

她停下，看到埃莱娜神情专注起来。

"这作为他的工作室，"她又说，声音拖得更长，"他说这作为他的工作室……我们没有门房，您知道。就是这个合他的心意。他不喜欢门房，这位先生，真的，他有道理……"

但是她又不说了，仿佛想到一件什么事。

"等一等！您应该认识他的，我的东家……他见过您的一位朋友。"

"啊！"埃莱娜说，面孔煞白。

"肯定，隔壁那位太太，您跟她上过教堂……有一天她来过。"

费杜大娘的眼睛眯得更细了，观测太太的情绪。埃莱娜努力使语调平静些，对她提出一个问题。

"她上他那里去了？"

"不，她改变了主意，她可能忘了什么东西……我那时在门前。她向我打听万尚先生；然后她钻进她的马车，对车夫喊了一声：'太晚了，回去吧……'哦！这位太太很活泼，很和气，很正派。好上帝没给这个世界创造多少这样的人。在您之下，就数她了……上天祝福你们两位！"

她继续说着一连串空洞无物的话，像一个忙于数念珠的信女那么从容自在。可是从她的皱纹看出她暗地里没有少用心计，她现在容光焕发，非常满意。

"这个，"她又直截了当地说，"我想要一双好鞋子。我的东家太好了，我不能再向他要求这个……您见到，我穿上了衣服，只是我还需要一双好鞋子。我的鞋子穿破了，您瞧，这种潮湿天气要拉肚子。真的，昨天我拉了肚子，整个下午身子竖不起来……有一双好鞋子……"

"我以后给您带一双过来，费杜大娘。"她说，挥手让她走。

老妇人又是鞠躬又是道谢，倒着身子往后退时，埃莱娜问她：

"您什么时候一个人在？"

"我的东家过了六点是不会在的，"她回答，"但是您不必费心，我自己来一趟，我到您的门房那里取鞋子……总之，一切都随您的意思吧。您是天堂里的天使，好上帝会把一切偿还给您的。"

她到了楼面上还在嚷嚷的。埃莱娜坐着，刚才那个女人给她带来的消息还在叫她发呆，怎么会有那样的巧事。生潮气的楼梯，被油腻的手摸得发黑的每一层楼黄房门，去年冬天她上楼去探访费杜大娘引起她怜悯的穷相，又出现在她的眼前；她努力想象在被穷困丑陋包围的这个玫瑰色房间。但是正当她陷在沉思时，两只温暖的小手放在她一双熬夜发红的眼睛上，一个笑声问：

"猜是谁……猜是谁！"

这是雅娜，她刚才自己穿好了衣服。她是被费杜大娘的声音闹醒的，看到小室的门关上了，她赶紧来作弄母亲。

"猜是谁……猜是谁！……"她反复说，愈笑愈高兴。

这时，罗萨莉带了早餐进来了：

"你知道，别说……我可没有问你。"

"不要闹了，小疯子！"埃莱娜说，"我早料到是你。"

女孩就势滑到母亲的膝盖上，向后仰，左右摆动，对自己的发明很欣赏，深信不疑地说：

"喔！也会是另一个女孩子……嗯！一个女孩子，带了她妈妈的一封请帖，邀请你去吃晚饭……那时，她也会蒙上你的眼睛。"

"别傻了，"埃莱娜又说，叫她站起来，"你在说些什么？罗萨莉，给我们上早餐吧。"

然而女仆在仔细看女孩，说小姐的打扮非常滑稽。确实雅娜匆忙中连鞋子也没有穿。她穿了短裙，一条法兰绒短裙，衬衫的一只角从缝里伸出来。薄呢套衫没有扣好，露出一团肉，胸脯扁平小巧，刚有点不明显的线条，映出两点浅红色奶头。她的头发蓬蓬松松，穿了横七竖八的袜子走来走去，一身白色的乱衣衫，她这样子真讨人喜欢。

她弯下腰，朝自己身上一看，然后哈哈大笑。

"我不错吧,妈妈,看啊……说,好吗?我就一直这样……这不错!"

埃莱娜把不耐烦的手势压了下去,提出那个每天早晨要提的问题:

"你洗了吗?"

"哦!妈妈,"女孩喃喃地说,突然发愁了,"哦!妈妈……天下雨,天气太糟了……"

"那么,你就吃早餐……罗萨莉,给她洗一洗。"

平时是她自己监督女孩梳洗。但是她真的感到不舒服,靠着炉子,缩成一团还哆嗦,虽然天气非常温和。罗萨莉刚把小圆桌移到壁炉旁边,上面放了一条餐巾和两只瓷碗。银壶里的牛奶咖啡在炉火上滚着,银壶是朗博先生送的礼物。在清晨这个时刻,房间没有收拾,还有困意,保持了前一夜的凌乱,自有一种喜洋洋的亲切感。

"妈妈,妈妈!"雅娜从小室里叫,"她擦得太重了,皮也下来了……哦!冷啊,冷啊!"

埃莱娜眼睛盯着水壶,心里在深思。她要知道,她要去。在巴黎这个肮脏的角落里幽会。想到这里面的神秘,她心里又痒又乱。她觉得这是品味可憎的神秘,她看清了马利尼翁的为人,想入非非,拈花惹草,相好到处都是。可是尽管厌恶,她还是头脑发热,内心向往,感官完全被玫瑰色屋里的安静和若明若暗的光线吸引了。

"小姐,"罗萨莉重复说,"要是您不让我洗,我要叫太太了……"

"嗨!你把肥皂弄到我的眼睛里了,"雅娜回答,声音粗大带着哭腔,"我够了,放开我……耳朵明天洗吧。"

但是龙头还是在继续流水,毛巾的水还是滴在脸盆里。有一阵挣扎的声音,女孩哭了。她差不多立刻又出现了,非常快乐,喊道:

"洗完了,洗完了……"

她摇着身子，头发还是湿漉漉的，皮肤擦得通红，全身鲜艳还透着香气。在挣扎时，她的套衫滑到一边，裙子松了扣子，长袜落了下来，露出她的小腿。这下子，像罗萨莉说的，小姐像个耶稣。但是雅娜身上干干净净很自豪，不愿意给她穿衣服。

"你瞧一下，妈妈，瞧我的手，我的脖子和我的耳朵……嗯！让我暖和暖和，我好极了……你不会说吧，今天这顿中饭我没有白吃吧。"

她猫着身子坐在炉前的小坐椅里。这时罗萨莉倒牛奶咖啡。雅娜把她的碗放在膝盖上，严肃地把烤面包浸一浸，样子完全像个大人。埃莱娜平时不允许雅娜这样吃东西，但是她心在别处，她放下面包，喝点咖啡就满足了。雅娜吃到最后一口，有点内疚。她心情忧愁沉重，看见母亲那么苍白，放下碗扑到她的身上。

"妈妈，你也开始生病了吗……我没有使你难过吧？说呀！"

"不，亲爱的，恰恰相反你很可爱，"埃莱娜喃喃地说，亲了亲她，"但是我有一点乏，没有睡好……玩吧，不要担心。"

她想到白天将长得可怕。等待黑夜来临前她做些什么呢？她有一段时期没有碰针线了，工作对她说非常沉重。她几小时坐着，两手垂下，在房间里喘不过气来，需要到室外去呼吸，可是就是不动。是这个房间叫她病恹恹的；她恨这个房间，竟在里面住了两年；室内的蓝丝绒，窗外大城市的广阔地平线，街上闹得叫她头晕，她都觉得丑不可言。她梦想住在一套小公寓里。我的上帝！时间过得多么慢！她拿起一本书，但是头脑里还是转着那个死念头，在她的眼睛与翻开的书页之间同样的图像不停地出现。

这时，罗萨莉打扫好房间，雅娜梳好头发，穿好衣服。妈妈在窗前努力看书时，女儿在整理完毕的家具之间开始她的隆重演出，那天是她要高高兴兴闹一闹的日子。她是一个人，但是这也没有妨碍她的兴致，她扮三四个角色不成问题，自信而又严肃的态度令人捧腹。起初她演一个去做客的太太。她先消失在餐厅里，然后又回来，鞠躬微笑，讨人欢喜地将头转来转去。

"早，太太……您好吗，太太……好久没见您了。真是奇迹，真的……我的上帝！我身体不舒服，太太，是的，我得了霍乱，难受极了……哦！这可看不出来，您年轻了，我以名誉担保。您的孩子呢，太太？我以前有三个，自从去年夏天……"

她继续在小圆桌前行礼，圆桌肯定代表她拜访的那位太太。然后，她移近座位，可以说上一个小时，内容无所不包，句子真是丰富多彩。

"不要傻了，雅娜。"声音太大时，她的母亲就说上一句。

"但是，妈妈，我在朋友家里……她对我说话，我就应该回答她……用茶时，不能把蛋糕放进口袋里，不是吗？"

她又开始了。

"再见，太太。您的茶真好喝……向您家先生致意……"

突然又转到其他事情上。她乘了车子出门，去购物，叉开两腿坐在椅子上，像个男孩。

"雅娜，不要那么快，我怕……您停下！我们到了帽子店……小姐，这顶帽子多少钱？三百法郎，这不贵。但是不漂亮。我要上面有只鸟的，一只那么大的鸟……走吧，让，送我去食品杂货店。您没有蜂蜜吗？有呀，太太，这里。哦！多好的蜂蜜！我不要；给我来两苏钱的糖……但是，小心了，让！车翻啦！警察先生，是手推车撞上了我们……您没撞坏吧，太太？不，先生，没什么……让！让！我们回去吧。嗨！嗨！等一等，我去定几件衬衣。给太太来三件衬衣……我还需要皮靴和胸衣……嗨！嗨！我的上帝！没完了！"

她给自己扇风，做个回到家里向仆人发火的太太。她永远不愁没有话说；这是一种热病，一种奇思异想的不间歇宣泄，一个在她的小脑袋里沸腾而又不断涌现的生活缩影。早晨和下午，她旋转，跳舞，唠叨；她累了，一只小凳，一把扔在角落里的阳伞，一张地上捡到的废纸，都可以转移她的注意力，做新的游戏、新的一连串发明。她创造一切：人物、地点、场景；她玩起来就像跟十二个她这样年龄的孩子在一起。

终于，晚上来了，就要敲打六点钟。埃莱娜一个下午就是在不安的假寐中度过的，醒来马上在肩上披了一条围巾。

"你出去，妈妈？"雅娜问，很惊讶。

"是的，亲爱的，到附近去一趟。时间不会长的……你要乖点。"

外面还在解冻，泥水在街上流淌。埃莱娜走进帕西路的一家鞋铺，她以前领费杜大娘去过，然后她回到雷努阿尔路。天空是灰的，路上升起一层雾，路在她面前延伸。尽管天时不算晚却荒凉得令人不安。路灯也很少，在雾气中成了黄色斑点。她加快脚步，挨着墙走，躲躲闪闪像去幽会。但是当她突然转弯走入水巷时，她在拱顶下停步了，真正害怕起来。水巷在她的脚步下张开，像一个黑洞。她看不见巷底，只看到黑暗的羊肠小道中间仅有一盏路灯，灯光摇曳不定地照在地上。终于她下了决心，摸着铁栏杆防止跌倒，用脚尖摸索宽阔的石阶。左右两边的墙往里收，在黑夜中长得过分，而树木的秃枝在空中张开，隐隐约约像巨大的胳臂、扭曲痉挛的手掌。一想到哪个花园的门就要打开，一个男人扑到她身上，她就发抖。没有人经过，她尽快往下走。突然有一个人影从黑暗中出来；她一颤全身冰冷，那个影子咳了一声；这是一个老妇人，正艰难地往上走。这时她感到安心了，她小心地撩起拖在地上的长裙下摆。泥土很厚，她的靴子都粘在了石阶上了。到了下面，她本能地转身。湿漉漉的树枝把水滴在巷道上，路灯发出矿灯般的光芒，映在被水渗透而有险情的井口斜壁上。

埃莱娜直接登上那个小阁楼,水巷的那幢大房子顶层,她来过好几次了。她敲门,里面没有动静。她回到楼下,进退两难。费杜大娘无疑在二楼那间公寓里。只是埃莱娜不敢上那儿去。她在走道里待了五分钟,一盏煤油灯亮着。她又上楼,犹豫不定,望着门;她正要往外走,这时老妇人身子俯在楼梯扶手上。

"怎么,是您在楼梯上,我的好太太!"她喊,"请进来,待着会招病的……哦!自己感觉不到,其实会害得人半死……"

"不,谢谢,"埃莱娜说,"这是您的那双鞋,费杜大娘……"

她望着费杜大娘身后开着的门,看到炉子的一角。

"我是一个人,我向您起誓,"老妇人说,"进来吧……这是上厨房去的……啊!您对穷人家一点不拿架子。这话可没说错……"

这时,尽管对自己做的事有种反感和羞耻心理,埃莱娜还是跟了她进去。

"这是您的那双鞋,费杜大娘……"

"我的上帝!怎样谢您呢……哦!好鞋子……等一等,我来穿上。正是我的尺寸,不大不小挺合适……好极了!至少,我穿上了可以走路,不用害怕雨水……您救了我,能使我多活上十年,我的好太太……这不是在向您讨好,这是我心里的想法,一点不假,就像这盏灯照着我们一点不假。不,我不是甜言蜜语的人……"

她说着说着动了情,抓着埃莱娜的手吻了起来。壶里在烫酒,桌上的灯旁边,一只半空的波尔多酒瓶伸长着细脖子。此外有四只盘子,一只玻璃杯,两只小平底锅,一只汤锅。费杜大娘常待在这个单身汉厨房里,生火也只是为自己使用。她看到埃莱娜的眼睛朝汤锅看,就咳嗽起来,装作不舒服的样子。

"这是肚子里的毛病,"她呻吟,"医生说也没用,我大概有虫子……喝上一小杯可以提提精神……我很难受,我的好太太。我希望别人别害上我这个病,太糟糕了……现在我也得享受一下了;生活受苦受难的人也可以难得享受享受,不是吗……我碰上这样好的先生也是福气。让上帝赐福给他!"

她在里面放上两大块糖。她还在发胖,两只小眼睛在一张肿脸上更加看不见了。人舒坦,动作也就慢了。一生的抱负也像得到了满足。她生来不过是为了这些。当她盖糖瓶时,埃莱娜看到食品柜里面有一罐果酱,一盒饼干,甚至还有从东家那里偷来的雪茄。

"好吧,再见!费杜大娘,我走了。"她说。

但是老妇人把汤锅推到炉灶角上,喃喃说:

"等一等,这太烫了,我过会儿喝……不,不,不是这里走。我请您原谅,在厨房里迎接您……让我们四处看看吧。"

她已取了灯,走进一条狭窄的走廊。埃莱娜心咚咚跳,跟在她的后面。走廊墙头剥落,被烟熏得发黑,还渗着潮气。门打开,她现在走在一块厚地毯上。费杜大娘在一个关闭安静的房间里走了几步。

"嗯!"她提着灯说,"这里不错吧。"

这是两个正方形房间,中间一扇门已经拆去,可以相通,只是隔着一块门帘。两间的墙上都张着同样的细麻布帷幕,上面绣有路易十五的纹章,还有在花丛中嬉戏的胖面孔爱神。第一个房间有一张小圆桌,两把安乐椅和几把坐椅;第二个房间面积较小,全给一张大床占了。费杜大娘要她注意天花板下吊在镀金链子上水晶伴眠灯,这盏灯在她的眼里是奢侈的极品,她还作了一些解释。

"您想象不出这个人有多怪。白天也把所有的灯都打开,他坐在那里抽雪茄,望着空中……好像这叫他挺好玩,这先生……不管怎样,他肯定花了不少钱!"

埃莱娜一声不出,在房间里转。她觉得布置不合适,房间太红,床太大,家具太新。明摆着那个洋洋得意、求欢调情的企图。一个制帽女士立刻是会上钩的。埃莱娜渐渐心慌意乱，而老妇眨巴眼睛继续说：

"他自称是万尚先生……这对我都一样。只要他付账，这个小伙子……"

"再见，费杜大娘。"埃莱娜又说，她闷得慌。

她要走开，打开一扇门，穿过一排三间小房，里面空无一物，肮脏不堪。墙纸脱落了挂在半空，天花板一片乌黑，石灰掉在凹凸不平的石板地上，透着一股年深日久的穷酸气味。

"不是这里走，不是这里走，"费杜大娘叫，"平时这扇门是关的，可是……这是其他一些房间，他没有装修过。天哪！他开销够多了……啊！没这么漂亮，当然……这里走，我的好太太，这里走……"

当埃莱娜又经过那间玫瑰色帷幕的内室时，她拉住她又要去吻她的手。

"我不是忘恩负义的人……我永远不会忘记这双鞋子。我穿了真合适，真暖和，我会走上好几里路……我向好上帝求些什么呢？哦！我的上帝！听我说，让她做世界上最幸福的女人！您看到我的心，您知道我给她祈求什么。以圣父、圣子、圣灵的名义，阿门！"

她的情绪突然又虔诚又激昂，十字礼画了又画，向大床和水晶伴眠灯屈膝行礼。然后打开朝楼梯口的门，在埃莱娜耳边又加了一句，声音也变了：

"您要来时敲厨房的门，我总是在那儿的。"

埃莱娜脑子乱了，向身后看，仿佛她从一个可疑的地方出来，走下楼梯，又走上水巷，到了维欧斯街，也不知怎样走过来的。只是老妇人的最后一句话叫她奇怪。当然不，她不会上这幢楼里去的。她没有施舍要送去了。为什么她要敲门？现在，她满足了，她看见了。她对自己、对别人都有一种轻蔑心理。到这里来是多么卑劣！两个房间以及室内的装饰布不停地出现在眼前，她一眼就把一切细节，包括椅子位置和床上摺裥蓝床罩，都记在了心里。但是接着其他三个小房间，肮脏、空、无人整理，也一一出现。这种景象，这些在胖面孔爱神掩饰下的剥落墙头，在她心里引起同样的愤怒和厌恶。

"啊哈！太太，"罗萨莉叫，她在楼梯上候着，"晚餐早好啦！煮了半个小时。"

雅娜在餐桌上对母亲提了一个又一个问题。她去哪儿啦？她做了些什么？然而因为她得到的都是简单的回答，她就玩家家自得其乐。她把玩具娃娃放在身边的一张椅子上。她像大姐姐似的把一些甜食分给它。

"首先，小姐，要吃得干净……擦一擦……哦！脏孩子，她连餐巾也不会放……这样您才美呢……拿着这一块饼干，您说什么？您要上面放果酱……嗯！这样好吃……让我把那块苹果的皮给您削掉……"

她把娃娃的一份放在椅子上。但是当她自己的盘子空了，她又把甜点心一只只取回来，吃了下去，代娃娃说话。

"哦！真好吃……我从来没吃过这样好吃的果酱，太太，您这是从哪里买来的？我要丈夫也给我带一罐来。太太，这样好的苹果您是在自己的花园里采来的吧？"

她玩得睡着了，手里抱着娃娃倒了下来。从早晨以来她就没有停过。她的两条瘦腿不听使唤，游戏的劳累使她撑不住了；她睡着了还在笑，她在睡梦中也一定在玩。她的母亲服侍她睡下，她毫无生气，听任摆布，还在跟天使玩什么把戏。

现在，她在房间里是一个人。她闭门不出，在一盏熄灭的灯旁度过可憎的夜晚。她的意志在丧失，难以启齿的想法在她心中作怪。仿佛一个她不认识的恶意而又追求肉欲的女人，在居高临下地对她说话，而她又无法违抗。午夜钟敲，她勉强躺在床上。但是在床上受折磨难以忍受。她像躺在炭火上辗转反侧，不能入睡；有几个人影在失眠中显得更大，追着她不放。然后她的脑袋里产生了一个念头，她推也推不开，念头生了根，使她堵得慌，占据了她整个身心。将近两点，她像个梦游者，身子僵直、游移不定地起身，点了灯，假装别人的笔迹写了一封信。这有点像在告密，三行字的便条，要求德贝勒医生在某日某时到某地去，没有解释，没有签名。她封好信封，放进扔在坐椅上的长袍的口袋里。她躺上床马上睡着了，大气也不出，她困极了。

（三）

第二天，罗萨莉等到九点左右才能端上牛奶咖啡。埃莱娜起身很晚，一夜的噩梦使她全身酸痛，脸色苍白。她掏长袍的口袋，摸到那封信，再往里塞，走来坐在小圆桌前，没说一句话。雅娜的头也沉重，脸色发青，神态不安。她恋恋不舍地离开她的小床，这天早晨也没有兴致玩游戏了。天空灰暗，微弱的光线使房间蒙上一层愁色，时而一阵阵急雨敲打窗玻璃。

"小姐又黑着一张脸，"罗萨莉一个人自言自语，"她不会连续红上两天的……谁叫你昨天那么疯的啊！"

"你病了吗，雅娜？"埃莱娜问。

"不，妈妈，"女孩回答，"这是天气不好。"

埃莱娜又陷入沉默。她喝完咖啡，眼睛盯着火焰呆在那里出神。她站起身时还在对自己说，她的责任促使她去劝朱丽埃特放弃下午的约会。怎么做呢？她不知道；但是她必须采取行动，这件事她深信不疑,于是脑子里就只有实施的念头,驱之不散。钟敲十点,她穿上衣服。雅娜望着她,当她看到埃莱娜取帽子时,她抓紧两只小手,仿佛她身子发冷,脸上掠过痛苦的阴影。平时她看到母亲外出非常嫉妒,不愿意离开母亲,要求母亲上哪儿她也跟到哪儿。

"罗萨莉,"埃莱娜说,"您赶快把房间收拾完……不要出去。我马上就回来。"

她弯下身,迅速亲了一下雅娜,没有注意到她的忧伤。女孩原来坚持不诉苦,但她一走,女孩就呜呜哭了起来。

"哦!这不好看,小姐!"女仆不断安慰她,"哎哟!人家不会把您的妈妈偷去的。应该让她去做她的事……您不能永远吊在她的裙子上。"

这时,埃莱娜已经转过维欧斯街的墙角,沿着墙走,免得雨打在身上,给她开门的是皮埃尔,但是他面有难色。

"德贝勒太太在家吗?"

"是的,太太;只是,我不知道……"

埃莱娜作为密友径自往客厅里闯,他竟然挡驾。

"等一等,太太,我去看看。"

他溜到房间里,把门尽量开得小,立刻听到朱丽埃特的声音,她在发脾气:

"怎么,您让人进来了!我正式关照过您……真没法相信,没法安静一分钟。"

埃莱娜推开门,决心完成她自认为的责任。

"咦!是您!"朱丽埃特看见她说,"我没有听清……"

但是她的神色还是很难看。显然,她不想见客。

"我打扰你们了吗?"客人说。

"不,不……您会明白的。我们要做得人家不知道。我们在排演

《任性》,在我的一个星期三晚会上演出。我们就是选了今天早晨,免得有人猜到……哦!现在留下来吧。您不要往外说就可以了。"

她拍拍手,向站在客厅中央的贝蒂埃太太又说了起来,再也不管埃莱娜了。

"好吧,好吧,工作啦……这句话您还不够把微妙处表达出来,瞒了丈夫做钱包,这在许多人眼里是比浪漫还浪漫的事……再来一遍。"

埃莱娜看到她在做这件事十分惊讶,在后面坐了下来。椅子和桌子都推到了墙壁边上,地毯上是空的。贝蒂埃太太身材娇小,一头金头发,在念她的独白,眼睛盯着天花板想词儿,而高大的德·吉罗太太,美丽的棕头发,演起德·莱里太太这个角色,坐在椅子上等待上场。这些太太都穿着早晨的便装,没有脱帽子,也没有脱手套。朱丽埃特头发蓬松,穿白羊绒大晨衣,在她们面前手里拿一本缪塞的剧本,一脸当导演的样子,指导大家怎样抑扬顿挫念台词,怎样上场表演。因为太阳还不高,绣花窗帘卷起挂在窗钩上,看到窗子后面又黑又潮湿的花园。

"您的感情还不够激动,"朱丽埃特宣布,"再投入一点,每个字要有分量。'我们给您——我的小钱包——最后打扮一下……'再来一遍。"

"我会演砸的,"贝蒂埃太太没精打采地说,"为什么您不来演我这个角色?您可以把马蒂尔德演得很可爱。"

"哦!我,不……首先要一个黄头发的。其次我是个好教师,但是我不会演……工作吧,工作吧。"

埃莱娜留在自己的角落里。贝蒂埃太太一心演戏,还没有转过身。德·吉罗太太向她轻轻点过头。她觉得自己是多余的,不应该坐下来。使她留下来的,不再是想要完成自己的责任,而是一种奇异的感觉，很强烈而又说不清楚，她有时在这个家里才体会到的。她对朱丽埃特接待她的冷淡态度感到难过。朱丽埃特对朋友朝三暮四。通常她对别人十分热情，扑上来勾住脖子，就像为着他们而活着似的，这样过了三个月；然后有一天早晨，也说不出为什么，突然变得像不认识他们似的。对这事像对其他事一样，她无疑在追求一种时髦，她周围的人爱上谁，她也就要爱上谁。这种感情大转变非常伤害埃莱娜，她的意识宽容平静，一直梦想天长地久。她经常走出德贝勒家很伤心，对人的感情缺乏坚实的基础感到真正的失望。那一天她心情沮丧，感到更加痛苦。

"我们跳过夏维尼这一幕，"朱丽埃特说，"今天早晨他不来……现在德·莱里太太上场了。德·吉罗太太，该是您了……准备好对白。"

她念：

"您以为我把这个钱包给她……"

德·吉罗太太已经站起来了。她声音很尖，装出疯疯癫癫的样子说：

"咦，这很好。再看吧。"

当初仆人给她开门时，埃莱娜想象中是另一种情景。她以为看到朱丽埃特神经紧张，十分苍白；想到幽会就要颤抖，犹豫而又不由自主；她看到自己敦促她三思，直到这个少妇哽咽得说不出话扑倒在她的怀里。这时她俩会哭在一起。埃莱娜告辞时会相信从此亨利对她是完了，她却保全了他的幸福。她绝没想到会遇上这场她绝没料到的排演，她觉得朱丽埃特面容平静，肯定昨晚睡得很稳，朱丽埃特神色自如地讨论贝蒂埃太太的动作，对自己下午会做些什么一点也不操心。这种满不在乎、这种轻佻，对埃莱娜犹如冷水浇头，而她自己是抱着满腔热情而来的。

她要说话，就随便问：

"谁演夏维尼？"

"马利尼翁，"朱丽埃特说，带着惊异的表情转过身，"去年整个冬天，他都在演夏维尼……讨厌的是他不能来排演……听着，太太们，我来念夏维尼的台词。没有这一段，戏没法往下演。"

从这时开始，她也扮男角，按照剧情需要，声音自然而然变粗，还摆出公子哥儿的样子。贝蒂埃太太说话像鹧鸪，胖胖的德·吉罗太太怎么演也演不出活泼聪明的样子。皮埃尔进来给炉子添柴火，他偷偷朝太太们看一眼，觉得她们挺有趣。

埃莱娜尽管难过，可是决心还是不改，试图把朱丽埃特拉到一边。

"只要一分钟。我有话对您说。"

"哦！不可能，亲爱的……您看到，我忙着……您有时间明天再来吧……"

埃莱娜不说话了，少妇轻松随便的口气使她恼火。看到少妇那么平静感到愤怒，而她自己从昨夜以来痛苦得死去活来。有一时，她要站起身，一切听其自然。她真蠢，竟然要拯救这个女人；前一夜的噩梦又开始了，她的手刚才在口袋里寻找那封信，抓住它，热得发烫。既然别人不爱她，也不为她难过，她为什么去爱别人呢？

"哦！很好。"朱丽埃特叫喊了一声。

贝蒂埃太太把头靠在德·吉罗太太的肩上，哽咽着说：

"我肯定他爱着她，我肯定是这么回事。"

"您的演出会引起轰动，"朱丽埃特说，"停顿一下，是吗……我肯定他爱着她，我肯定是这么回事……头靠着。美极了……该您了，德·吉罗太太。"

"不，我的孩子，这不可能；这是一时任性，这是一种怪念头……"胖太太高声朗诵。

"好极了！但是这幕长了一点。嗯？休息一会儿……我们要把这个动作调整一下。"

这时，她们三人讨论起客厅的安排。餐厅的门在左边，作为上下场，右边放一张坐椅，里面一只长沙发，把桌子推到壁炉旁边。埃莱娜站起来，跟着她们，好像她也关心这场舞台布置。她已经放弃原来要朱丽埃特作解释的打算。她只是最后尝试一番，劝阻朱丽埃特去赴会。她说：

"我是来问今天您去不去看德·肖梅特太太。"

"是的，今天下午。"

"那么，您允许的话，我来约您，因为我答应去看这位太太也有很久了。"

朱丽埃特一时表示为难，但是立刻恢复常态。

"当然我很高兴……只是我有许多地方要去，我首先要上几家店铺，我实在不知道几点钟才能到德·肖梅特太太家。"

"这没关系，"埃莱娜又说，"这样我也可散散步。"

"请听着，我跟您直说了吧……好吧！别坚持了，我不方便……下星期一吧。"

这话说得不动一点感情，那么干脆，笑容又那么平静，埃莱娜不好意思再多说。朱丽埃特要立即把小圆桌搬到壁炉旁边，埃莱娜帮了她一把，然后退到一边，排演继续进行。这幕结束后，德·吉罗太太把她的独白中这两句话用了很大的力气喊了出来。

"男人的心真是深不可测！啊！说实在的，我们要比他们高尚！"

她现在应该做什么？这个问题在她的心里引起骚乱，她感到惶惑和冲动。朱丽埃特那么镇静，她恨不得要治对方一下，仿佛对方这么从容是对她大惊小怪的一种侮辱。她想象朱丽埃特堕落了，还要看她是不是依然这么冷静沉着。然后她又瞧不起自己这样细腻周到，瞻前顾后。她不下十二次要对亨利说而没说："我爱你，带我走吧，让我们离开这里吧。"她也多么愿意像这个女人一样，心不跳，脸不红，镇静自若，在第一次幽会前三小时，还在家里演戏取乐。就在这一分钟，她比这个女人抖得还厉害；就是这件事叫她发疯，在这间洋溢着和平与笑声的客厅中意识到自己激动，害怕热情的话一下子脱口而出。她是这么窝囊吗？

门开了，她突然听到亨利的声音说：

"继续玩你们的……我只是经过这里。"

排演正要结束了。朱丽埃特还在念夏维尼的台词，刚抓住德·吉罗太太的手。

"欧内斯丁，我崇拜您！"她喊道，激动中充满自信。

"您不再爱德·勃兰维尔太太了吗？"德·吉罗太太在背诵。

但是朱丽埃特只要丈夫留在那里，就不愿往下排，男人家不需要知道。医生对这些太太非常客气；他称赞她们，保证她们获得巨大成功。他出诊回来，戴了黑手套，服饰端正，脸刮得很光。他到来时对埃莱娜仅微微点一点头。他在法兰西喜剧院看过一位大演员扮演的德·莱里太太，他告诉德·吉罗太太当时台上是怎样演的。

"夏维尼快要跪到您的脚下的时候，您走近壁炉，把钱包扔在火里。冷冰冰地，不是吗？没有怒火，像个在玩弄爱情的女人……"

"好了，好了，请吧，"朱丽埃特重复说，"这个我们知道。"

当他终于推开他的小房间的门时，她又继续排练。

"欧内斯丁，我崇拜您！"

亨利在出去以前，对埃莱娜同样微微点一点头。她一直默不作声，期待着什么大祸临头。医生突然光临对她好像充满威胁，但是当他不在了，她觉得他的礼貌和他的盲目性都很可笑。他居然也关心这出愚蠢的喜剧！他看她时眼睛里黯然无光！这时，整幢房子对她变得敌意和冷酷。一切都崩溃了，什么都留不住她，因为她恨亨利不下于恨朱丽埃特。她痉挛的手指在口袋底抓着那封信。她结结巴巴说了声"再见"后走了，头发晕，家具都在四周旋转；而德·吉罗太太的台词还在她的耳边回响：

"再见。今天您可能怪我，但是明天您会对我友好的，相信我，这可不是一时任性。"

当她关上门，到了人行道上，她把信猛地抽了出来，机械地随手往信箱里一扔。然后她停了几秒钟，傻乎乎的，看着狭窄的铜盖又关上了。

"这下没说的了。"她压低声音说。

她又看到那两个挂玫瑰色帷幕的房间、安乐椅、大床；那里有马利尼翁和朱丽埃特，突然墙开裂了，丈夫进来了；她不再知道，她很平静。她本能地张望，看有没有人窥见她投信进去。街道是空的。她转过路角，上了楼。

"你乖吗，亲爱的？"她亲着雅娜说。

女孩还坐在那张坐椅上，抬起赌气的脸。她没回答，伸出双臂勾住母亲的脖子，吻她，叹了一口粗气。她可伤心呢。

午餐时，罗萨莉表示奇怪。

"太太走了不少路吧？"

"怎么啦？"埃莱娜问。

"太太胃口很好……好久没见太太吃东西这么香了……"

这倒是的。她饿得很，人一松弛胃也空了。她觉得自己说不出的平静舒适。经过最后两天的震撼后，她的心又归于平静，她的四肢像洗澡以后那么舒松发软。她不再感到身体哪儿有沉重的感觉，心头隐隐压着什么。

她到房里，目光马上就朝座钟看去，针正指在十二时二十五分。朱丽埃特的约会定在三点钟，还有两个半小时。她机械地在计算。此外，她也不着急，时针走动，世界上谁也没有能力使它们停止，她让事情顺其自然发展。一顶童帽还未做完，放在小圆桌上已有很久了。她拿起，在窗前缝了起来。房间非常安静，带有睡意。雅娜坐在自己平常的位子上；但是她两手懒懒的，举不起来。

"妈妈，"她说，"我不能工作，这引不起我的兴趣。"

"那么，亲爱的，就不做……嗨，你给我穿针吧。"

这时，女孩一声不出，动作缓慢地做了起来。她细心地把线头剪得一样齐，花了许多时间找针眼。她的工作勉强跟上速度。她的母亲把她准备的针一个个使用。

"你看，"她喃喃地说，"这样更快啦……今晚，我的六顶小帽子就要完工了。"

她转身看座钟，一点十分。还有两小时不到。现在朱丽埃特应该开始穿衣打扮了。亨利收到了信。哦！他肯定会去的。地点时间写得很明确，他一找就能找到。但是这些事好像还很远，让她无动于衷。她像女工那样用心，一针针缝得很有规律。时间一分分过去。钟敲了两点。

门铃响了一下，叫她吃惊。

"会是谁呢，小妈妈？"雅娜问，她在椅子上吓了一跳。

进来的是朗博先生。

"是你……为什么铃拉得那么响？你叫我害怕。"

这位好人显得很懊丧，他确实手脚有点重。

"我今天不好，我难过，"女孩继续说，"不应该叫我害怕。"

朗博先生不安起来。可怜的小宝贝怎么啦？他坐下，只有当看到埃莱娜向他轻轻点头示意，他才放心，因为这是告诉他，女孩子像罗萨莉说的虎着脸呢。平时他很少白天来，所以他要马上解释他来访的原因。这是为了一个老乡，一个老工人因为年纪大了找不到工作，又有一个瘫痪的妻子，生活在一个像手掌一般大的房子里，穷得没法想象。就在这天早晨，他上他们家去了解情况。屋顶上一个洞，斜窗上的玻璃已碎，下雨天漏水；室内一张草褥子，一个女人裹在一块旧窗帘里，男人痴痴呆呆地蹲在地上，连打扫房间的精神也提不起来。

"哦！可怜的人，可怜的人！"埃莱娜说，感动得流下泪水。

叫朗博先生为难的不是老工人，他可以把老工人接回去，给他找个工作做。但是他的妻子，这个瘫痪的女人，她的丈夫一刻也不敢把她撂下，要把她像地毯那样卷起来，放到哪儿去？怎么办？

"我想到了您，"他继续说，"您应该立刻让她进救济院……我想直接去找德贝勒先生，但是我想您跟他更熟，您更能说动他……他如愿意管，事情明天就可办好。"

雅娜听着，十分苍白，动了怜悯心，全身哆嗦。她合上手，喃喃地说：

"哦！妈妈，行行好吧，让这个可怜的女人进去吧……"

"那当然！"埃莱娜说，激情也在升高，"我一有可能就对大夫说，他会亲自办这些事的……把姓名地址告诉我，朗博先生。"

他在小圆桌上写了一张便条。然后，站起身。

"现在两点三十五分，"他说，"您上他家可能找到他。"

她也站了起来，望座钟，全身一震。真的是两点三十五分，指针在走。她结结巴巴地说大夫一定已经出诊去了。她的目光不再离开座钟，可是朗博先生手拿帽子，没让她坐下，把那件事又说了一遍。这些可怜的人把一切家当都卖光了，连炉子也不剩；入冬以来，他们白天黑夜都没有火。十二月底，他们有四天没吃东西了。埃莱娜发出一声痛苦的叫声。指针表示两点四十分。朗博先生又足足说了两分钟

199

才走。

"好吧！我拜托您了。"他说。

他弯下身亲雅娜。

"再见，亲爱的。"

"再见……放心，妈妈不会忘记的，我会提醒她。"

当埃莱娜再回到她把朗博先生送走的外客厅时，针指两点三刻。一刻钟后一切都完事了。她在壁炉前不动，突然眼前显现即将发生的场景：朱丽埃特已经在那里，亨利进去，把她逮住。她认识这个房间，她想象中的一切细节一清二楚，叫她害怕。这时，埃莱娜的情绪依然因听了朗博先生的悲惨故事而激动，还感到从四肢上升到脸部的一阵冷颤。心里还发出一声喊叫。她做的事，这种懦夫才写得出的告密信，卑鄙无耻。突然一切像暴露在光天化日之下一样明白。真的，她竟做得出这样卑鄙无耻的事。她又想起自己把信投进信箱的手势，只会像看着别人做坏事而不思去劝阻的人那样发呆。她像从梦里醒来。发生过什么啦？她为什么在这里瞧着钟面上的指针？又过去了两分钟。

"妈妈，"雅娜说，"你愿意今天晚上咱们一起去看大夫吗……我也可以走走。今天我憋死了。"

埃莱娜没有听到。还有十三分钟，她可不能让这么一桩坏事做到底。在这思绪纷乱的觉醒中，她的心里产生一种要阻拦它完成的强烈愿望。应该去做，不然她会活不下去。她疯了，奔进房间里。

"啊！你带我去啦！"雅娜快活地喊起来，"我们马上去见大夫，不是吗，小妈妈？"

"不，不。"她回答，找自己的靴子，俯身看床底下。

她找不到，她毫不在意地摆摆手，在想自己完全可以这样穿了室内软鞋出去。现在她在镜子柜里乱翻，找披肩。雅娜走近来，非常讨好。

"那么，你不是上大夫家，小妈妈？"

"不是。"

"还是带我去吧……哦！带我去吧，你叫我快活极了！"

但是她终于找到了披肩，往两肩一盖。我的上帝！只有十二分钟了，刚够跑的时间。她要到那里，做些事，随便什么事。到了路上再想吧。

"小妈妈，带我去吧。"雅娜又说，声音愈来愈低，凄楚动人。

"我不能带你去，"埃莱娜说，"我去的地方孩子不能去……把帽子给我。"

雅娜脸色发白。她的眼睛发乌，声音变得短促。她问：

"你去哪儿？"

母亲不回答，忙着系帽上的带子。女孩继续说：

"现在你出去总不带我……昨天你出去了，今天你出去过了，现在你还要出去。我太不开心了，我一个人待在这里害怕……哦！你让我这样，我会死的。听到吗，我会死的，小妈妈……"

然后她哭哭啼啼，痛苦忿恨，又发作起来，拉住埃莱娜的裙子。

"喔唷，放开我，要讲道理，我就回来的。"母亲又说。

"不，我不愿意……不，我不愿意……"女孩结巴着说，"哦！你不爱我了，要不你会带我去的……哦！我觉得你还更爱别人……带我去吧，带我去吧，否则我赖在地上，你回来时我还在地上……"

她的两条小臂围住母亲的大腿，面孔捂在她的褶裥里哭，勾住她，身子吊着不让她前进。指针在走动，三点差十分了。这时，埃莱娜想她会赶不上了，她头脑发昏，猛力把雅娜一推，叫道：

"这孩子真叫人受不了！哪有这么专横的……你要是哭，你是存心跟我过不去！"

她走出去，把门重重关上。雅娜跌跌撞撞退到窗前，这样粗暴对待倒使她哭不出来了，她身体僵硬，脸色煞白，她向门伸出双臂，还叫了两声："妈妈！妈妈！"她在这里，倒在椅子上，眼睛睁大，表情颓丧，心里嫉妒地在想母亲是在欺骗她。

到了路上，埃莱娜加快脚步。雨已经停止，只有从水落管流下的大颗水滴，沉沉打湿她的肩膀。她对自己说过到了外面再考虑，再定计划，但是现在她需要的只是到那里。当她走进水巷，犹豫了一会儿。石阶的水像瀑布似的往下冲，雷努阿尔路阴沟的水都往外溢了。沿着石阶，在夹墙之间涌出泡沫，而石头街面被雨水一冲非常光洁。灰色天空落下一条苍白光线，透过黑色树桠枝，给水巷带来明亮。她把裙子稍稍卷起，往下走。水漫到她的踝骨，她的软鞋差点在水洼里拔不出来，她听到她的四周，沿着下坡有清晰的喂嚅声，犹如树林深处的小河在草下潺潺流动。

突然，她到了楼梯的门前。她停在那里，气急难受。然后她记起了，她宁可去敲厨房的门。

"怎么，是您！"费杜大娘说。

她的声音不带哭调。她的小眼睛明亮闪光，千皱百褶的老脸上满是阿谀的笑。她的动作也不拘束，抓了她的手，听着她断断续续地说。埃莱娜给了她二十法郎。

"上帝会还您的！"费杜大娘按照习惯喃喃说，"您要什么还什么，我的孩子。"

（四）

马利尼翁仰身坐在靠椅上，两腿伸到烧得很旺的炉子前，静静地等待。他心很细，拉上窗帘，点了几支蜡烛。他待在第一个房间里，一盏小枝形灯和两座大烛台照得很亮。卧室则相反，暗影笼罩；只有水晶吊灯照着，像日近黄昏的时刻。马利尼翁抽出他的表。

"见鬼！"他喃喃说，"今天她又要把我撂下了？"

他轻轻打了一个哈欠。他等了一个钟点，可不大高兴。可是，他站起身，对各项准备看了一眼。椅子的摆法他不喜欢，他把一张双人小沙发推到壁炉前。蜡烛点着，在装饰布帷幕上放出玫瑰色反光，房间慢慢暖和、安静、气闷，而外面正刮着大风。他最后一次走进房间，感到一种虚荣的满足；在他看来这个房间很舒适，"品位"高尚的凹室像装上软垫，大床蒙在引动感官的阴影里。正当他要给枕头的花边折出一个样子来，有人敲门，快速的三下。这是信号。

"总算来了。"他说得很响，洋洋得意。

他奔去开门。朱丽埃特进来，帽上面纱拉得很低，跟裘皮大衣接在一起。当马利尼翁轻轻关上门，她有一会儿一动不动；没法叫人家看到她说不出话的激动心情。但是年轻人还没有时间去抓她的手，她已撩起面纱，露出脸，笑眯眯，有点苍白，很平静。

"咦！您点上了，"她惊叫，"我以为您讨厌大白天点蜡烛呢。"

马利尼翁早就想好用热情的姿态把她一把抱在怀里，听了这话倒措手不及，解释说白天太丑，窗子外面全是荒地。此外，他喜欢黑夜。

"跟您一起都没个准儿，"她和他开起玩笑，"去年春天，在一次儿童舞会上，您对我大叫大嚷：大家走进了墓穴了，真好像上哪家串通好来的……总之，还是承认您的趣味改了吧。"她就像在做客，装出一副自信的样子，使自己的声音也粗壮了一点。这是她心乱的唯一迹象。有时，她的下巴有点抽搐，好像喉咙感到哽塞。但是她的眼睛发亮，她在享受大胆的乐趣。这使她有了改变，她想到德·肖梅特太太有一个情人。我的上帝！这确实有意思。

"看看您的布置。"她说。

她在室内转了一圈。他跟在后面,琢磨他应不应该马上拥抱她;现在,他不可能了,他还得等待。可是她瞧家具,观察墙壁,抬起头,往后退,嘴里不停在说。

"我不大喜欢您的装饰布。太一般了!您从哪儿找来这么难看的玫瑰红……喔,这张椅子要是木材不漆得那么黄,倒是很纤巧的……没有一幅画,没有一件摆设;只有您的枝形灯和大烛台,这又缺乏风格……啊哈!亲爱的,我劝您别嘲笑我的那间日本平房了吧!"

她在笑,他从前攻击她,她一直耿耿于怀,如今得到了报复的机会。

"您的情趣真不赖,可以谈一谈吧……但是您不知道我的破玩意儿比您的全部家具还值钱……一个服装店小伙计也不会要你这种玫瑰红。您是在梦想把您的洗衣妇弄到手吧?"

马利尼翁十分恼火,也不争辩。他试图把她引到卧室里。她停在门槛上,说她不会走进那么暗的地方。此外,她已看够了,卧室与客厅彼此彼此,这一切都是从圣安东尼郊区买来的。尤其那个吊灯,叫她看了直乐。她的嘴下毫不留情,老提到那只地摊货伴眠灯,那是住在配家具房子里小女人的梦想。这样的吊灯,到哪个商场花上七个半法郎都可买到的。

"我花了九十法郎。"马利尼翁终于忍不住叫了起来。

这时,她好像很得意把他惹恼了。他静了下来别有用心地问:

"您不把大衣脱了吗?"

"当然要脱,"她回答,"您家那么热!"

她甚至把帽子也脱了,他拿了帽子和大衣放到床上。他回来时发现她坐在炉子前,还在四周张望。她变得严肃了,她同意摆出和解的姿态。

"这很丑，但是您还是做得不错。这两间房还是可以布置得非常好的。"

"哦！我就是要这个样！"他脱口说，满不在乎挥了挥手。

他立即又后悔说了这句蠢话。他毕竟太粗俗，太笨拙了。她低下头，喉咙又感到痛苦地哽塞。有一会儿，她忘了到这里来是干什么的。他至少也要利用已把她陷入的进退两难的境地。

"朱丽埃特。"他喃喃说，朝她弯下身去。

她挥手要他坐下。那是在特鲁维尔海滨，马利尼翁看厌了海景，便想到为何不堕入爱河。三年以来，他们就生活在打情骂俏中。一天晚上，他抓了她的手。她没有生气，先来个玩笑。后来，她头脑空虚，心中没有牵挂，痴想自己爱上了他。直到那一天，她做的事差不多也就是她周围朋友在做的事；但是她缺乏热情，只是一种好奇心理，一种跟大家一样做人的需要推动着她。开始时，如果那个年轻人做得粗暴，她必然会俯就。但是他却自负地要用自己的才智去征服她，他让她养成撒娇卖俏的习惯，所以，有一天夜里他们两人一起观看海景时，他一表示出粗鲁，就像喜歌剧里的情人被她赶了出去。她很惊讶也很恼火，她玩得高高兴兴的小说情节都给他搅乱了。到了巴黎，马利尼翁发誓要做得巧妙些。在过完一个令人疲劳的冬天后，那些熟知的娱乐、晚宴、舞会、首场演出开始使她感到单调乏味，正处于穷极无聊时，他来找她了。他有意在穷区找一间带家具的公寓，造成幽会的神秘性，她嗅到了暧昧不明的气味，使她迷惑。这在她看来与众不同，应该什么都见识见识。她心底非常镇静，到马利尼翁家来，并不比为了义卖上艺术家去求画更使她心慌意乱。

"朱丽埃特，朱丽埃特。"年轻人重复说，有意把调子说得抑扬动听。

"得了，理智一点。"她简单地说。

她在壁炉架上拿了一块中国式挡板，非常自在地继续说，仿佛在自家的客厅里：

"您知道我们今天早晨排演了……我怕我选上贝蒂埃太太是选错了人。她演的马蒂尔德哭哭啼啼，叫人难受……当她对着钱包说这段那么漂亮的独白，'可怜的小东西，我刚才吻了你……'哎哟！她念得就像背诵一篇颂词的女学生……我很担心。"

"德·吉罗太太呢？"他问，把椅子拉近，抓住她的手。

"哦！她无懈可击……我挖来了出色的德·莱里太太，她大胆泼辣……"

她由着他抓住手说一句吻一下，好像根本没有感觉。

"但是最糟的，您看，"她说，"是您没有来。首先，您可以对贝蒂埃太太提一些看法；其次，您不来我们就不可能配合默契。"

他又把一条胳臂绕到她的背后。

"可是我的角色我熟悉……"他喃喃地说。

"是的，这很好；还有导演工作要调整……您不给我们留出三四个半天，这不好。"

她没法继续往下说，他的吻雨点似的落在她的脖子上。这时，她注意到他两臂搂着她，她推开，用拿在手里的中国式挡板轻轻刮他的脸。无疑她起过誓不让他做得太过分。她的粉脸在炉火下映得通红，她的嘴唇抿得很紧，像一个被七情六欲弄糊涂的好奇女子。真的，真是这样的！应该看到底，她有一种害怕的感觉。

"别碰我，"她支支吾吾说，神色为难地笑笑，"我还是要生气的……"

但是他相信已经把她打动了，他非常冷静地想：

"要是我让她这样来了又走了，我永远得不到她了。"说话是无用的，他又抓住她的双手，要碰她的肩膀。有一会儿，她好像听任摆布。她只要闭上眼睛,她就知道了。她确实有过这样的欲望,心里也思量过,但脑子还非常清醒。好像有人在喊:"不。"这是她自己在喊,甚至在还没有回答以前。

"不,不,"她说了又说,"放开我,您弄痛我了……我不要,我不要。"

因为他总是不说话,把她往卧室里推,她强烈地挣开。她除了自己的欲望以外,还服从一些奇怪的行动;她对自己,对他都很气恼。她慌张中说话断断续续。啊,是啊,她信任他,他却没有很好报答她。他这么粗野是希望得到什么?她甚至把他看做懦夫。她这辈子再也不愿见他了,但是他让她说得连自己也不知所云,他带着恶意愚蠢的微笑缠住她不放。她最后躲在座椅后面啜嚅不已,突然不作反抗,明白自己属于他的了,根本用不着他伸出手来搂住她。这是她一生中最不愉快的一分钟了。

他们两人呆在那里面对面,表情全都变了,羞愧,粗野,这时什么声音响了一下。他们先是不明白是怎么一回事。有人打开了门,脚步声穿过房间,一个声音向他们喊:

"快跑,快跑……你们要被逮住了。"

这是埃莱娜。他们两人都呆了,望着她。他们那么惊讶,竟连自己处境尴尬也忘了。朱丽埃特也没有做出局促不安的动作。

"快跑,"埃莱娜又说,"您的丈夫两分钟内就到。"

"我的丈夫,"少妇说话口吃,"我的丈夫……为什么要来?是为了什么?"

她变成傻乎乎的了,一切都在她的头脑里乱了套。她觉得埃莱娜到这里来跟她谈她的丈夫真是不可思议。但是埃莱娜火了,手一挥。

"啊!您以为我还有时间向您解释吗……他马上就到。现在您得到了警告。快走,两人都走。"

这时，朱丽埃特惊恐万状。她在房间中央乱跑，嘴里的话前言不搭后语。

"啊！我的上帝，啊！我的上帝……我谢谢您。我的大衣在哪儿？真笨，这房里漆黑一团！把我的大衣给我，带一支蜡烛来，我好找大衣……亲爱的，别在意，要是我没有谢您……我不知道袖管在哪里；不，我不知道，我套不进……"

她害怕，身子也瘫软了，埃莱娜必须帮她穿上大衣。她把帽子戴歪了，带子也没系。最糟的是花了足足一分钟找面纱，它掉到床底下去了……她期期艾艾，两手发抖，在身上乱抓乱摸，怕忘了什么罪证似的。

"一个教训……一个教训！啊！这下总可以完了吧！"

马利尼翁脸色十分苍白，表情很蠢。他顿足，觉得自己又招人恨又可笑。唯有一点他心里清楚，就是说他实在运气不好。他嘴上也只会提出这个可怜的问题：

"那么，您认为我也应该一起走吗？"

别人没有回答他的话，他就拿起手杖，继续在说，表示潇洒镇静。时间是有的。恰好还有另一道楼梯，弃置不用的送货小楼梯，但还是通的。德贝勒太太的马车停在门前，他要带领她们两人从河滨道走。他反复说：

"要镇静。不会有事的……看着，走这里。"

他打开了一扇门，看到一排三个小房间，破旧发黑，污秽不堪，冲出一股潮气。朱丽埃特在踏进这个穷地方前，还是有一种反感，高声问：

"我怎么会上这里来的！糟透了……我永远不会原谅自己。"

"赶快。"埃莱娜说，跟她一样焦急。

埃莱娜推她。这时少妇勾住她的脖子哭，这是神经质反应。她感到了羞耻，她要想申辩，说明为什么到了这个男人家里。然后她本能地把裙子一撩仿佛要跨过一条阴沟。马利尼翁走在前面，用鞋尖踢走堵塞送货楼梯的泥灰。那些门又关上了。

可是，埃莱娜在小客厅中央站着。她听着。周围已经静了下来，静得很，还又热又闭塞，只有烧成炭火的木柴劈啪声破坏清静。她的耳朵在嗡嗡响，她什么也没听见。然而片刻间就像过了一个世纪，突然传出了车轮滚动声。这是朱丽埃特的马车走了。她松了一口气，默默地做了一个感谢的手势。她不必一生为自己的卑劣行为内疚，一想到这里她的内心就充满甜美和隐隐的感激之情。她放下了心，非常动感情，但是她一下子变得那么软弱，经过这场恐怖的危机，她没有力气离开了。思想深处她认为亨利就要来了，应该让他看到这里有个人。有人敲门，她马上去开。

首先是大吃一惊。亨利进来了，一心惦记他收到的这封匿名信，脸色急得发青。但是，当他窥见她，一声惊呼。

"是您……我的上帝！原来是您！"

这声呼叫中惊讶多于欢乐。他哪里会想到有这样大胆的幽会。其次，进了这间密室神秘享乐的气氛，男人的种种欲望都被这种大出意外的主动行为诱发了。

"您爱我，您爱我，"他结结巴巴地说，"您总算来了，我起初根本没有懂！"

他张开双臂，要抱她。埃莱娜在他进来时对着他笑，现在她后退了，脸色苍白。无疑，她是在等他，她对自己说过他们俩一起谈谈话，她会编个故事自圆其说。突然，出现了这样的局面。亨利以为这是一次幽会，她从来没有想过这样的事。她反抗了。

"亨利，我求您……让我……"

但是他抓住她的双腕，慢慢往自己方向拉，想马上用吻把她征服。几个月来在他心里滋长的爱情，后来由于亲密关系的中断而沉睡，正当他开始把埃莱娜忘掉时，又重新爆发了，这会更加强烈。全身的血都涌上他的两腮；她挣扎，看到他这张充满激情的脸；这样的脸她熟悉，也使她害怕。他曾经有过两次用这样疯狂的目光注视过她。

"放开我，您叫我害怕……我跟您起誓，您理会错了。"

这时，他又表示惊愕。

"写信给我的是您吗？"他问。

她迟疑了一秒钟。怎么说呢？怎么回答呢？

"是的。"她终于喃喃地说。

她不会救了朱丽埃特以后又去出卖她，她觉得自己也在向一个深渊滑去。亨利现在观察这两个房间，对灯光与布置感到很惊讶。他大胆问她：

"您是在自己的家吗？"

因为她不开口，又说：

"您的信叫我很不安……埃莱娜，您有什么事瞒着我。求求您叫我放下心吧。"

她不在听，她在想，他以为是一场幽会也是有道理的。她在这儿干什么？她为什么等着他？她编不出故事。她自己也不见得更有把握说她没有跟他幽会。他紧紧搂抱她，她在搂抱中慢慢消失。

他逼得她更紧了。他挨着身子问她，嘴对着嘴，要她说出真情。

"您在等我吧，您在等我吧？"

这时，她没有了力量，任凭摆布，心里又感到这种使她心力交瘁的慵倦和甜蜜，她同意他说的话，做他要做的事。

"我在等您，亨利……"

他们的嘴更接近了。

"但是为什么写这样的信……我竟在这里见到您……我们算是在哪儿啦？"

"不要问我,不要打听……要向我起誓……是我,在您身边,您看到。您还要什么?"

"您爱我?"

"是的,我爱您。"

"您属于我的,埃莱娜,完全属于我的?"

"是的,完全属于您的。"

他们嘴对嘴吻在一起。她把一切都忘了,她在一种超越的力量前退却了,这一切现在对她都是自然和必要的。她心里恢复了平静,只感到事情的冲动和回忆。也是在这么一个冬天的日子,当她还是少女时,住在小马利亚路,她差点儿在一个没有空气的房间里,在为了熨衣服而烧的一个大火盆前死去。另一个日子是在夏天,窗户开着,一只燕雀在黑暗的街上迷了路,飞进房间里兜了一圈。她为什么想到死,她为什么看到这只鸟飞翔?她觉得自己在美妙的消失中充满忧郁和稚气。

"但是你淋湿了,"亨利喃喃地说,"你是走来的?"

他放低声音用"你"称呼她,他在她的耳边说话,好像怕别人会听到似的。现在她把自己交出去了,他带着欲望在她面前发抖,他热情胆怯地抚摸她,还不敢贸然行事,等待着时刻。他对她的健康有兄弟般的关心,他需要在亲热的小事上照顾她。

"你的脚都浸湿了,你要生病了,"他又说,"我的上帝!穿了这样的鞋在街上跑还有没有理智!"

他要她坐到炉火前。她笑着,不推却,由他捧了脚给她脱鞋。她的软鞋在水巷的水洼里浸满了水,像海绵似的有分量。他脱下放在壁炉的两边。袜子也是湿的,直到足踝部分全沾上了泥。这时他动作利落,但有点生气和充满温情,一边给她脱袜子——她也没想到难为情——一边说:

"人就是这样感冒的,暖和一下。"

他已把一只小凳子推了过来,两只雪白的脚在火焰前映得发红。人感到窒息。角落里,带大床的卧室静悄悄。伴眠灯在暗影里看不见,一幅门帘脱开窗钩把门遮了一半。小客厅里蜡烛烧得很高,散发出夜色深时的热气。外面一片寂静,时而听到阵雨洒落声和车辆滚动声。

"是的,这是真的,我冷。"她喃喃地说,尽管室内很热。她身子还是一颤。

她雪白的脚是冰凉的。这时他说什么也要把这双脚捧在手里,他的手在燃烧,立刻把脚烤暖了。

"脚上有感觉了吗?"他问,"你的脚那么小,我可以把它们完全包住,"

他用火热的手指捏她的脚,只有玫瑰色的脚趾露在外面。她提起脚后跟,听到轻微的脚踝摩擦声。他张开手,瞧了几秒钟,脚那么娇小细巧,大拇指微微张开。诱惑力太大了,他吻她的脚。然后,因为她身子颤抖:

"不,不,暖和一下……你会热起来的。"

两个人失去了时间与地点的观念。他们隐隐约约感到是在一个冬天漫长的深夜。这些蜡烛在朦胧、暖洋洋的房间内即将燃尽,使他们误认为在深夜中度过了几个小时。但是他们已不知道人在哪里,在他们周围展开的是一片沙漠。没有一点杂声,没有一句人言,印象中是在刮着暴风雨的黑暗海洋里。他们是在人迹不到的地方。距离陆地几千里以外,他们把跟人世间的联系忘得这么一干二净,以至他们觉得相互搂在一起时,此刻在这里而生,过会儿也应该在这里而死。

他们甚至连说什么话也想不出来,语言不能表达他们的感情。可能以前他们在其他地方见过,但是从前的相遇并不重要。只有现在这一分钟是存在的,他们要充分生活在这一分钟,不去谈各自的爱,像经历过十年的婚姻生活都已相互习惯了。

"你热了吗？"

"哦！是的，谢谢。"

有一桩心事叫她弯下身，她喃喃地说：

"我的鞋子是干不了了。"

他叫她安心，取起她的软鞋，放到壁炉的柴架上，声音放得很低说：

"这样鞋就会干的，我向你保证。"

他转过身，还吻她的脚，一直吻到腰。满炉子的火使他们两人都发烫，她对抚摸的双手不作反抗，欲念又使双手迷失方向。周围的一切都已消失，她本人也不存在，唯一留下的是青春的回忆，一间温暖如春的房间，一只放了铁架的大壁炉，她弯着身子靠着它，她想起以前有过这种相似的感觉，但并不比现在更甜蜜，再也没有比亨利给她的吻更使她能在幸福中慢慢死去了。突然他把她搂在怀里，要带她上卧室去，她还是有一种最后的焦虑。她相信有什么叫了一声，她觉得有人在暗影里饮泣。但是这只是一种颤抖，她环顾房间，没有看见一个人。这个房间对她是陌生的，没有一件物品引起她的回忆。阵雨更强烈地落下来，哗啦啦的水声也响得更久。这时，仿佛一阵瞌睡，她倒在亨利的肩上，由着他抱到里面。在他们背后，另一幅门帘也从钩子上落了下来。

当埃莱娜赤脚回到即将熄灭的炉火前找鞋子时，她想他们从来没有像这天那样不相爱。

（五）

雅娜眼睛盯在门上看，依然对母亲突然离去很伤心。她转过头，房间又静又空；但是她的耳边还是响着匆匆而去的脚步声，裙子的窸窣声，楼梯口重重的关门声。然后，什么都没有了。她是一个人，孤零零一个人，孤零零一个人。床上横着母亲抛下的晨衣，下摆张开，一只袖管搭在枕头上，扁平的样子很奇怪，就像一个人倒在上面哭泣，痛苦得连身子也空了。到处散放着衣物。一条黑披巾在地上形成一个黑团点。椅子横七竖八，小圆桌推到镜子柜前。她是孤零零一个人，她觉得眼泪使她哽咽，望着那件不穿在母亲身上的晨衣，撑着像个瘦削的死人。她合上手，最后一次喊："妈妈！妈妈！"但是蓝丝绒帷幕没让她的声音传出房间。完了，她是孤零零一个人。

时间在流逝，座钟敲三点。窗外映出倾斜而模糊的日光。乌黑的云飘过，使天空更加暗澹。通过蒙上一层淡淡雾气的玻璃，看到一个模糊不清的巴黎，隐现在水蒸气中，远处则是一片浓烟。就是城市也不给女孩做伴，在那些晴朗的下午，她觉得弯下身就可以用手碰到街区的房子。

她要做什么？她的小胳臂在胸前绝望地紧紧抱住，在她看来把她这样抛下不管，无比卑劣，不公正并带有恶意，这叫她愤怒。她从来没经历过这样不光彩的事，她想一切都要消失，什么都不会重来了。然后，她在身边的一只座椅上看到她的娃娃，娃娃背靠在软垫上，伸直两腿，像一个人似的望着她。这不是她的那个机械娃娃，而是一个大娃娃，纸板做的面孔，鬈发；珐琅质眼睛，不动的目光有时叫她心慌。两年来，她给它穿衣、脱衣，下巴和脸颊有点擦伤，它粉红色的皮肤和填满木屑的四肢上的布头已经旧了，蓬松发酥。此刻娃娃是晚装打扮，穿一件衬衫，两臂松动，一只伸向空中，一只下垂。雅娜看到它跟她做伴，一时痛苦稍减。她把它抱在怀里，搂得紧紧的，而头向后仰，头颈脱节。她对它说话，它是最乖的，它的心地好，从来不出去，不让她孤零零留下来。这是她的宝贝，她的小猫,她亲爱的小心肝。她身子颤抖,忍住不再哭出来,抱着娃娃吻个不停。

这种温情的宣泄使她内心得到少许补偿,娃娃又落在她的臂上,像块破布。她站起身,头贴在一块玻璃上望着外面。雨已停止,带来最后一阵雨的乌云被风卷到地平线上,朝着拉歇兹神父公墓高地而去。巴黎在这个暴风雨的背景前,受到均匀的光线照射,显得孤寂、肃穆、伟大。犹如梦魇中见到掩映在死星冷光下的空城,当然这不美。她依稀想到她出生以后爱过的人,她最早的好朋友,在马赛的时候是一头大红猫,身子很重;她圈起两条小手臂兜着它的肚子把它抱起来,她就是这样抱着它从一个椅子到另一个椅子,它不会发脾气;后来它不见了,这是她能想到的第一件伤心事。后来,她有了一只麻雀,一天早晨从地上拣来的,后来死在笼子里。她由于太笨弄坏了玩具而难过,遇到不公平对待而痛心,那是算也算不过来。尤其一只不比手大的娃娃,砸坏了头叫她伤心绝望。她那么爱它,把它偷偷埋在庭院的角落里。后来太想见它了,她又把它挖了出来,看到它那么黑、那么丑,吓得生了一场病。总是人家先不爱她。它们坏了,它们走了,总之是它们的过失。为什么呢?她不会改变的。当她爱别人时,要爱上一生一世。她不懂什么是遗弃。这是一件大事,一件恶事,不可能进入她的小心窝而不引起震颤。纷乱而又慢慢苏醒的思想,使她不寒而栗。这么说来,人总有一天是要分离的,各人走各人的路,相互不看见,彼此不相爱。她的眼睛盯着巨大忧郁的巴黎,全身发抖,十二岁的热情少女已预感到人生的残酷。

可是,她的呼吸模糊了玻璃,她用手擦去阻挡她视线的雾气。远处的建筑物被阵雨冲洗后,茶色玻璃上放出反光。一排排房屋清洁整齐,门面发白,在屋顶之间像摊开的衣衫,犹如晾在红色草地上的巨大洗涤物。天色渐渐亮了,还给城市蒙上一层蒸汽的残云,也被阳光刺穿，透过乳色光芒。有的街面上弥漫着犹豫不定的欢乐气氛，有几个角落的天空将要笑出来。雅娜俯视河滨道和特罗加德罗的斜坡，看到这场倾盆大雨后马车又慢慢颠跑，公共大马车经过荒凉寂静的大道上时声音加倍响亮。雨伞收起来了，在树下躲雨的行人大胆跨过阳沟涌起的积水，穿越在人行道之间。她尤其感兴趣的是穿着很好的一位太太和一个小女孩，她看到她们站在桥边一个玩具摊的棚子下。她们肯定遇上了雨躲在那里的。女孩恨不得把店都买下来，缠着那位太太买下了一个铁箍；两个人现在都走了，女孩笑着跑在前面，在人行道上滚铁箍。这时，雅娜又变得非常悲哀，她的娃娃显得不好玩了。她要的是一个铁箍，到那里奔跑，而母亲在她身后小步走，叫她别跑得那么快。一切都模糊了，她每分钟擦一次玻璃。不许开窗是交代过的，但是她满心想反抗，既然大人不带她出去，看看外面总是可以的吧。她打开窗靠着，像一个大人，像她的母亲，待在那里不声不响。

　　空气温和，带着潮气，她觉得很好。有一团影子在地平线上慢慢扩大，使她抬起头。她感到头上有一只巨鸟，展开双翅。首先她什么也没看见，天空是明亮的，但是屋顶角上又有一团黑影，扩大侵入天空。这是可怕的西风吹着新雨刮过来。天空很快暗了下去，城市也黑里带青，使房屋的门面有一种旧的铁锈颜色。雨差不多即刻落了下来，街面又清扫了一遍。雨伞打转，行人四处逃散，像麦秆似的被吹跑了。一名老妇双手抓住裙子，阵雨像水管的水打在她的帽子上。雨在移动，河水向巴黎奔腾，可以看出乌云的飘动。大雨点形成的粗线穿过河滨道上的马路，像奔过一队马群，扬起一阵灰尘似的白雾，沿着地面飞快地翻滚。白雾自香榭丽舍而下，涌入圣日耳曼区的又长又直的路，然后一下子布满了长街、空广场和荒凉的十字路口。只几秒钟时间，城市在这愈来愈浓厚的纱幕下苍白无色，像要溶解了。仿佛广阔的天幕斜着向大地拉了开来。蒸汽上升，天水倒灌声则像铁器发闷的搬动声。

雅娜被响声吓蒙了，往后退，她觉得在她面前竖起了一道灰白色墙头。但是她欣赏雨景，她又回来靠在窗前，伸出手臂，体会冷雨打在手上的感觉。她觉得很好玩，把袖子都弄湿了。娃娃大概跟她一样头痛不舒服，所以她让娃娃横跨在窗口扶手栏杆上，背靠着墙。看到雨点溅在它的身上，她想这对它是有好处的。娃娃很倔强，露出小牙齿笑容不变，而风吹起它的裙子。它的可怜的身体在漏木屑，索索在抖。

为什么母亲不带她一起去？水打在手上，对雅娜又是一个外出的新诱惑。街上一定非常舒服。她又可看到在雨帘下的那个女孩子，在人行道上滚铁箍儿。不用说这个女孩子是跟着妈妈一起出来的。她们俩都显得兴高采烈，这说明下雨天也可以带女孩子外出的。问题是愿不愿意。为什么不愿意呢？于是她又想起了那只红猫，它竖着尾巴从对面的屋顶上走了；后来又想起那只小麻雀，它死时，她还试图让它吃东西，而它装得不懂她的心。这类故事她一直遇到，人家都不够爱她。哦！她两分钟内就可穿戴完毕：她高兴的日子穿衣服很快。罗萨莉给她穿上靴子、外套、帽子，完事啦！母亲完全可以等她两分钟。当她上朋友家去，她从不把事情安排得这么仓促。当她到布洛涅森林去，携了女儿的手慢慢散步，带了她在帕西街的每家店铺前停下。雅娜不再猜了，她的黑眉毛皱在一起，她端正的五官显出嫉妒严酷的表情，使她的神情像个脸色发青、充满恶意的老处女，她隐约觉得母亲到了儿童不能去的地方。不带她去就是有事瞒着她。想到这里她的心揪紧了，有一种说不出的悲哀，她难过。

雨下得小了，笼罩巴黎的垂帘变得透明了。荣军院的拱顶首先显露出来。然后潮水退下，露出街区，城市像从清水中升起，房顶水淋淋的，而水流依然使街道蒙上一层雾气。但是突然，冒出了一支火焰，一道光在雨点中间落下来。一瞬间这像是满脸泪痕中的一丝笑容。香榭丽舍街区上雨歇了，可是左岸、城岛、近郊，还是遭到雨水的抽打。雨珠直落，在阳光中像钢丝又细又硬。右边亮起了一条彩虹。光辉逐渐扩大时，红蓝两色的晕影布满地平线，五色杂陈像一幅儿童水彩画。水晶城上洒下了金黄的雪，辉煌夺目。光熄灭了，云飘走了，微笑淹没在眼泪里。一片铅灰色中，巴黎在滴水，一声声拖得很长，像呜咽。

雅娜的袖子都湿透了，接着一阵咳嗽，但是她一心在想母亲上巴黎去了，不觉得寒冷侵身。她最后认出了三座建筑物：荣军院、先贤祠、圣雅各塔楼；她反复念这三个名字，用手指指着，然而想不出走近看时它们会是什么样的。母亲肯定到那边去了，她设想她在先贤祠，这是因为这座建筑物最叫她吃惊，巨大矗立，在空中犹如城市的羽冠。然后她自问自答。对她来说巴黎是一个儿童不去的地方，没有一人带她去过。她多么愿意知道，这样可以对自己安详地说："妈妈在那里，她在做什么事。"但是巴黎又好像太大了，找不到人的。她的目光跳到平原的另一头。是在一座山岗左边那一排房屋里？或者近些，在大树下，赤裸裸的树枝像一束束死木枯柴？要是她能把屋顶掀开又有多好！这座那么黑的纪念物是什么？有什么大东西在跑的那条街呢？整个街区叫她害怕，因为肯定有人滚打在一起。她看不清楚，但是不说假话，这东西在动，非常丑，女孩子不应该看的。各种各样的模糊假设，叫她想哭，扰乱了无知的儿童心理。陌生的巴黎，还有它的烟雾、连续不断的轰隆声、强大的生命力，在这温热的解冻时期给她吹来了贫困、污秽和犯罪的气息，使她年轻的头脑发昏，仿佛她伏在一口发臭的井口，从看不见的井泥里发出毒气。荣军院、先贤祠、圣雅各塔楼，她叫它们的名字，把它们数过来；然后，她不知道了，她又害怕而又羞愧，执拗地想着母亲在这些丑物中间，她猜不出什么地方，那边，底下。

突然，雅娜转过身。她肯定有人在卧室里走动，甚至有一只手轻轻碰了碰她的肩膀。但是卧室是空的，依然像埃莱娜走的时候那么凌乱。晨衣还在悲泣，横压在长枕头上。这时，雅娜面孔煞白，目光在室内转了一圈，她的心碎了。她是一个人，她是一个人。我的上帝！她的母亲离开时推了她一把，很重，把她推倒在地上。这件事又引起她的焦虑，她又感觉到这次粗暴行为留在手腕和肩膀上的伤痛。为什么要打她？她很听话，没有什么可以责备的。平时对她说话那么温柔，这次惩罚使她反感。她又感到儿童时代人家用狼吓唬她，她睁大眼睛看，却又看不见的害怕心理；在黑暗中，好像有什么东西要把她压垮，可是她怀疑、嫉妒的怒火使她面孔发青，一点点发肿。突然想到母亲爱她一定不及爱她去寻找的人，使她感到那么大的震动，她把两手放在胸前。她现在知道了，她的母亲背叛了她。

巴黎上空有一种不祥之兆，等待着一场新的暴风雨。暗下来的空气中发出一种呢喃声，厚厚的乌云在飘移。雅娜在窗前大声咳嗽，但是她着凉仿佛是使自己得到了报复，她就是要叫自己生病。她的手按在胸前，感到愈来愈不舒服。她的身体就是沉浸在焦虑中。她因害怕而发抖，不敢再回头，一想到在卧室里看一眼就会全身发抖。人在小时候没有力气。那么这种新的病痛又是什么呢？它发作了使她感到羞耻，感到痛苦的甜蜜。有人跟她闹着玩，不顾她笑还是要给她挠痒的时候，她偶尔就有这种过度的震颤。她全身僵硬，她无辜和纯洁的四肢随时准备反抗。从她情窦初开的内心深处，涌出一种强烈的痛苦，像从远处而来的打击。这时，她挺不住了，压着声音喊了一声："妈妈！妈妈"，不清楚她是在呼唤妈妈救她，还是在控诉妈妈给了她致命的打击。

这时候暴风雨刮得正响，在这座变得黑暗的城市上空，在沉重焦虑的静寂中,风声怒吼。巴黎升起持续不断的响声,百叶窗的劈啪声、青板瓦的飞走声、烟囱管和屋檐槽跌落街面的反弹声。大风静上几秒钟后又重新刮起,从地平线上铺天盖地过来,掀动了屋顶组成的海洋,好像波涛滚滚消失在旋涡中。有一会儿真是昏天黑地。大片的云像墨汁愈化愈大,向前狂奔,四周是分散飘动的小片的云。风把它们吹得四分五裂,丝丝缕缕散开。有一时,两片云相撞,发出光芒,裂成碎片充斥古铜色的空间;每次四面八方狂风怒号时,天空中犹如万马奔腾,天崩地裂,巴黎将被埋没在碎石瓦砾中。雨还是没有落下来。突然,有一团云到了市中心上空,沿着塞纳河落下一阵骤雨,雨点打在绿色河面上,玷污了河水,形成一条浊流。阵雨过后,桥一座座显现出来,在雾气中又窄又轻。两岸河滨道上阒无一人,沿着灰色人行道的树木愤怒地摇动。在圣母院上空乌云分裂,落下一条激流,像把城岛也压到了水底。只有塔楼还浮在淹没的街区上,像海滩的漂流物。但是四边的天已空了,右岸浮沉了三次。第一次是骤雨蹂躏了远郊,愈来愈大,拍打圣文森·德·保尔教堂和圣雅各塔楼的尖顶,在水流中都成了白色。其余两次是接连而来的,雨水直往蒙玛特尔和香榭丽舍流淌。时而看到工业宫的玻璃顶棚在雨水溅射中冒蒸汽;看到圣奥古斯丁的拱顶在浓雾中像一轮熄灭的月亮;看到玛德兰教堂扁平的屋顶,像经过大水冲刷后的石板,横在已成废墟的教堂广场上,后面是巨大阴暗的歌剧院,叫人想到没有桅杆的大船,船底夹在两块岩石之间,抵抗暴风雨的袭击。左岸还罩在细雨里,看得到荣军院的圆顶、圣克洛蒂尔德的尖顶、圣苏尔比斯塔楼,在湿空气中酥软溶化。乌云在扩大,水从先贤祠的柱廊上瓢泼似的倒下,低矮地区正受到水淹的威胁。从这时候起,大雨朝全市各区袭击,好像天要扑向地面。街面在风雨撼动下时沉时浮,其强烈程度仿佛是在宣告城市末日来临。持续不断的隆隆声更响了,这是哗啦啦的阳沟灌水声和阴沟排水声交织而成的。可是，巴黎被这场淫雨糟蹋成了一片黄色；在这块泥泞地的上空乌云稀薄了，变为青白色，同样连成一片，没有一条裂缝，没有一个斑点。雨势小了，雨点细而急，当吹起一阵强风，大雨点带着灰色影线旋转，斜着——也可说横着——打在墙头上，还带嘬哨声，直至风势停止又恢复垂直，落在地上，在帕西的斜坡到夏朗东的平地之间又恢复了平静。这时巨大的城市像经过一阵极度的抽搐后解体死亡，在风雨的横扫下成了一片石头翻转的瓦砾场。

雅娜颓然靠在窗台上，又结巴着叫："妈妈！妈妈！"她面对被雨水淹没的巴黎，极度疲劳，衰弱不堪。在这场大毁灭中，她的头发随风飞舞，脸被雨水打湿；她在震颤中感到一种苦涩的温情，而内心又在痛惜某种不可挽回的东西。对她来说一切都像完了，她明白她变得很老了。时间是会流逝的，她也不再向卧室里望。这还不是一样，被人遗弃，孤独。她的童心那么绝望，以致周围是漆黑一团。她生了病，人家还像从前那样责怪她，这是很不公平的。这使她身上发烧，这使她有头痛的感觉。肯定刚才有人把她身体的某一部分破坏了，她是无法阻止的，那就应该听之任之。说到底她是太累了，她交叉双臂靠在窗前扶手上，睡意向她袭来，她的头斜靠，时时睁开两只大眼睛看大雨。

雨老是下个没完，灰白天空化成了水。最后一阵风吹过，响起单调的滚动声。声势浩大的雨不停地拍打城市，周围庄严肃立，城市全由雨水主宰着，没有人声，没有人影。在这场洪水形成的条纹玻璃后面是一个幽灵般的巴黎，线条抖动，好像要溶化了。它只给雅娜带来了瞌睡和噩梦，仿佛她的陌生世界、她的不明病痛挥发成了浓雾，侵入她的体内，使她咳嗽。她每次睁开眼睛，就咳嗽打喷嚏摇动身子。她瞧着这个陌生世界好几秒钟；然后她低下头，记住了这个世界的形象，她觉得世界朝着她展开，要把她压垮。

雨还下个不停。现在可能几点了？雅娜说不出来。可能座钟也不走了，就是转个身对她也显得太累了。母亲走了至少有一星期了吧。她也不再等母亲了，就是再也看不见她也只好认了。然后，她把一切都忘了：别人给她造成的苦难，她刚才感到的奇怪的病痛，甚至世界对她的遗弃。一块又沉又冷的石头往心上压，她只是非常不幸，哦！像那些被遗弃在教堂门前、她经常施舍的穷苦孤儿一样不幸。这种不幸是不会中止的，好几年内都将如此，对一个女孩子来说太大太沉重了。我的上帝，没人再爱你时，咳嗽也多，冷得也厉害！她在发热昏睡的晕眩中闭上沉重的眼皮。她最后想到的是一个模糊的童年回忆，参观一座磨坊，黄的麦子，小的麦粒，在房屋一般大的石磨下滚动。

　　几小时、几小时过去了，每一分钟带走了一个世纪。雨还在下，毫不间断，却不急不躁，仿佛有的是时间，有的是永恒，把平原淹没。雅娜睡了。在她的旁边是她的娃娃，弯身在扶手上，腿在房内，头在房外，像一个溺死的人，衬衫贴在玫瑰色皮肤上，眼睛定定的，头发淌水。她瘦得令人心碎，像个小死人，样子可笑又可怜。雅娜在睡梦中咳嗽，但是她不再睁开眼睛，头在交叉的双臂上滚动，咳到最后，还带哨声，她没有醒。什么都没有了，她在黑暗中睡觉，也没有把手抽回来，发红的手指上流下清水，一滴一滴落入窗底下的宽阔空间。这样又经过了几小时、几小时。在地平线，巴黎像一个城市的影子在消失，天空与土地溶化成一片混沌，灰色的雨固执地下个不停。

第五章

（一）

埃莱娜回来时，天已黑了很长时间。

当她扶着栏杆艰难走上楼梯时，她的雨伞上的水滴在了台阶上。到了门前，她还停了几秒钟喘气；周围骤雨旋转，奔跑人群碰撞，水潭里路灯反光都还使她有点发昏。她走在梦中，还对刚才接受和还赠的亲吻感到惊愕。当她寻找钥匙时，她想到她既不内疚也不快活。事情就是这样，她不能使事情不是这样。但是她找不到钥匙，无疑她放在另一件长袍的口袋里忘了取出来。这时她很不高兴，好像被人关在自己的家门口。她只好拉铃。

"啊！这是太太，"罗萨莉开门时说，"我正在担心呢。"

她接了雨伞准备带进厨房放到水池里：

"嗯？雨真大……泽菲林他刚到，淋得像个落汤鸡……我擅自留他吃晚饭了，太太。他放假到十点钟。"

埃莱娜机械地跟着她。她好像需要把每个房间看过来，然后才脱下帽子。

"您做得对，我的孩子。"她回答。

她在厨房门口待了一会儿，看着燃烧的炉火。她本能地随手打开一只柜子又关上。一切家具都在原来的位置，她看到它们，自有一番乐趣。可是泽菲林恭恭敬敬地站起身。她微笑，向他轻轻点一下头。

"我不知道是不是要放上烤肉。"女仆说。

"现在几点啦？"她问。

"快七点了，太太。"

"怎么！七点！"

她十分惊讶。她已失去时间的意识，这下子她醒了。

"雅娜呢？"

"哦！她很乖，太太。我相信她睡着了，因为我没有听到她的声音。"

"您也没有给她开灯？"

罗萨莉显出局促不安，她不能说泽菲林给她带来了一些画片。小姐没有动静，说明小姐不需要什么。但是埃莱娜没有再听她，她走入卧室，迎面扑来一股极大的寒气。

"雅娜！雅娜！"她喊道。

没有声音回答。她撞上一把座椅，餐厅的门开了一条缝，照亮地毯的一角。她身子一个寒战，好像雨落进了房里，带着潮湿的风和不停的水流。那时她转过身，窥见灰色天空中苍白的方窗框。

"这扇窗子谁打开的！"她喊道，"雅娜！雅娜！"

总是没有回答，她心里立即感到一种死亡的不安。她要朝窗子外面看，但是手摸索到了一把头发，雅娜在这里。这时罗萨莉带了一盏灯进来，照出了女孩，女孩全身发白，脸伏在交叉的双臂上，屋顶滴下的水溅得她身上发湿。她没有喘气,她失望和疲劳至极,大眼皮发青,长睫毛上含有两颗大眼泪。

"不幸的孩子!"埃莱娜嗫嚅说,"怎么会有这样的事……我的上帝! 她全身冰凉……在这里睡熟了,这样的天气,还跟她说过别走近窗口……雅娜,雅娜,回答我啊,醒一醒!"

罗萨莉机灵地躲开。母亲把女儿抱了起来,女孩的头任意晃动,像没法从沉睡中醒来。可是她终于睁开眼皮,依然麻木发呆,眼睛被灯光刺着睁不开。

"雅娜,是我……你怎么啦?你看,我刚回来。"

但是她没有懂,神情木讷,喃喃地说:

"啊……啊……"

她观察母亲,好像认不出母亲。然后她突然哆嗦,似乎感到房间的低温。她恢复了意识,眼睫毛上的泪水滚到了脸上。她挣扎,不愿意人家碰她。

"是你啊,是你啊……哦! 放开,你搂得我太紧了。我过得很好。"

她从母亲怀抱里滑出来,她怕母亲。她用不安的目光从埃莱娜的手看到她的肩膀;一只手脱了手套,她看着赤裸裸的手腕、湿热的掌心、温暖的手指往后退,表情严厉,她是要避开一只陌生手的抚摸。这只手已没有原来的马鞭草香,手指也拉长了,掌心保持一定的柔软;她接触到手上的皮肤很生气,像是变了。

"好吧,我不责备你,"埃莱娜继续说,"但是,真的,这样做有理智吗……亲亲我。"

雅娜始终往后退,她记不起见过母亲穿这件长袍和这件大衣。腰带是松的,褶裥挂下来的样子也叫她恼火。为什么母亲回来穿得这么不像样,身上的装饰有什么地方很丑很鄙俗?她的裙子上有污泥,鞋子已破,身上没有一样东西是妥帖的。平时女孩子不知道穿衣打扮,她总是发火,总是这样埋怨她的。

"亲亲我,雅娜。"

但是女孩子对她的声音也不再熟悉,她觉得她声音变粗了。她抬高眼睛看母亲的脸,她奇怪,她的眼睛疲倦得睁不大,嘴唇发热发红,脸上笼罩怪异的阴影。她不喜欢这些,她的胸口又开始痛了,好像有人使她难过时一样。这时,她嗅出这是精微而又粗鄙的东西正在接近她,她激动了,以为她呼吸到的是一种不忠的气味,她号啕大哭。

"不,不,我求你……哦!你留下我一个人,哦!我太不幸了……"

"但是我已回来了,亲爱的……不要哭,我回来了。"

"不,不,这已完了……我不要你了……哦!我等呀等的,我太难过了。"

埃莱娜又抓住她,轻轻拉,而女孩不依,又说:

"不,不,这已不一样了,你已不一样了。"

"怎么?你在说些什么,我的孩子?"

"我不知道,你已不一样了。"

"你意思说我不再爱你了?"

"我不知道,你不再一样了……不要不承认……你的气味就不一样。这已完了,完了,完了,我要死了。"

埃莱娜脸色苍白,又把她抱在怀里。这从她的脸上可以看出来?她吻女孩,可是女孩身子发颤,神色那么不自在,她也不再在额上吻第二下。她还是抱着女孩不放,两人都不再说话。雅娜低声哭泣,神情中有反抗情绪,使她姿态发僵。埃莱娜想小孩子任性不必过虑,心底隐隐感到羞愧,重重压在肩上的女儿也叫她脸红。这时她把雅娜放在地上,两个人都感到轻松了。

"现在,要理智,擦干眼泪,"埃莱娜又说,"咱们一起把东西整理好。"

女孩服从,表现很温柔,有点胆怯,低下头偷看几眼。但是响起一阵咳嗽,女孩身子乱摇。

"我的上帝!你病了,现在,我真一分钟也离开不了……你着凉了?"

"是的,妈妈,背上发冷。"

"这样!盖上披肩。餐厅的炉子有火,你会暖和过来的……你饿了吗?"

雅娜犹豫一下。她要说真话,回答说不饿;但是她又斜看了一眼,向后退,低声说:

"饿的,妈妈。"

"好吧,那没什么,"埃莱娜大声说,她需要恢复自信,"但是我求你,坏孩子,别再故意吓我。"

罗萨莉回来告诉太太桌子已经摆好,埃莱娜狠狠地训她。小保姆低下头,咕噜咕噜说太太说得对,她应该看好小姐。然后为了平息太太的怒气,她帮太太脱衣服。好上帝!太太身上也凌乱不堪!衣衫一件件脱下来,雅娜目光盯着看,仿佛向它们发问,期望这些沾了泥水的衣服会向她抖搂出什么秘密。尤其裙子的带子就是卸不下,罗萨莉费了工夫解那个结;女孩受到吸引,走近来,也跟女仆一样着急,对那个结生气,好奇心来了,要看看到底是怎么打的。但是她待不住,躲到一把坐椅后面,避开这些衣服,它们的热气叫她不舒服。她转过脸。母亲换衣服从来没有叫她那么别扭。

"太太现在感到好了吧,"罗萨莉说,"身子湿后换上干衣服,真是太舒服了。"

埃莱娜穿上蓝色双面绒晨衣，轻轻叹了一口气，仿佛她真的有一种舒适感。她回到了家，全身轻松，这些拖泥带水的衣服也不再重重压在肩上。女仆徒自对她说了好几遍汤已经上了桌子，她就是要好好冲洗一下脸和手。全身干干净净，还未完全擦干，晨衣扣到下巴，这时雅娜回到她身边，抓了她的一只手，吻了一吻。

　　可是在餐桌上，母女两人又不说话了。炉火正旺，小餐厅内发亮的桃心木家具和浅色的瓷器餐具喜气洋洋。然而埃莱娜又像陷入麻木状态，没法思想；她机械地吃东西，看样子很有胃口。雅娜在她的对面，从自己的玻璃杯上暗中窥视着，不放过她的一举一动。她咳嗽。她的母亲已忘了这事，突然不安起来。

　　"怎么！你还咳嗽……你身上没有暖和过来吗？"

　　"哦！暖和的，妈妈，我很热。"

　　她要摸女孩的手，看她是不是说真话。这时她发现女孩的盘子是满的。

　　"你说你饿了……你不喜欢这菜吗？"

　　"喜欢的，妈妈。我吃。"

　　雅娜作出努力，咽下了一口。埃莱娜监视她一会儿，过后思想又回到那里，在那个充满暗影的房间里。女孩看到自己根本没在埃莱娜的心上，用餐将近完毕，她软弱无力的四肢瘫在椅子上，活像一个小老太婆，睁着永远不会有人爱的老处女似的苍白眼睛。

　　"小姐不吃果子吗？"罗萨莉问，"那么我可以把盘子撤了？"

　　埃莱娜依然两眼茫茫的。

　　"妈妈，我想睡，"雅娜说，声音也变了，"你允许我上床吗……我躺在床上会好些。"

　　再一次，母亲像惊醒了。

　　"你不舒服，亲爱的！你哪儿不舒服？说呀！"

"没不舒服,我跟你说了……我很困,是睡觉的时候了。"

她离开椅子,身子挺一挺,表示没有不舒服,麻木的小脚在地板上磕磕碰碰。到了卧室她靠在家具上,鼓起勇气不哭出来,尽管全身火烧似的,母亲来安排她上床,也只是帮她束好晚装的头发,因为女孩已匆匆忙忙自己脱了衣服。她自个儿钻进被窝里,很快闭上眼睛。

"你好吗?"埃莱娜问,拉上被子,四边掖好。

"很好。走吧,不要动我……把灯拿走。"

她只要求一件事,在黑暗中睁开眼睛,好好品味自己的痛苦,不要别人望着她。灯取走后,她睁大了眼睛。

可是在隔壁房间里,埃莱娜走来走去。她有一种奇异的行动需要,使她站了起来,想到上床就无法忍受,她看座钟:八点二十分。她要做什么?她去翻抽屉,也记不起要找什么。然后她走近书柜,对书瞧了一眼,拿不定主意,一看到书名就厌烦了。卧室寂静无声,使她的耳边嗡嗡响;这种孤独,这种沉重的空气对她是一种惩罚。她乐意听到响声、人声,或使她分心的东西。她有两次听小房间的动静,雅娜没有一声呼吸。一切都在沉睡,她还在转来转去,把手边的东西搬动位置,又放回原地。但是她突然想到了泽菲林,他大约还和罗萨莉在一起。这时,想到自己不是孤零零一个人,她感到轻松和幸运,趿着拖鞋朝厨房走去。

她到了外客厅,已经推开小走廊里的玻璃门,听到一声响亮的耳光,打得很重。罗萨莉的声音叫道:

"嗯!看你以后还捏我……放下你的爪子!"

泽菲林卷着小舌喃喃地说:

"这没什么,我的美人,这说明我多么爱你……好吧……"

但是门响了一声。埃莱娜进去时,小士兵和厨娘静静地坐在桌前,两人还低下头在吃盘子里的东西。他们表面装得不动声色,这不

是他们的本性。只是他们面孔通红,眼睛像蜡烛那样发光,他们在草垫椅上坐得不安稳。罗萨莉站起来赶快迎了过来:

"太太要什么?"

埃莱娜没有准备找个好借口。她来看看他们,谈谈,让自己不孤单。但是她感到难为情,不敢说她不要什么。

"您有热水吗?"她终于问。

"没有,太太,我把火封了……哦!还是可以烧的,我五分钟内给您送来。马上就会开的。"

她加煤,放上水壶。然后看到女主人还在门槛上不走:

"五分钟以后,太太,我给您送来。"

这时,埃莱娜做了个意义含糊的手势:

"我不急,我等着吧……你们做你们的,我的孩子,吃吧,吃吧……这位年轻人还要回兵营呢。"

罗萨莉顺从地坐了下来,泽菲林站着,行了个军礼,撑开两肘切盘中的肉,表示他懂得待人接物。他们在太太用膳以后一起吃的时候,连桌子也不往厨房中间挪,宁可并排坐,鼻子对着墙壁。这样他们可以相互用膝盖顶,捏来捏去,身上脸上打几下,同时照样吃。他们抬起眼睛,又可看见墙上赏心悦目的瓶瓶罐罐。一束月桂和百里香挂着,调味品盒有一种辛辣的香味。厨房周围还没有整理收拾,到处有剩余的菜肴,但是这个厨房对于胃口奇好的恋人还是一块向往之地,在这里可以享用军营里不会供应的东西。这里主要是烤肉,还带一点生菜拌醋的香味。煤气灯的反光在铜锅铁器上跳动。因为炉子烧得太热,他们稍稍打开窗子,从花园吹来的凉风吹得蓝窗帘鼓鼓的。

"您应该在十点整以前回到营房吗?"埃莱娜问。

"是的,回禀太太。"泽菲林回答。

"那路不少呢……您搭公共马车吗?"

"哦！太太，搭过几次……您知道，锻炼小跑步，还是很好的。"

她在厨房里走了一步，靠在餐具桌上，两手下垂合在晨衣上面。她还谈起白天的坏天气，部队里吃的伙食，鸡蛋价格贵。但是每次她提一个问题，他们作出回答后谈话就停顿了。她这样待在他们背后，叫他们拘束；他们不再转过身来，而是面对盘子说话，在她的注视下肩膀不敢抬起来，还小口吃东西，保持干净。

她平静下来，在这里很好。

"不要着急，太太，"罗萨莉说，"水已经响起来了……要是火旺一点……"

埃莱娜不要他们忙个不停，过一会儿好了。她只是腿上觉得很累。她机械地穿过厨房，走到窗前，在那里她看到第三把椅子，一把木椅子，很高，翻过来可以当做搁脚凳。但是她没有马上坐下，她看到桌子角上有一叠画片。

"咦！"她拿起来说，想对泽菲林表示好意。

小士兵不出声地笑了。他容光焕发，目光跟着画片，当太太注视一张好画片时，他点头。

"这张，"他突然说，"我在神庙路得到的……这位美女篮子里有几朵花……"

埃莱娜已坐下。她审察着这位画在金色上釉的糖果盒盖上的美女，泽菲林细心把盒盖拭过。椅背上有一块抹布，使她没法靠在上面。她把抹布推开，又专心看画。这对恋人看到太太那么和气，也不再拘束。最后他们也把她忘了。埃莱娜把画片一张张放在膝盖上，带着茫然的笑容看着他们，听着他们说话。

"喂，小伙子，"女厨喃喃地说，"你不再来点羊肉？"

他既不说要也不说不要，扭着身子好像有人在给他挠痒，当她把一大片羊肉放到他的盘子里，他又伸腿伸胳膊随便起来。他的红肩章上下跳动，他的圆脸两旁长着招风大耳朵。他的脑袋在黄色衣领中摇晃得像只瓷像人头。从他包在军服里的背脊可以看出他在笑，为了对太太表示礼貌，他在厨房里从不解开军服的扣子。

"这比鲁韦大爷的萝卜好吃。"他最后说，嘴里塞得满满的。

这是故乡的一个回忆。两个人都哈哈大笑，罗萨莉身靠着桌子才不至倒下来。有一天，这是他们第一次领圣体以前，泽菲林偷了鲁韦大爷的三只萝卜；萝卜很硬，哦！硬得把牙齿都咬碎了；罗萨莉在学校后面照样也啃了自己的那一份。于是每次他们一起吃东西时，泽菲林免不了要说：

"这比鲁韦大爷的萝卜好吃。"

罗萨莉听到后放声大笑，甚至把短裙的带子也笑崩了，崩断声清晰可闻。

"嗯！你又崩断了？"小士兵得意地说。

他伸出手，想弄明白。但是他挨了几下打。

"不用你忙，你又不会缝……带子崩了真讨厌。我每星期要换上一根。"

然后，因为他还是在摸索，她用胖手指捏他手上的一块肉，把它扭了过来。这样亲近闹着玩，正要叫他兴奋起来时，她向他愤怒地一瞥，意思是太太正在瞧着他们。他并不太发慌，塞进一大口食物，腮帮鼓鼓的，眨眨眼皮，一副油滑的小兵腔调，意思是女人——就是太太——也不讨厌这个。当然，两个人相爱，别人看了总是觉得有趣的。

"您当兵还要有五年？"埃莱娜问，在舒适的气氛中靠在高高的木椅上。

"是的，太太，要是用不着我可能只要四年。"

罗萨莉知道太太想到的是他的婚姻，她假装生气叫了起来：

"哦！太太，他可以再待上十年，我可不会上政府去要他回来……他变得太胡闹了。我相信人家把他带坏了……是的，你笑也没用。但是我可不吃这一套。在镇长先生面前，看你开玩笑。"

他笑得更凶了，要在太太面前装得懂风情的样子，女厨子完全发怒了。

"好吧，我劝告你……其实，您知道，太太，他是个呆头呆脑的人。真没法相信穿上了军装会使他们那么蠢，他跟战友就是摆出这副模样。要是我把他赶出门外，您会听到他在楼梯上哭……我才不在乎你呢，小伙子！要是我乐意，你还不是一直会来打听我的袜子是怎么做的？"

她仔细瞧着他，但是看到他那张棕色脸开始表示不安时，她突然受感动。直接转入另一个话题：

"啊！我没有对你说呢，我收到了姑妈的一封信……吉尼亚尔家准备卖房。是的，几乎白送……你们可能以后……"

"哎哟！"泽菲林心花怒放说，"在那里安家不错……还有地方养两头奶牛。"

这时，他们不说了。他们正吃着甜食，小士兵像儿童一般贪食，舔面包上的葡萄酱，而女厨子像母亲似的细心地削苹果。他还是把另一只空手伸到桌子底下，沿着她的膝盖轻轻挠，很轻很轻，她装得没有感觉。他老老实实时，她一点不生气，还喜欢这样，虽然不会承认，因为她在椅子上高兴地微微颤动。总之，这天晚上，这是一顿十全十美的晚餐。

"太太，您要的水开了。"罗萨莉静了一会儿说。

埃莱娜没有动。她感到自己也沉浸在他们的温情中，她继续代替他们在做梦，想象他们已经回到家乡，住在吉尼亚尔的老房子里，养着两头奶牛。她看到他神情严肃，手伸在桌子底下，而小保姆僵着身子装得没事儿似的,就不免好笑。一切的距离都接近了,她对自己与别人,对她在的地方与她来这里做的事,都没有一个明确的意识。铜器在墙上发亮,身子软绵绵的不想动,面孔遮在黑影里,对厨房的凌乱也没有看不过去。她平易近人,使自己也感到心满意足。她只是太热,炉火给她苍白的前额添上几颗汗珠,身后半开的窗户送风进来,吹在她的后颈上冷飕飕很舒适。

"太太,您的水开了,"罗萨莉又说,"水壶要烧干了。"

她把水壶放在她前面。埃莱娜一怔,只好站起身。

"啊!是的……我谢谢您。"

她没有借口了,她不情愿地慢慢走开,到了卧室不知把水壶怎么好。但是她心里热情奔放。以前她麻木发傻,这种状态溶解成了生活的热流,在她的全身沸腾。她从未体验过的情欲使她颤栗,回忆又浮现脑际,情欲觉醒太迟,更感到难以满足。她笔直地站在房子中间,全身往上拉伸,两手举起弯扭,使兴奋的四肢咯咯响。哦!她爱他,她爱他,下一次她会这样委身于他。

正当她看着自己赤裸的双臂脱晨衣时,有一个响声引起她的不安,她以为是雅娜咳嗽了。这时她取了灯。女孩眼皮紧闭,好像睡着了,但是当她的母亲放下心转过身去,她睁大眼睛,乌黑的眼睛跟随埃莱娜走进她的卧室。女孩还没有睡,她不愿意人家要她睡,又是一阵咳嗽撕裂她的喉管,她把头埋在被子里,不让咳出声来。现在,她可以走了,母亲再也不会发现的。她在黑夜里睁着眼睛,仿佛她刚才思考后明白了一切,就此而死不带半点呻吟。

(二)

第二天,埃莱娜头脑里想的都是实际问题。她醒来就迫切需要保护自己的幸福，战战兢兢，只怕做事不谨慎而失去亨利。起床前空气寒峭，卧室内还是睡意沉沉，这时刻她全身心有一种冲动，她爱他，需要他。以前她从没想到要做个手段高明的女人。她首先想到的是当天早晨应该去见一见朱丽埃特，这样她可以避开不愉快的解释，也不致让他们追根问底连累别人。

将近九点，当她到达德贝勒太太家时，她见朱丽埃特已经起身，脸色苍白，两眼发红，像戏剧中的女主角。可怜的女人一见了她来，投入她的怀抱，哭了，称她是好天使。她一点不喜欢这个马利尼翁，哦！她可以起誓！我的上帝！多么愚蠢的艳事！她会为此而死的，这肯定！因为现在她觉得自己绝对搞不来这些玩意儿的——撒谎，受苦，听任同一个感情的支配。重新恢复自由是多么好啊！她笑得很自在，然后又呜咽起来，要求她的朋友不要看不起她。她疯言疯语，心底还是害怕的。她以为她的丈夫都已知道一切了，前一天他回来很激动。她向埃莱娜问了一个又一个问题。这时，埃莱娜显得大胆而又老练，自己也感到吃惊，向她叙述了一个故事，情节很多，无一不是编造的。她向朱丽埃特保证丈夫什么也不曾怀疑，是她听到这一切后要救她，想到去扰乱这场幽会。朱丽埃特听着，相信了这篇胡诌，脸上满是泪痕，却又洋溢着抑制不住的喜气。她再一次搂住她的脖子。埃莱娜在她的抚摸下一点也不别扭，也感觉不到以前对忠诚的斤斤计较和顾虑。当埃莱娜要她答应保持平静后离开时，心里对自己的巧妙应付还发笑，走出门时很得意。

几天过去了。埃莱娜的整个生活都换了位置，她不再生活在自己家里，而是生活在亨利家里，时时刻刻想到他。除了隔壁那幢小公馆引起她的心跳，其他什么都不存在了。她找到借口就往那里跑，她忘了自己，呼吸同样的空气也会使她满足，在这占有的最初陶醉中，她看见朱丽埃特也像看见了亨利那样动心。可是亨利还没有可能跟她待上一会儿，她也像有意把第二次幽会推到以后。有一天晚上，他送她到外客厅，她就是要他起誓不再上水巷的那幢房子，说他会连累她的。两个人都颤抖着期待另一次热情的拥抱，就是不知道在哪里，某个地方，一天夜里。埃莱娜被这个欲望纠住不放，自此以后只是为了这一分钟而活着，对其他时间漠不关心，过日子就是盼着这一刻，非常幸福，只是美中也有不足，雅娜在她身边咳嗽，令她感到不安。

雅娜不时低低地干咳，到了傍晚咳得更凶。她有时还有低烧，睡觉时出汗，身子虚弱。母亲问她，她说自己没有病，不难过。这大约是感冒没有痊愈。埃莱娜听了这样的解释放了心，对周围的事物没有一个明白的意识，可是在生活的欢悦中，隐隐然有一种痛苦的感情，压在心头造成创伤，她也说不清在哪儿出血。偶尔，在她毫无情由地高兴和内心充满温情时，好端端地会产生一种焦虑，好像有一桩不幸的事在背后等着她。她转过身，她笑了。人在太幸福时，总是害怕。没有人在背后。雅娜刚才咳嗽，不过她喝蒂萨茶了，这没什么。

可是一天下午，博丹老医生作为朋友来看看，来了后不走，神色关注，斜着蓝色小眼睛窥视雅娜。他一边装着跟她玩，一边问她。那一天，他没说什么。但是两天后，他又来了；这次他没有观察雅娜，却像一位有阅历的老人那么高高兴兴，把话题扯到旅行上。从前他当外科军生，跑遍了意大利。这是一个壮丽的国家，应该在春天去欣赏。格朗让太太为什么不带她的女儿去一趟呢？他就这样转弯抹角，巧妙地劝她们去那里——用他的话说是"阳光之国"——居住一阵子。埃莱娜盯着他看。这时，他大声说明，她俩哪一个也没病，那当然！只是换换空气使人年轻。她想到离开巴黎，面孔煞白，感到死一般的冷，我的上帝！上那么远、那么远的地方去。一下子失去了亨利，让他们的爱情夭折！这对她那么心痛，她朝雅娜弯下身，掩饰内心的慌乱。雅娜愿意离开吗？女孩畏缩着捏紧她的手指头。哦！是的！她愿意！她愿意到阳光里去，就她和母亲两个人，哦！就她们两个人；她可怜的瘦脸上两颊被寒热烧得发烫，又燃起新生活的希望。但是埃莱娜不听这些。她反抗，她怀疑，现在深信每个人——神父、博丹医生，还有雅娜，都串通一起要拆散她和亨利。老大夫看到埃莱娜脸色那么灰白，以为自己哪儿失礼了；他急忙说什么都不着急，决定以后再提这件事。

恰好那天德贝勒太太留在家里没出去。医生一走，埃莱娜连忙戴上帽子。雅娜拒绝出去，她待在炉边更舒服；她会乖的，不会开窗。最近以来，她不再缠住母亲带她出去。她只是怔怔地目送母亲走。然后当她一个人时，蜷缩在椅子上，这样一动不动过好几个小时。

"妈妈，意大利远吗？"埃莱娜走近亲她时，她问。

"哦，很远，我的乖孩子。"

但是雅娜勾住她的脖子，不让她立即伸直身子，喃喃地说：

"嗯？罗萨莉留在这里帮你看家。我们没她也行……你看，带上一只不大的箱子……哦！这就好了，小妈妈！只有咱俩……我会长胖了回来，嗨！胖成这样。"

她鼓起腮帮，把胳臂一圈。埃莱娜说以后再看，然后她溜了出去，叮嘱罗萨莉好好照顾小姐。这时女孩在炉边缩成一团，瞧着火燃烧，陷入遐想。她不时机械地伸出手取暖，火光刺得她的大眼睛发酸。她那么出神，朗博先生进来也没有听到。他来得很勤，据他说是为了那个瘫痪的女人来的，德贝勒医生还是没有使她住进痼疾收容所。当他见到雅娜一个人，就坐到壁炉另一边，跟她像跟大人一样谈话。这事真不好办，那个可怜的女人等了一星期；但是他等会儿过去看医生，医生可能会给他一个答复。可是他没有动。

"你的母亲没有把你带去？"他问。

雅娜耸耸肩，神情厌倦。上别人家去对她太麻烦了，也没有什么趣味。

她还说：

"我老了，我不能老是玩……妈妈在外面快活，我在家里快活；我们玩不到一块儿。"

一时大家没有话说。女孩颤抖，伸出双手去探火，炭烧成一团玫瑰色的火光。她却像一个老大妈，全身裹在一块大毛毯里，脖子上一条围巾，头顶上一条围巾。人陷在这堆衣物里，小得像一只生病的小鸟，羽毛凌乱，根根竖起。朗博先生合拢两手放在膝盖上，望着火，然后转身问雅娜她的母亲昨天是不是出去了。她给了一个表示肯定的回答。前一天，再前一天呢？她动一动下巴总是说是的。她的母亲天天出去。这时朗博先生和女孩相互注视很久，面孔发白严肃，仿佛他们都有一桩伤心事要相互倾诉。他们没有谈，这是因为一个是女孩子，一个是老先生，没法一起谈这种事；但是他们明白他们为什么那么悲哀，为什么在空楼里喜欢这样分别坐在壁炉的左右两边。这使他们得到不少安慰。他们靠在一起，可以减轻被遗弃的感觉。他们感到温情的冲动，他们多么愿意抱在一起痛哭一场。

"你冷，好朋友，我可以肯定……往火那边靠一靠。"

"不，亲爱的，我不冷。"

"哦，你骗我，你的手是冰的……靠过来，否则我生气了。"

然后，是他不安了。

"我肯定他们没有给你准备蒂萨茶……我给你去煮，好吗？哦！我做得很好……我来照顾你，你看着，你什么都不会缺的。"

他这几句影射的话说得够明白了。雅娜立即回答说她讨厌蒂萨茶，她给灌得太多了。可是有几次，她同意朗博先生在她身边转悠，像个母亲；他给她在肩膀下塞进一个枕头，给她服她快要忘了的药水，扶着她在房间里走。这些细心照顾使两人都很感动，就像雅娜说的，妈妈不在时他们一个当爸爸，一个当女儿；她说时目光深邃，其中的火焰叫老实人见了心乱。突然两人都感到悲哀，于是不再说话，偷偷观察对方，相互怀有一种怜悯心情。

那一天，沉默良久后，女孩又提出她问过母亲的那个问题：

"意大利离这里远吗？"

"哦！我想是远的，"朗博先生说，"那边，到了马赛还要下去，远得很……为什么问这个？"

"没什么。"她严肃地说。

这时，她怨自己什么都不懂。她总是生病，从来没进过寄宿学校。他们两人都不说话，炉火旺盛，热气使他们昏昏欲睡。

可是，埃莱娜在日本平房找到了德贝勒太太和她的妹妹波利娜，她俩常在那里过下午。那里很热，暖炉口放出令人窒息的热气。大玻璃窗是关着的，小花园披上了冬装，犹如一幅巨大的笔法细腻的乌贼墨画，棕色土地上映出黑色的小树枝。两姐妹正在激烈争辩。

"别来烦我，行吗！"朱丽埃特叫道，"我们的利益当然是支持土耳其。"

"我跟一个俄国人谈过，"波利娜回答，她同样激动，"在圣彼得堡他们爱我们，我们真正的同盟军是在那里。"

但是朱丽埃特摆出严肃的神色，两臂交叉：

"那么，你怎么做到欧洲平衡？"

东方问题使巴黎沸腾，这成了热门话题，任何有点社交生活的女士不谈这事就不时髦。所以，两天以来，德贝勒太太坚定地介入到外交政策的讨论中。她对事态发展的种种可能性都有一定的看法，她的妹妹波利娜令她非常恼火，因为她标新立异，不顾明显的法国利益而去支持俄罗斯。她要说服波利娜，后来又生气了。

"嘿！别说了，你说话像个蠢人……你跟着我研究过这个问题就不会这样了……"

她说到这里停了,向正在进来的埃莱娜行礼。

"好啊,亲爱的。您来真是太客气了……您还不知道吧,今天早晨宣布一份最后通牒,英国下议院争得非常激烈。"

"不,我什么都不知道,"埃莱娜回答,这问题她听了发呆,"我很少出去。"

朱丽埃特没有要她回答。她向波利娜解释为什么要使黑海成为中立地区,不时地插入几个英国将军和俄罗斯将军的名字,很熟悉,咬字也非常准。这时亨利进来了,手里拿着一卷报纸,埃莱娜知道他是为了她下楼来的。他们的眼睛相互寻找,彼此盯着对方的目光看。然后他们握手,一切感情都包含在那长久和沉默的一握中。

"报上说了些什么?"朱丽埃特激昂地说。

"报上,亲爱的?"医生说,"但是报上永远不会说什么的。"

大家一时也就忘了东方问题。有好几次,提到一个要来而没有来的人。波利娜要大家注意快敲三点了。哦!他会来的,德贝勒太太肯定;他明确答应来的,她没有说是谁。埃莱娜听着,但是没有听在耳里,一切不关亨利的事都引不起她一点兴趣。她再也不带针线活过来,她两点钟准来,不加入谈话,经常满脑子是同样的童年梦想,想象其他人神奇地消失了,只留下她与他两人。她回答朱丽埃特的问题,而亨利的目光盯着她的眼睛,使她身子发软挺舒服。他走过她的背后,像去拉一扇百叶窗,他碰到她的头发时微微一颤,由此她感到他要求再定一次约会。她同意,她也没有力量再等待了。

"有人打铃,这大概是他。"波利娜突然说。

两姐妹摆出冷淡的神态。这是马利尼翁来了,衣冠楚楚,比平时穿得还正经,带着一点矜持。他握住向他伸过来的手;但是他不像平时那样爱开玩笑,他走进久违的房子时彬彬有礼。医生和波利娜埋怨他近来很少光临，朱丽埃特俯身在埃莱娜耳边说话，埃莱娜尽管极端冷漠，还是吃了一惊。

"嗯？您吃惊了……我的上帝！我不恨他。他心底还是个好青年，跟他没法生气……您想一想他给波利娜觅来了一个丈夫。这是件好事，您不觉得吗？"

"当然。"埃莱娜凑合着喃喃说。

"是的，他的一位朋友，非常有钱，他以前从没想到结婚，马利尼翁发誓要把他请来……今天我们等着他给一个最后的回复……这时，您明白，我有好多事情只得暂时搁一搁了。哦！现在没危险了，我们相互理解了。"

她妩媚地一笑，提到那件事脸微微一红。然后她去忙着招待马利尼翁，埃莱娜同样微微笑着。这种对生活的宽容也是对自己的原谅。把事情想成一片漆黑是不对的，什么事都可以和颜悦色地解决。正当她自言自语说世上一切百无禁忌而感到一种怯懦的幸福时，朱丽埃特和波利娜刚打开日本平房的门，把马利尼翁引进花园里。突然她听到自己的脑后亨利的声音，又低又热烈：

"我求您啦，埃莱娜，我求您啦……"

她打了个寒战，突然不安地环顾四周。他们确是单独在一起，她看见其他三人在小道上慢慢走。亨利还大胆搂住她的肩膀，她发抖，恐惧中充满醉意。

"随您什么时候。"她嗫嚅说，知道他要求她幽会。

他们很快交换了几句话。

"今晚等我，在水巷的那个楼里。"

"不，不行……我跟您解释过，您对我起过誓……"

"那么别的地方，您说哪儿都可以，只要让我见到您……今晚上您家？"

她不干。但是她又害怕起来，看到两位女士和马利尼翁往回走，只能用一个手势表示拒绝。德贝勒太太领了年轻人假装去欣赏一件奇事，尽管天气冷，但是有几簇紫罗兰开了花。她加速步子，第一个走进房来，容光焕发。

"妥了！"她说。

"什么妥了？"埃莱娜问，心里还是很慌张，记不起什么事。

"这场婚姻啊……啊！了却一桩心事！波利娜也老大不小了……那个年轻人见过她，觉得她可爱。明天，我们都上父亲家吃饭……马利尼翁带来了好消息，真该亲亲他。"

亨利镇定自若，巧妙地避开了埃莱娜。他也觉得马利尼翁可爱。终于看到他的小姨子有了人家，跟妻子一样非常高兴。他提醒埃莱娜别把一只手套掉了，她谢谢他。在花园可以听到波利娜的声音，她在说笑。她朝马利尼翁弯着身子，说说停停，放声大笑，他也凑在她耳边叽里咕噜回答。无疑他跟她在谈有关未来的悄悄话。平房的门开着，埃莱娜津津有味地呼吸冷空气。

就在这个时刻，雅娜和朗博先生在房间里没有说话，被炉火烤得不能动弹。经过长时间的沉默，女孩突然开口问，好像这个要求是她沉思后的总结：

"你要是愿意咱们上厨房去……我们看能不能见到妈妈。"

"我愿意。"朗博先生回答。

今天她身体较好。她不用人扶着走去，脸贴在玻璃上。朗博先生也往花园里看。树上没有叶子，通过清洁的大玻璃窗，日本平房的内部一目了然。罗萨莉正在做大锅汤，说小姐好奇心重。但是女孩认出了母亲的长袍。她指了指，为了看清楚，面孔更往玻璃上凑。可是，波利娜举起手，做了几个信号。埃莱娜出现了，挥手招呼。

"他们看见您了，小姐，"女厨子说了几遍，"他们叫您下去哩。"

朗博先生只好打开窗户。他们要他带雅娜过去，大家要见她。雅娜逃进卧室，就是不肯去，责怪他的好朋友有意敲玻璃窗。她要看妈妈，但是不愿再走进那幢房子；朗博先生好几次恳切地问她为什么，她一概用可怕的"没什么"回答，这句话说明一切。

"这不是你应该强迫我做的。"她说，神色忧郁。

但是他向她反复说不要叫母亲难过，不应该对别人做蠢事。他要给她穿好，她就不会着凉了；他说着，把披肩绕在她的身上系住，把她头上的围巾取下来，换上一顶编结的小风帽。她穿戴齐了还在抗拒。最后，她也就依了，条件是如果她不舒服就马上陪她上来。女门房给他们开了通道的门，大家在花园里高声欢呼迎接她。德贝勒太太对雅娜尤其热情；她请雅娜坐上椅子，正对着炉子口，要人马上关闭玻璃窗，说这空气对可怜的孩子太凉。马利尼翁已经走了。埃莱娜给女儿整理散乱的头发，看到她裹了一条披肩、戴了一顶风帽出来做客有点难为情，朱丽埃特叫道：

"让她这样！咱们不就在自己家里吗……这个可怜的雅娜！我们真想她。"

她摇铃，问史密森小姐和吕西安有没有从日常散步回来。他们还没有回来。此外，吕西安闹得不可管教，前一天把勒瓦瑟家的五位小姐都惹哭了。

"要不要来玩一下飞鸽子游戏？"波利娜问，她因不久就要结婚，喜不自胜，"这不累人。"

但是雅娜摇头拒绝。她从低垂的眼睫毛之间向周围的人一个个看，看了很久。医生刚才对朗博先生说起他的被保护人终于可以进入痫疾收容所了，朗博先生十分感激，紧握他的手，仿佛他个人得了什么大恩大惠。每人都伸着身子躺在坐椅里，谈话亲切，声音愈来愈慢，时而静默无声。德贝勒太太和她的妹妹一起交谈，埃莱娜就对两位男士说：

"博丹大夫要我们上意大利去旅行。"

"啊！雅娜就是为这事问的！"朗博先生叫了起来，"你高兴上那儿去吗？"

女孩没有回答，把两只小手放在胸前，发灰的脸有了光彩。她疑虑的目光转向医生，因为她明白母亲问的是他。他身子微微一颤，保持非常冷淡。但是突然朱丽埃特插入谈话，像以往那样，无事不会没有她的份。

"谈什么啦？您谈到意大利……您不是在说要上意大利吗……啊，好哇！凡事又凑到一起了！就在今天早晨我纠缠亨利要他带我上那不勒斯……您想一想，十年来我就梦想要上那不勒斯，每年春天他都答应我，然后又不守信用。"

"我没对你说我不愿意。"医生喃喃地说。

"怎么，你没跟我说过……你干脆拒绝，说什么你不能离开病人啦。"

雅娜听着。她的光洁的前额被一条大皱纹切成两半，她机械地绞着指头，一个接一个。

"哦！我的病人，"医生又说，"我可以托一个同事照顾几个星期……要是我知道你那么喜欢去……"

"大夫，"埃莱娜打断说，"您认为这样一次旅行对雅娜有好处吗？"

"好得很，这会使她完全恢复健康……孩子总能从旅行中得到好处的。"

"那么，"朱丽埃特叫了起来，"我们带吕西安，咱们一起去……你愿意吗？"

"但是，当然，你要什么我做什么。"他带着微笑回答。雅娜低下头，擦掉两大颗愤怒和痛苦的热泪，这些热泪烧得她眼睛发烫。她深深陷入坐椅里，仿佛不再听和不再看，而德贝勒太太想不到来了这么一个旅游散心的机会，非常高兴，说话又多又响。哦！她的丈夫多好！她亲了他一下表示慰劳。下星期，我的上帝！她总是没有时间准备行李！然后，她要制定路线；应该从这里走；然后在罗马待上一星期，再上另一个美丽的小乡镇，德·吉罗太太跟她谈起过的；她最后跟波利娜争了起来，波利娜要求推迟行期，好让她跟丈夫一起去。

"啊！不，那不行！"她说，"回来后再举行婚礼。"

大家忘了雅娜。她目不转睛地观察母亲和医生。当然，现在埃莱娜同意去旅行了，这会使她与亨利接近。这是一件大喜事：两人一同前往阳光之国，寸步不离度过白天，充分利用自由的时间。她唇上浮起轻松的笑容，前一时还那么害怕失去他，她那么幸福，能带了她所有的爱出门！当朱丽埃特在筹划他们将经过哪些地方，他们两个人已经相信走在理想的春天，眉目传情，意思是他们会在那里相爱，走到哪儿都在一起。

可是，朗博先生心情抑郁，话愈来愈少，他已察觉到雅娜的不快。

"你不舒服吗，亲爱的？"他低声说。

"哦！是我太难过了……求求你送我上楼。"

"但是应该跟母亲说一声。"

"不，不，妈妈忙着，她没有时间……送我上楼，送我上楼。"

他用双臂扶她，对埃莱娜说孩子感到累了。这时她请他在楼上等她，她会过来的。女孩身子虽则很轻，他的两只手还是扶不稳，只得在第二层停了一停。她把头靠在他的肩上，两人忧伤地相视无言。楼梯上又冷又静，没有半点声响。他喃喃地说：

"你上意大利去很高兴，是吗？"

但是她放声哭了起来，咿咿呀呀说她不愿意了，她宁可死在自己的房子里。哦！她不去，她会生病的，她感觉得到。她哪儿都不去，无论哪儿都不会去的。她的小鞋子可以送给穷人，然后哭声稍停时她悄悄对他说：

"你还记得有一晚你问我的事吗？"

"什么，我的乖孩子？"

"永远跟妈妈在一起，永远，永远……好吧！假若你还愿意，我也愿意。"

泪水涌上朗博先生的眼眶。他亲切地吻她，这时她声音更低地加上一句：

"你可能还生气，因为那时我发火了。我那时不知道，你看到……但是我要的是你。哦！马上，去说吗？马上……我爱你胜过爱另一个人……"

在下面日本平房里，埃莱娜又出了神。话题不离旅行。她感到一种迫切的需要，要打开自己满溢的心，向亨利倾诉令她窒息的全部幸福。当朱丽埃特和波利娜在讨论要带上几袭长袍时，她弯身朝向他，跟他约定一小时前她还拒绝的幽会。

"今夜来吧，我等您。"

当她终于回家往上走时，遇到罗萨莉心慌意乱地奔下楼来。一见女主人，女仆就叫道：

"太太！太太！快……小姐不好了，她在咳血。"

（三）

离开桌子时，医生对妻子说起一名产妇，今夜他恐怕不得不在她的身边守着。他九点离开，走到河边，黑夜里沿着无人的河滨道散步，潮湿的微风轻吹，涨潮的塞纳河黑涛滚滚。钟敲十一下，他走上特罗加德罗斜坡，在房屋四周转悠，方方正正的楼房宛如厚厚的一堆影子。但是餐厅的玻璃窗还在发亮。他绕了一圈，厨房的窗子也射出强烈的光。于是他等待，很诧异，渐渐不安起来。窗帘上掠过人影，房间里好像嘈杂不安。可能朗博先生留下来吃晚饭了？可是这位好好先生从来不会超过十点还不走的。他不敢上楼，要是开门的是罗萨莉，他能说什么呢？终于，将近半夜，他按捺不住，忘了一切谨慎，他摁铃，他经过女门房贝杰莱太太的房间前也不回话。到了上面迎着他的是罗萨莉。

"是您？先生。请进。我去报一声您来了……太太一定等着您。"

在这个时刻见到他，她没有表示丝毫惊异。当他走进餐厅还没有想到说句什么话，她却慌慌张张继续说：

"哦！小姐很不好，很不好，先生……这一夜够呛了！我的腿都要跑断了。"

她离开他。医生已经机械地坐了下来，他忘了自己是医生。沿着河滨道走时，他想象着这间卧室，埃莱娜将会引他进去，手指放在嘴唇上，嘱他不要闹醒雅娜，她正睡在隔壁小房间里。伴眠灯亮着，房间笼罩在阴影里，他们的接吻不会出声。他待在那里，像在做客，帽子放在前面等着。门背后只有顽固的咳嗽声打破寂静。

罗萨莉又出现了，迅速穿过餐厅，拿一个脸盆，匆匆对他说了这么一句简单的话：

"太太说您不要进去。"

他坐着留下，也不能走开，那么，约会是另一天？这使他发愣，像这样的事不可能。然后，他又想：这个可怜的雅娜健康实在不行，有了孩子只会添烦恼，多怄气。但是门又开了，博丹医生出来了，向他连声道歉。他把好几句话一口气说了出来；他们来找他，他总是非常荣幸能向杰出的同行请教。

"不会错的,不会错的。"德贝勒医生重复说,耳际嗡嗡响。

老医生放心了,装得很惶惑,对诊断犹豫不决。他放低声音,用专业语言跟德贝勒讨论症状,说到中途和最后眨眨眼睛。她干咳无痰,体力消耗很大,热度很高。可能是伤寒。可是他没有明说,长久以来一直把她当做贫血萎黄神经症治疗,使他担心会有不可预见的并发症。

"您认为怎么样?"他每句话后这样问。

德贝勒不置可否地摆摆手。当他的同行说话时,他渐渐觉得自己在这里很难为情。他为什么要上来?

"我给她用了两个发疱剂,"老医生继续说,"我在等待效果,有什么办法呢……要么您去看看。然后您说说您的诊断。"

他引了德贝勒走进卧室。德贝勒进去,身子一颤。房间光线很暗,只有一盏灯亮着。他记起其他相似的夜晚,同样的热气味、同样的窒息和沉静的空气,暗影深处是沉睡的家具和帷幕。但是没有人伸出手臂像往常那样迎接他,朗博先生颓然坐在椅子里,像在假寐。埃莱娜穿了白色晨衣站在床前,没有转身;这个苍白的身影在他看来很大。他对雅娜检查了一分钟。她那么衰弱,就是睁开眼睛也累。她浑身是汗,沉重地躺着,面孔发灰,两腮烧得火红。

"这是急性肺炎。"他终于嗫嚅地说,不由自主声音提得很高,也没有表示惊异,仿佛长久以来就预见了这个病症。

埃莱娜听到了,瞧着他。她全身冰冷,两眼无泪,镇静得可怕。

"是吗?"博丹医生简单说了一句,点点头,也同意这种说法,就像一个人不愿意先把它说了出来。

他再给女孩听诊。雅娜四肢没有力气,听任检查,好像不明白人家为什么要折磨她。两位医生很快交换了几句。老医生喃喃地说什么空瓮性呼吸，破罐似的声音；可是他假装还在犹豫，他现在又谈到毛细支气管炎。德贝勒医生解释说一件突发性事件可能促成这场病，肯定是着了凉，但是他已经好几次观察到萎黄性贫血会引起肺部发炎。埃莱娜站在他们后面等着。

"您也来听听。"博丹医生说，给埃莱娜让出位子。亨利弯下身，要抱住雅娜。她没有抬起眼皮，瘫软无力，身上发烫。她的衬衣敞开，露出孩子的胸脯，女性的特征还刚刚开始显现。受到死亡威胁的这个躯体那么纯洁，那么叫人伤心。她在老医生的手里毫无反抗，但是亨利的手指碰上她，她像受到了震动。像贞洁受了骚扰，她从麻木中醒了过来。她的动作好像是受到袭击和被强暴的少妇，把两只可怜瘦弱的双臂，遮住胸脯，颤声嗫嚅：

"妈妈……妈妈……"

她睁开眼睛。当她认出身边的这个男人，惊恐万状。她看到自己赤身裸体羞得哭了起来，拼命拉被子。事情好像是她在弥留中一下子老了十岁，十二岁的姑娘濒临死亡时竟成熟得认为这个男人不应该碰她，不应该把她当做她的母亲。她又叫了起来，要人救救她：

"妈妈……妈妈……我求你……"

埃莱娜到此时还没有说过话，她走近亨利，呆呆地盯着他，面孔像大理石做的。当她碰到他，只是哽咽着声音说了这句话：

"您走开吧！"

博丹医生试图叫雅娜安静下来，雅娜一阵咳嗽把床都摇动了。他向她保证没有人会再违逆她的意思，大家都要走的，让她安安静静。

"您走开吧！"埃莱娜凑近情人的耳边又说，声音很低，"您看到是我们把她害死的。"

这时，亨利一句话也说不出，走开了。他在餐厅里还待了一会儿，自己也不知道等什么，可能有什么事会发生。然后看到博丹医生没有出来也就走了，他摸索着走下楼梯，连罗萨莉也没想到给他提灯照路。他想到急性肺炎病情发展极为迅速，他对这病作过不少研究，粟粒性肺结核菌繁殖很快，随后人愈来愈感到窒息，雅娜肯定过不了三星期。

一星期过去了。窗外宽阔的天空中，太阳对着巴黎升起又落下，埃莱娜对无情而有节奏的时间没有明确的观念。她知道女儿已经没治了，她六神无主，肝胆欲裂，感到恐怖。这是无望的等待，确信死神决不会饶恕的。她没有一颗眼泪，在房里轻轻走路，总是站着，动作缓慢地照料病人。有时她疲劳不堪，倒在一把椅子上，对着孩子瞧上好几小时。雅娜体质日益衰弱，痛苦异常的呕吐折磨着她，高烧再也退不去。博丹医生来时，检查她一会儿，留下一张药方；告退时他的圆背表示出无能为力的样子，母亲送他时连问也不问一声。

发病的第二天，儒伟神父就赶来了。他与弟弟每晚都来，跟埃莱娜无声地握一握手，不敢问她消息。他们提出轮流守夜，但是她将近十点请他们回去，她不愿意夜里房间有别人。一天晚上，神父好像从上一天来就有心事，把她拉到一边。

"我想起一件事，"他喃喃说，"亲爱的孩子因健康原因耽误了……她可以在这里领第一次圣体……"

埃莱娜好像起初没有听懂。尽管她为人宽容，教士在这个时刻惦记起上帝的事业，这叫她吃惊，还有点反感。她满不在乎挥挥手，说：

"不，不，我不愿意她受折磨了……有天堂的话，她会直接上去的。"

但是，这天晚上，雅娜情况有所好转，濒临死亡的人常有这种回光返照。她这病人的耳朵很灵敏，听到了神父的话。

"是你吗！好朋友，"她说，"你说领圣体……马上就领，是吗？"

"当然可以,亲爱的。"他回答。

这时,她要他走近去闲聊。母亲抱起她靠在枕头上,她坐着,显得很小,她灼热的嘴唇在微笑,而明澈的眼睛里已经掠过死亡的阴影。

"哦!我很好,"她又说,"我愿意我会起来的……是吗?我穿一件白长袍,戴一束花……那时教堂会像马利亚月那样美吗?"

"还要美,我的孩子。"

"真的?有那么多的花,也唱那么好听的歌……马上领,马上领,你答应我吗?"

她全身洋溢着喜气。她瞧着前面的床幔,悠然出神,说她很爱那个好上帝,大家唱赞美诗时,她见过好上帝。她听到管风琴声,她看到旋转的光,而大花盆里的花则像蝴蝶那样飞舞。但是一阵激烈的咳嗽使她身子直摇,重新卧倒床上。她继续在笑,不像知道自己在咳嗽,又说:

"明天我要起床,一字不差学习《教理问答》,我们大家都会高兴的。"

埃莱娜在床头发出一声呜咽。她不能哭,然而听到雅娜的笑声,感到一股热泪上涌。她透不过气,逃到餐厅里,掩饰自己的绝望心情。神父跟在她后面。朗博先生也赶快起身,去照料女孩。

"咦!妈妈哭了,她不舒服了吗?"她问。

"你的妈妈?"他回答,"她没哭,相反地她在笑,因为你身体很好。"

埃莱娜在餐厅里,头倒在桌子上,两手捂住不让哭出声来。神父弯下身,求她克制自己。但是她抬起头,泪痕满脸对着他,指控自己杀害了女儿:她断断续续把全部忏悔说了出来。如果雅娜留在自己身边,她是不会失身于这个男人的。不该让她跟他在那间陌生的房间里见面。我的上帝！上天应该把她和女儿一起带走，她不能再活下去了。神父听了骇怕，要她安静，答应她可以得到赦免。

有人按铃，从外客厅传来人声，埃莱娜擦眼泪，这时罗萨莉进来。

"太太，这是德贝勒大夫……"

"我不要他进来……"

"他来打听小姐的消息。"

"跟他说她快死了。"

门开着，亨利都听在耳里。他没有等女仆过来就下楼了。每天他上楼，都听到同样的答复，又走开。客人的来访使埃莱娜筋疲力尽。在德贝勒家认识的几位太太都觉得应该向她表示安慰；德·肖梅特太太，勒瓦瑟太太，德·吉罗太太，还有其他人都来了；她们没有要求进来，只是询问罗萨莉，声音很响，穿过了小公寓薄薄的隔墙。这时，埃莱娜失去耐心，在餐厅见她们，站着，说话简短。她整天穿晨衣，忘了换衣服，美丽的头发只是束成一把往头顶一盘，发红的脸上眼睛疲劳得睁不开，嘴巴发苦发腻说不出话。当朱丽埃特上来时，她不能把对方关在门外，于是让她在床边坐上一会儿。

"亲爱的，"一天朱丽埃特友好地对她说，"您太消沉了。需要保持勇气。"

埃莱娜正要回答，朱丽埃特设法让她散散心，给她讲述巴黎关心的大事。

"您知道我们肯定会有战争……我很烦，我有两位表兄弟要上前线。"

她就是这样上楼来的：在巴黎东荡西逛回来，闲聊了一个下午很兴奋，穿了长裙风风火火地闯进这间安静的病房。她陡然压低声音，装出同情的样子，不过仍掩饰不了事不关己的冷漠态度，也让人家看出她对自己的健康感到高兴和得意。埃莱娜在她面前垂头丧气，既嫉妒又忧虑。

"太太，"有一晚，雅娜问，"吕西安为什么不来玩？"

朱丽埃特一时感到为难，只是微笑。

"他也病了吗？"女孩又问。

"不，亲爱的，他没有生病……他上学去了。"

当埃莱娜送她到外客厅，她想解释为什么说谎。

"哦！我要带他来。我知道这不传染……但是孩子马上就怕，吕西安真蠢！他看到你可怜的天使时会哭起来的……"

"是的，是的，您做得对。"埃莱娜打断她，想到这个那么快乐的女人家里有一个健康活泼的孩子，心都碎了。

第二个星期又过去了。病情继续发展，每一小时都有可能带走雅娜的生命。病魔来得迅猛，但是不慌不忙，还是要走完预料的全过程，把这个羸弱可爱的孩子摧毁，一步也不会饶过。血痰不见了，有时咳嗽也停止了。女孩胸口感到压迫，从呼吸困难可以看出病魔如何蹂躏她的小胸脯。这对于这么衰弱的人来说是太残酷了，神父和朗博先生听了不由得泪水往上涌。几天几夜，喘息声传出帷幕，可怜的孩子好像随时随刻都可能过去的，但她就是出汗消耗，迟迟不走。母亲筋疲力尽，无法再忍受这种啰音，走到隔壁房间把头靠在墙上。

渐渐地，雅娜与人隔离。她不再见探访的人，她脸上有一种溺死者和迷路者的表情，仿佛她已经单独生活在另外一个世界。当围着她的人要引起她的注意，报上自己的姓名让她认时，她定定地看他们，没有一丝笑容，然后神情疲劳地朝墙转过身去。有一个阴影笼罩着她，她好像要带着嫉妒、愤怒和赌气离开。可是病人有时还会任性怪癖。一天早晨，她问母亲：

"今天是星期天吗？"

"不，我的孩子，"埃莱娜回答，"还只是星期五……你为什么要知道？"

雅娜好像已经记不起自己提的问题。但是第三天，罗萨莉在卧室里，她低声问她：

"今天星期天……泽菲林来了，你去请他过来。"

女仆犹豫，但是埃莱娜听到这话，给她一个同意的信号。女孩又说：

"带他来，两人都来，我会高兴的。"

罗萨莉带了泽菲林进来，她在枕头上起来。小兵没戴帽子，张开手掌，身子扭来扭去掩饰极度激动的心情。他爱小姐，看到她像他在厨房里说的"就这样回老家了"，心里发慌。所以，尽管罗萨莉再三关照他要做得快活，他还是神情呆板，看见她那么苍白，奄奄一息，脸色都变了。他穿了军装威武轩昂，还是非常动感情。他学得能说会道了，但此刻还是一句好听的话也说不出来。女佣在背后捏他要他笑，但是他只会结结巴巴地说：

"我请求你们原谅……小姐和各位……"

雅娜总是撑着双条瘦臂要起来。她睁开两只空洞的眼睛，似乎在找什么。她的头一直在抖，无疑是阳光使她两眼发黑，她已经习惯于暗影了。

"过来，我的朋友，"埃莱娜对士兵说，"这是小姐要求见您的。"

阳光从窗子进来，地毯的灰尘在一道黄光里飞舞。时已三月，外面已有春意。泽菲林走一步，照在阳光里；他的小圆脸上都是雀斑，映出成熟小麦的金黄色反光，军装的纽扣闪闪发亮，红色长裤呈一片血色，像一片罂粟花。雅娜看着他，但是眼睛又显出不安的神色，游移不定，从房间一个角落看到另一个角落。

"你要什么，我的孩子？"她的母亲问，"我们都在这里啊。"

然后她懂了。

"罗萨莉,走近去……小姐要看看您。"

罗萨莉照着阳光往前走,她戴了一顶便帽,扣带垂落到肩上,像蝴蝶肢翼那么飘动。金色灰尘落在她又黑又硬的头发上,落在她那长着扁鼻子、厚嘴唇的丰腴的脸上。房间里只有他们两人——小兵和女仆——并肩站在阳光里。雅娜瞧着他们。

"嗨!亲爱的,"埃莱娜又说,"你没有话对他们说吗……他们都在这里。"

雅娜瞧着他们,头颤抖,好像一个年纪很大的女人在微微颤抖。

他们在那里像丈夫和妻子,不久就要挽着手回到故乡;和煦的春天给他们带来温暖。他们希望小姐高兴,最后相视而笑,样子又傻又温柔。他们浑圆的肩膀充满青春的活力。如果他们单独一起,肯定泽菲林又要去捏罗萨莉,罗萨莉也会伸手给他一记巴掌。这从他们的眼神可以看出来的。

"嗨!亲爱的,你没有话对他们说吗?"

雅娜瞧着他们,气憋得更厉害。她不说一个字,突然号啕大哭,泽菲林和罗萨莉只好马上离开房间。

"我请你们原谅……小姐和各位……"小兵离开时心慌意乱,又说了一遍。

这是雅娜最后一次任性了。她陷入了抑郁,一蹶不振。她对所有的人,甚至对母亲也毫无反应。当母亲在床前俯下身要对着她的目光看时,女孩脸上没有一点表情。就像是帷幕的影子掠过她的眼睛,她像一个被遗弃的人,自知将死,一言不发,忧郁地忍受。有时她长时间眼皮半闭,叫人没法猜透细细的目光里有什么样的想法牢牢吸引着她。再也没有东西对她来说是存在的,除了身边的大娃娃。这是有一夜她痛苦得难受,人家把这个娃娃给她作为消遣的;她有了就不愿归还，有人要取走她就狠狠地挥挥手不让拿。硬纸板做的娃娃头放在枕头上，伸直身子，被头盖到肩膀，活像个病人。女孩无疑是在医治它，因为她时而用发烫的两手去拍它支离破碎、木屑漏尽、皮肤泛红的肢体。好几个小时，她的眼睛不离开这双固定不动的珐琅质眼睛，以及那永远在微笑的雪白牙齿。然后，一阵温情上来，她需要把它抱在自己的胸前，脸放在它的小假发上，这样的抚摸似乎能减轻她的痛苦。她就这样寄托在对大娃娃的爱情上，从浅睡中醒来要看到它还在身边才放心，眼里只有它，跟它谈话，偶尔脸上露出微笑的影子，好像娃娃在她耳边悄悄说了些什么。

第三周快过完了。一天早晨老医生坐下来不走了，埃莱娜明白她的孩子过不了白天。从上一天起，她已处于僵死状态，对自己的动作已失去知觉。大家对死神已不作反抗，开始计时。病人渴得厉害，医生只是嘱咐给她一种含罂粟汁的饮料，以减轻弥留的痛苦；放弃一切药物的做法叫埃莱娜发呆。只要床头柜上还有药品放着，她还希望出现治愈的奇迹。现在药瓶针盒都已收走，她最后的信念也消失了。她只有一种本能，就是在雅娜身边不离开她，瞧着她。医生不让她这样伤心欲绝地望着，有意把她支开做些琐事。但是她受到一种生理的吸力老是回来，她身子笔直，双臂下垂，面孔因绝望而浮肿，等着。

将近一点，儒伟神父和朗博先生到了。医生向他们走过去，说了一句话。两人顿时脸色发白，他们站着惊呆了，他们的手发抖。埃莱娜没有转过身。

天气是好极了，四月初阳光灿烂的一个下午，雅娜在床上很不安静。她口渴难受，嘴唇时时艰难地翕动。她从被子里伸出细弱透明的双手，在空中缓缓地移动。病魔对她无声的折磨已经结束，她不再咳嗽，她细微的声音像一丝风。一会儿之后，她转过头，用目光在寻找亮光。博丹医生敲开窗户。这时雅娜不再蠕动，脸贴枕头，目光对着巴黎，压抑的呼吸愈来愈慢。

在这痛苦的三周内，她好几次就是这样朝着横卧在地平线上的城市转过身去。她的脸很严肃，她在思索。在这最后的时刻，巴黎在四月金色阳光下微笑。从窗外传来和煦的风、儿童的笑声、麻雀的啁啾，弥留的孩子还作出最后的努力去观望，去追随远郊区腾飞的烟雾。她又找到了她认识的三座建筑物：荣军院、先贤祠、圣雅各塔楼；其余都是陌生物，她疲劳的眼睛半闭着，面前是无边的屋顶海洋。可能她梦见自己的身子渐渐地变得十分轻盈，像小鸟似的飞了起来。她终究会知道，她栖落在圆顶和尖塔上，她振翅高飞，上上下下，可以看到不让儿童看的东西。但是又有一件不安的事叫她激动，她的手还在找；她只是用细弱的两臂把大娃娃搂在胸前方才平静。她要把它带走。她的目光落在远方，落在阳光下发红的烟囱之间。

四点钟刚刚敲过，夜晚已经投下蓝色的影子。这是最后阶段，一种窒息，一种缓慢没有抽搐的弥留。可爱的天使已经没有力量自卫。朗博先生精神崩溃，跪在地上，不出声地抽泣，为了掩饰痛苦，躲到一块帷幕后面不出来。神父跪在床头，合上手低诵临终祈祷。

"雅娜，雅娜。"埃莱娜喃喃地说，吓得全身冰冷，头发也感到寒风飕飕。

她推开医生，扑倒地上，靠着床凑近看她的女儿。雅娜睁开眼睛，但是她不看母亲。她的目光总往远处看，落在逐渐消失的巴黎上。她把娃娃抱得更紧，这是她最后的爱。一声粗气鼓起她的身子，接着又是两声较细的叹息。她的脸一时表现出强烈的忧虑，但是立刻如释重负，张开嘴不再呼吸。

"这过去了。"医生拿起她的手说。

雅娜空洞的大眼睛望着巴黎。她的山羊脸更加拉长了，轮廓线条僵硬，皱紧的眉毛之间留下一条灰色影子。她至死还保持这张嫉妒女人的灰脸。娃娃的脸后仰,头发挂落,也像她一样死了。

"她过去了。"医生又说了一遍,放下这只冰凉的小手。埃莱娜伸出脸,两只拳头夹住前额,仿佛感觉脑袋要开裂。她没有哭,发疯的眼睛在面前转动,然后咽喉间迸出一声抽噎,她刚看见床底下一双小鞋,放在那里忘了。这已成过去,雅娜再也不会穿了,可以把它们送给穷人。她的眼泪流了出来,她还坐在地上,脸放在死人滑下去的那只手里滚动。朗博先生哭泣哽咽,神父提高了声音,罗萨莉在餐厅半开的门里,咬着手绢,不让出声太响。

恰在这一分钟,德贝勒医生打铃了。他憋不住来打听消息。

"她怎么样啦?"他问。

"啊!先生,"罗萨莉口吃着说,"她去了。"

他一动不动,他天天预料到这样的结局,听到后却发呆了。然后,他喃喃地说:

"我的上帝!可怜的孩子!多么不幸!"

他只会说这句笨拙痛苦的话。门又关上了,他走下楼去。

(四)

德贝勒太太听到雅娜的死讯后,哭了,她感到一阵冲动,这使她在四十八小时内百感交集,<u>坐立</u>不安。这是一种喧嚣的绝望,不受任何节制。她上楼扑到埃莱娜的怀抱里,然后听到一句什么话,马上想到要给死者举行感人肺腑的葬礼,这个想法立刻占据她的整个身心。她自告奋勇,大大小小事情全由她负责。母亲哭得脱力,瘫倒在椅子上。朗博先生以她的名义商量此事,也弄得六神无主。他不胜感激地对一切都表示同意。埃莱娜清醒了一会儿,说她需要花,需要许多的花。

于是,一分钟也不浪费,德贝勒太太奋不顾身地行动了。

第二天白天，她到所有太太的家里去报丧。她的梦想是组织一队穿白袍子的少女。她计划用三十名，她凑齐了人数后才回家。她亲自上殡葬管理处，商量规格，选择帷幔。花圈铁栅栏上都挂上帷幔，把遗体放在已经冒出绿色尖芽的丁香花中间。这会是很精巧的。

到了晚上，经过一天奔波，她不禁脱口说出："我的上帝！但愿明天天晴！"

早晨天气晴朗，蓝色的天，金黄色的阳光，再加上春风吹拂，又纯洁又有生气。灵车定在十点。九点起，已把帷幔挂上了。朱丽埃特来给工人出主意，她不要把树木完全遮住，铁栅栏的两扇门朝丁香花丛打开，银流苏白色帷幔在中间开了一个门廊。但是她很快回进客厅，她是来迎接太太们的。大家都在她家集合，免得在格朗让太太的两间套公寓里挤来挤去。只是她很扫兴，她的丈夫早晨上凡尔赛去了，据他说，有一个不能拖延的出诊。她一个人留下来，不知怎么办好。

贝蒂埃太太带了两个女儿先到。

"相信我，没错，"德贝勒太太叫道，"亨利撂下我不管……好吧！吕西安，你不说声早？"

吕西安在那里，已带了黑手套准备参加葬礼。他看到了索菲和布朗希好像很惊奇，她们打扮得像去看迎神会——一条丝带系着玻璃纱长袍，面纱拖到地上，盖住了她们的细布软帽。两家母亲闲谈时，三个孩子相互注视，他们穿了这身衣服身子有点僵。然后，吕西安说：

"雅娜死了。"

他心情沉重，但是还是在微笑，一种怪异的笑。从上一天起，他想到雅娜的死变得乖了。他的母亲忙得没有时间回答他，他就问仆人：那么，人死了就不会动了？

"她死了，她死了。"两姐妹说了又说，她们戴了白面纱脸色粉红，"等会儿看得到她吗？"

他思索了一会儿，目光茫然的，嘴巴张开，仿佛努力猜测那里的事，他不知道那边到底有什么，他低声说：

"等会儿看不到她了。"

这时，其他女孩进来了。吕西安看到母亲给他的信号，走去迎接她们。玛格丽特·蒂索穿一身蓬松的玻璃纱，两只大眼睛，像童年圣母，她的金头发没有完全被软帽盖住，像白面纱下戴了一顶绣金风帽。勒瓦瑟家五位千金来时，引起一阵矜持的微笑；她们个个样子差不多，简直像寄宿学校来的，最大的打头，最小的殿后。她们的裙子撑得很开，占了房间的一个角落。但是当小吉罗出现时，喊喊喳喳的低语声响了起来；大家都笑了，把她拉来拉去观赏和亲吻。她的模样就像一头白斑鸠，羽毛蓬松，个儿不比鸟大，但是穿了抖动的细纱裙变得又大又圆，连她的母亲也找不到她的手在哪里。客厅慢慢地堆满了白雪，几个穿礼服的少年成了白底中的黑点。吕西安由于自己的小女友死了，正在寻找另一个。他犹豫了好久，他要一个比自己高大的女孩，像雅娜。可是他好像选上了玛格丽特，她的头发叫他吃惊。他不再离开她了。

"遗体还没有抬下来。"波利娜来对朱丽埃特说。

波利娜很激动，仿佛在准备一场舞会。她的姐姐好不容易才使她没穿一身白的来。

"怎么！"朱丽埃特叫道，"他们在想些什么……我上楼去。你留下陪太太们。"

她气呼呼地离开客厅，穿深色服装的母亲们低声闲谈，而孩子们不敢乱动，怕弄皱了衣服。到了楼上，她走进死人的房间，感到一股强烈的寒气。雅娜还两手合在一起躺着；像玛格丽特，像勒瓦瑟家的小姐，她也穿白袍，戴白帽，穿白鞋，帽上一顶白玫瑰花冠，使她成为小朋友的王后，他们正在楼下庆贺。窗前一口橡木棺材，衬了一层缎子,横在两把椅子上,盖子打开着像一只首饰盒。家具都排在一起,点着一支蜡烛;门窗关闭,暗影憧憧的房间散发潮湿宁静的气味,像封闭很久的墓室。朱丽埃特从阳光、从外界微笑的生活中来,一下子停步了,说不出话来,不敢催促人家快下去。

"那里已经来了不少人。"她最后嗫嚅地说。

但她没有得到回答。她再一次为说而说,又加了一句:

"亨利必须到凡尔赛出诊,您会原谅他的。"

埃莱娜坐在床前,向她抬起茫然的目光。没有人能够拉她走出这个房间。三十六小时来,无论朗博先生和儒伟神父怎么哀求,她就是留在这里不走,他们守着她。尤其前两夜,弥留时刻持续很久已把她累垮了。然后还有令人伤心欲绝的最后一次打扮,她怎么也要亲自给死去的少女穿上白缎鞋。她气力已经耗尽,再也动不了了,好像过度的悲痛使她入睡了。

"您有花吗?"她费力结巴地说,高举的目光总是盯着德贝勒太太。

"有,有,亲爱的,"后者回答,"不要操心。"

自从女儿咽气以来,她唯一牵挂的是这件事:花,成堆成堆的花。她看到每个新来的人就发愁,好像担心找不到足够的花。

"您有玫瑰花吗?"她静了一会儿又说。

"有……我向您保证,您会满意的。"

她点点头,又一动不动。可是殡仪馆职工等在楼道上,事情总要办完。朗博先生自己像醉汉一样走路不稳,向朱丽埃特做一个恳求的手势,要她帮助把可怜的女人带走。他们两人轻轻地扶她的手臂,搀着她往餐厅走。但是当她明白怎么一回事后,她作出最后的绝望挣扎,推开他们。这一幕惨不忍睹。她跪倒在床前,抓住被子,号叫声声震屋宇,而雅娜躺着保持永恒的沉默,僵硬冰冷,脸像石头雕刻一样。脸有点黑了,像爱报复的女孩嘟着嘴。叫埃莱娜吃惊的是嫉妒的女儿还板着一张阴郁、不肯原谅的死脸。三十六小时以来,她看着女儿在怨恨中身子冷了下去,女儿愈接近尘土愈变得乖戾。要是雅娜最后一次向她笑一笑,会是多么大的安慰!

"不,不!"她叫道,"我求求你们,让她再留一会儿……你们不能这样把她带走。我要亲亲她……哦!一会儿,只一会儿……"

她两臂发抖抓着她,跟这些男人争夺,他们转过身,厌烦地躲在外客厅,但是她的嘴唇温暖不了冰冷的面孔,她感觉雅娜深闭固拒。这时她任着别人把她拉走,跌在餐厅的一张椅子上,抢天呼地不停地叫道:

"我的上帝……我的上帝……"

朗博先生和德贝勒太太也被激情耗尽了精力。经过短暂的沉默,当德贝勒太太掀开门,一切都结束了。搬走时没有一点声响,只是轻微的窸窣声。事先上油的螺钉把盖子永远关上了。房间里没有人,一块白毯子遮盖棺木。

这时,门没有再关上,也没人看住埃莱娜。她回到卧室,昏乱的目光对墙壁四周的家具扫了一遍。遗体刚刚搬走。罗萨莉整理了床褥,把死者小身子留下的痕迹也抹去了。埃莱娜像疯了似的伸长两臂,张开双手,朝楼梯冲过去。她要下楼。朗博先生抱住她,德贝勒太太向她解释不能这样做。但是她起誓说她会理智的,不会跟着上坟场。他们完全可以答应她去看看,她将静静地待在日本平房里。两人一边听她说一边流眼泪,那么她应该穿上衣服。朱丽埃特把一块黑披肩罩住她的室内便服,只是她找不到帽子,终于找到了一顶,她拉掉上面的一束红色马鞭草。朗博先生等会儿要主持丧礼,扶了埃莱娜的手臂。大家到了花园。

"不要离开她,"德贝勒太太喃喃地说,"我还有一大堆事……"

她走开了。埃莱娜艰难地走着,目光搜索前方。她走进阳光里,叹了一口气。我的上帝!真是早晨好天气,但是她的眼睛已经直愣愣看着铁栅栏,她刚刚看见白色帷幔下的小棺木。朗博先生只让她走近去两三步。

"好啦,您要拿出勇气来。"他说,自己也在颤抖。

他们定睛看去。一道阳光照在窄小的棺木上,脚边一只花边圆垫上面,插了一支银色耶稣受难十字架,左边一只圣水刷浸在圣水缸里。大蜡烛烧着,看不出火焰,只是在阳光中映出跳蹿飞走的小黑影。在帷幔下,长着紫色花蕊的树枝搭成一个凉棚。这是春天的一角,阳光从帐幕的缝隙之间投下一道金色灰尘,照着棺木上盛开的折枝鲜花。前前后后都是花,成束的白玫瑰、白茶花、白丁香、白康乃馨,还有雪堆似的白花瓣;尸体了无踪影,帷幔上挂下一串串白花,地上放着白长春花,满地都是白风信子和叶子,维欧斯街上行人不多,带着感动的笑容在阳光灿烂的花圈前停下;死去的少女沉睡在花园的鲜花下。这片白色世界在歌唱,在阳光下耀眼纯洁:太阳照暖了帷幔、花束、花圈,有一种生命的颤动。在玫瑰花上一只蜂蜜嗡嗡叫。

"花……花……"埃莱娜喃喃地说,她找不到其他的话。她把手绢压在嘴唇上,两眼充满泪水,她认为雅娜大约会暖和了,这种想法更使她难受,不过她还是对把各种各样的花抛向女儿的人有一种感激之情。她要往前走,朗博先生也不想再拦住她。帐幕下真是太好了!香味扑鼻,空气温和,没有一丝风。这时她弯下身,只选了一朵玫瑰,她就是来找玫瑰花,把它插在胸衣里。但是她身子抖了一抖,朗博先生害怕了。

"不要留在这里,"他说,拖了她走,"您答应不把自己弄出病来的。"

他设法陪她走进平房,这时客厅的门大开,波利娜走在前头,她负责组织队伍。少女们鱼贯而下。这像是山楂花都奇迹般地早开了，在争艳闹春。阳光下白色长袍涌动，线条透明，映出深深浅浅的白色，像天鹅的羽翼。一棵苹果树落下花瓣，空中飞舞蜘蛛丝，在这背景下，长袍可以说象征春天的纯洁。她们已经绕了草坪一圈，没有停步，继续走下台阶，像绒毛那么轻盈飘逸，到了户外都腾空欲飞了。

当花园成了一堆白色，埃莱娜面对这些三五成群的少女，记起一件往事。她想到那个美丽季节的舞会，这些小脚在欢愉地跳舞。她又看到玛格丽特扮成卖奶女，腰际挂了她的牛奶罐；索菲扮成丫环，挽了姐姐布朗希的手臂旋转，她穿的这身奇异服装响起叮叮当当的铃声。然后又是勒瓦瑟家五姐妹，扮成红小帽；而小吉罗头发上插了阿尔萨斯蝴蝶结，在比她高大一倍的阿勒面前乱蹦乱跳。而今天，她们全都一身白。雅娜也是一身白，枕着白缎枕头卧在花堆中。这个纤弱的"日本姑娘"，发髻中插了大饰针，穿了绣鸟的紫袍，如今却穿了白袍子走了。

"她们都大了不少！"埃莱娜喃喃说，潸然流下眼泪。

每个姑娘都在这里，唯独缺了她的女儿。朗博先生要她走进平房，但是她留在门前，她要看到队伍走动。有几位太太过来悄悄跟她打招呼，孩子们睁着惊奇的蓝眼睛望着她。

这当儿，波利娜来来回回下命令。她在这种场合下压低了声音，但是，有时她也忘了。

"好吧，大家乖一点……看着，小傻瓜，你已经弄脏了……我来带你们走，不要动。"

灵车到了，大家可以出发了。德贝勒太太出来喊道：

"花束忘了……波利娜，快去拿花束！"

这时，队伍乱了一乱。给每个姑娘都准备了一束白玫瑰，必须把玫瑰花分下去；孩子们很高兴，把大束花捧在胸前，像捧蜡烛一样。

吕西安追随玛格丽特左右,当她把花放到他的脸上,他陶醉地嗅了又嗅。所有这些姑娘手里捧了鲜花,在阳光下笑,然后突然变得严肃,眼睛盯着几个人把棺材搬到灵车上去。

"她在里面吗?"索菲低声问。

她的姐姐布朗希点一点头。然后,她说了:

"大人的就有这么大。"

她说的是棺材,把两臂尽量向外张。但是小玛格丽特笑了,鼻子凑到玫瑰花里,说这叫她痒痒的。这时,其他人也把鼻子凑进来,看是不是这回事。有人叫唤她们,她们又不说不动了。

外面,队伍动了起来。在维欧斯街的角上,一个没戴帽子、脚穿拖鞋的女人在哭,用围裙的一角擦面孔。有几个人靠在窗前,静静的街上响起怜悯的叹息。灵车无声地滚着,上面装了银色流苏白帐幔;两匹白马的马蹄,有节奏地踩在马路的夯土上发出闷响,这辆车子满载的好像就是花束和花环。看不见棺材,轻微的颠簸使高高的一堆花晃动,灵车把丁香花枝掉落在车后。车辆四角飘舞四条白花绸长带,由四位少女拽住,她们是索菲、玛格丽特、勒瓦瑟家的一个姑娘和小吉罗。小吉罗那么一个小个子,连一丁点儿路也走不稳,由她的母亲陪着。其他人紧密排在灵车四周,手里拿了一束玫瑰。她们慢慢走,披纱往上飘,车轮就在这堆玻璃纱里滚动,仿佛托在云端上,小天使的脸在云端里笑。然后,后面朗博先生低着头,脸色苍白,再后面是太太们,几个男孩,罗萨莉、泽菲林和德贝勒家的仆人。五辆丧车空的跟在后面。在阳光满地的路上,在这辆春天的灵车经过时,白鸽嗖地飞了起来。

"我的上帝!真难办啊!"德贝勒太太看到队伍动了又这样说了一句,"亨利把那个预约推迟就好了!我跟他这样说的。"

埃莱娜颓丧地坐在平房里的座位上,德贝勒太太不知对她怎么样才好。是亨利就会留在她的身边,他可以给她一些安慰。他如今不在，太不巧了。幸而奥莱丽小姐自告奋勇照顾她；她不喜欢丧事，她同时还要安排孩子们回来后吃的点心。德贝勒太太急忙去追赶队伍，它正经过帕西路朝教堂而去。

现在，花园空了，工人在收帐幔。在雅娜经过的沙地上只留下了几片茶花的花瓣。埃莱娜突然处在孤独和寂静中，又感到焦虑和生离死别的伤痛。再有一次，只要再有一次，待在她的身边！不能释怀的是雅娜至死还在生着气，带着她的沉默和充满怨恨的脸。这个想法像烧红的烙铁穿过她的心头，留下敏感的创伤。这时她看到奥莱丽小姐看着她，她设法要骗过她跑到墓地上去。

"是的，这留下很大一块空白，"老小姐舒适地往椅子上一坐又说，"我很会爱上孩子，尤其是小女孩。嗨！当我想到这事，我很高兴自己没有结婚。这就不用难过了……"

她以为这是在给她散心。她谈自己的一个朋友有六个孩子，都死了。另一位女士单独和大儿子过，大儿子打她；要是他死了，他的母亲不会感到难过，只会感到安慰。埃莱娜好像不在听她说。她不动，只是迫不及待地又抖又激动。

"您现在平静一点了！"奥莱丽小姐终于说，"我的上帝！最后总要对事情忍着一点。"

餐厅的门是朝日本平房开的。她已站起来，推开这扇门，伸长脖子。桌上放几盆蛋糕。埃莱娜连忙从花园往外跑。铁门开着，殡仪馆工人扛了梯子往外走。

左面，维欧斯街朝水池街拐弯。帕西公墓在这一边。猎房路上竖立一堵高大的围墙，公墓就像巨大的平台，高高耸起，俯视特罗加德罗大马路和全巴黎。埃莱娜走了二十来步，就到了斜开的公墓门前，见到布满白色坟墓和黑色十字架的荒凉地。她走进去，在第一条小径角落上两棵丁香花已发出了芽。下葬的人不多，野草丛生，几枝扁柏的树杈横空切断绿色草地。埃莱娜直往里走，一群麻雀受到惊动，一个掘墓人把一铲土对空一扬后抬起头。送葬队伍肯定还没有到，墓地好像是空的。她往右穿过去，直到平台的围墙，她转了一圈，窥见一簇刺槐树后面穿白衣的少女跪在一个临时墓穴前面，雅娜的遗体刚刚放下去。儒伟神父伸出手在作最后的赐福。她只听到石头落在墓穴里的噗噗声。这已过去了。

可是，波利娜一眼看见了她，指给德贝勒太太看。后者立马便不高兴了，喃喃地说：

"怎么！她来了！但是没这样做的，这是丢人现眼！"

她往前走，脸上的神色就说明她不赞成她的做法。其他太太也好奇地围拢来。朗博先生已经过来，站在她身边不声不响。她靠在一棵刺槐树上看到那么多人感到累，感到自己要跌倒，当她点头答谢别人的慰问时，心里只堵着一个念头：她来得太晚了，她听到了石头落下的声音。她的眼睛总是回望墓穴，一名看墓的人正在打扫台阶。

"波利娜，看着孩子。"德贝勒太太又说。跪着的姑娘们都站了起来，像一群白色麻雀起飞。有几个太小的，膝盖盘在裙子里，坐到了地上，要人抱了才能起来。雅娜放下去时，大的姑娘伸长头颈看穴底深处。太黑了，她们打了一个寒战，面孔苍白。索菲低声说得很肯定，人要在那里待上好几年，好几年。夜里也是吗？勒瓦瑟家的一位小姐问。当然，夜里也在这里。哦！夜里，布朗希会死的。这些姑娘瞪着大眼睛你瞧我，我瞧你，像听到了一则强盗故事。但是当她们站了起来，在墓穴四周随便走动时，她们又变得艳若桃李；这不是真的，都是说说笑话罢了。天气太好了，花园草长得很茂盛很美。躲在这些石头后面捉迷藏可玩得痛快呢！她们的小脚已经跳了起来，白袍子像翅翼掀动。在坟墓的寂静中，温暖的阳光雨慢慢洒下，使这群孩子生机勃勃。吕西安终于把手伸到玛格丽特的披纱下，摸到她的头发,他要知道她在上面涂了什么会使头发这么黄。小女孩很得意,然后他对她说他们两人以后结婚。玛格丽特很愿意,但是又怕他要拉她的头发。他还在摸她的头发,他觉得像信纸一样柔软。

"不要走得太远啦。"波利娜喊道。

"好吧!我们走了吧,"德贝勒太太说,"这里没我们的事了,孩子们大约饿了……"

姑娘们三五成群,像寄宿学校课间休息,现在要把她们集中起来了。点人数,少了小吉罗;终于看到她在很远处的一条小径上,撑着母亲的太阳伞严肃地散步。这时,太太们推着小白袍子,波浪似的朝门口走去,贝蒂埃太太向波利娜祝贺,她的婚礼定在下个月举行。德贝勒太太说三天后她跟丈夫和吕西安到那不勒斯去。人群在流动,泽菲林和罗萨莉留在最后。他们也走开了。他们挽着手臂,很有兴致作这次散步,虽然也很悲伤;他们放慢脚步,这对恋人的背影有一时在阳光中一颠一颠,走到了路的尽头。

"来吧。"朗博先生喃喃说。

但是埃莱娜做个手势请他稍候。她单独留下来,对她来说生命中的一页撕下来了。当她看到最后几个人消失了,她困难地跪在墓穴前。儒伟神父穿了法衣还没有站起。他们两人都祈祷了很久,然后神父一言不发,只是用善意宽容的目光鼓励她站起来。

"挽了她走。"他简单地对朗博先生说。

在春光明媚的上午,巴黎在地平线上透着金色。公墓里有一只金丝雀在唱歌。

(五)

两年过去了。十二月的一个上午,小公墓在严寒中沉睡。前一天，就下起了细雪；苍白天空落下稀稀拉拉的雪花，在北风中像羽毛似的轻轻飘摇。雪已变硬，平台栏杆上堆起厚厚一层天鹅色毛裘。越过这条白线，巴黎展现在空茫茫的地平线上。

朗博太太跪在雅娜的坟前雪地上还在祈祷，她的丈夫刚刚站起来，一声不吭。十一月，他们在马赛结了婚。朗博先生卖掉了中央菜市场的房子，他到巴黎已有三天，就是为了了结这桩买卖。车子在水池路等着他们，然后到旅馆取了行李再上火车站。埃莱娜这次旅行纯然是到这里来悼念女儿。她一动不动低下头，像失去了知觉，毫不感到这块冻土冻得她膝盖发麻。

可是，风停了。朗博先生在平台上走了几步，让她独自默默回忆过去的痛苦。巴黎的远处升起了薄雾，广阔的大地陷入淡白色波涛。在特罗加德罗高地脚下，铅灰色的城市在最近慢慢飘下的雪片中像死了似的；在停滞不动的空气里，这是深色背景上的一个个浅色斑点，使人察觉不出在持续摇晃中拉成了线。军需品厂的砖砌大烟囱染上了古铜色，再过去，下个不停的雪片像飘移的纱罗在一根根抽丝，堆起来愈积愈厚。这种梦幻般的飘雪，在空中已着了魔，落到地上已经沉睡和迷醉，不闻一声叹息。雪片在停落屋顶前好像飘得慢了。它们不断地一片片落在瓦顶上，成千上万，这么静悄悄，相比之下花瓣脱落也会发出更多的声响。万物在行动，却听不见一点在空间行动的清音，使人忘了大地和生命，只感到布满宇宙的和平。天空愈来愈亮，到处是掺杂了烟雾的乳白色。渐渐地房屋像晶莹的岛屿显露出来，从空中俯视，街道和广场把城市分割成板板块块，长条的黑线和圆形的暗影又做了街区的巨大骨架。

埃莱娜慢慢站了起来。她的膝盖在雪地上留下两个印子，她裹了一件深色镶毛大衣，在一片白色中显得身材高大，肩膀挺拔。帽上黑丝绒辫子带映在她的前额上像留下王冠的影子，她又恢复了她那张美丽安详的脸，灰眼睛、白牙齿、圆而挺的下巴，使她显得理性和坚定。当她旋转头，她的侧影依然像雕像似的庄严纯洁。两腮宁静苍白，看不到血色，给人的印象是高贵端庄。她的眼下有两道泪痕，往昔的痛苦已使她不再慌乱。她站在坟墓前，那是一根普通的石柱，上面刻了雅娜的姓名，后面是两个日期，标志死者十二年的短促生命。

周围的墓地披盖成一片白色，坟墓的尖角已经生锈，铁十字架像哀求的双臂戳露在雪地上。只有埃莱娜和朗博先生的脚印在这个荒凉的一角踏出一条小径。死者沉睡在这一片无瑕的孤寂中，道路走入幽灵般的树林里。偶尔，积雪太多的树枝上无声地掉下一团雪，什么动静都没有。在公墓的另一边，走过一串黑色足迹——有人在下雪天下葬。第二支出殡队伍从左面走来，棺材和仪仗队默不作声走过去，像黑色剪影映在白布上。

埃莱娜看到身旁一个滞留不走的女乞丐，才从遐想中醒来。这是费杜大娘，穿了一双破了用线缝补的大男鞋，走在雪上声音很小。她还从来没有见过她有如此惨相，她哆嗦的身上衣衫褴褛，又脏又油腻，神情木讷。

老婆子现在就是趁刮风下雨大寒天，跟着送葬队伍乞讨，把希望寄托在好心人的怜悯上。她知道，到了公墓的人因怕死就会施舍几个钱；她走到坟前，接近跪在地上哭泣的人，因为那时他们不可能拒绝。她跟了最后一个送殡队伍进来，对埃莱娜远远窥测了一会儿。但是她没有认出这位好心的太太，她伸出手哭哭啼啼说家里还有两个孩子正饿得要死。埃莱娜听着，对这人的出现不说什么话。孩子没有火取暖，老大生肺病死了。突然费杜大娘闭口不说了，脸上的千皱百褶都蠕动起来，小眼睛眨巴不已。怎么！是好心的太太！上天真是应验了她的祈祷！她顾不得再编孩子的故事，开始滔滔不绝地哭诉。她的嘴里缺了几颗牙齿，说话含糊难懂。世上一切倒霉事都落到她的头上。她的东家把她辞退了，她刚在病床上过了三个月。是的，她还算活着，但是全身是病，一个邻居太太说肯定她在睡觉的时候嘴里爬进了一只蜘蛛。她要是家里有火，可以暖和一下肚子；只有这样才能减轻她的痛苦。但是什么都没有，连火柴头也没有。太太前一阵子出门去了吧？这都是她自己的事。总之她看到她身体健康，气色挺好，很好看。上帝会把一切还给她的。当埃莱娜拿钱包时，费杜大娘靠在雅娜墓的铁栅栏上喘着粗气。

队伍走远了。邻近的一个墓坑里只听到有规则的锄头声，看不见掘墓人。可是老婆子已喘过气来，眼睛盯着钱包。这时，为了多得到施舍，她显得非常狡猾，谈起了某一位太太。这位太太可不能说是一位善心人。是啊！她不知道做人，也不会利用钱。她说这些话时谨慎地望着埃莱娜，然后又大胆提到医生。是的，这位先生非常随和。去年夏天，他陪了太太外出旅行。他们的孩子长大了，一个美少年。但是埃莱娜在开钱包的手指抖了起来，费杜大娘的声音突然变了调门。她愚蠢惊愕，才明白这位太太是在自己的女儿坟旁。她结巴，叹气，只想引得她伤心掉眼泪。她说这个小女孩是一个可爱的小乖乖，两只美丽的小手，她现在还看到这双手拿了白色硬币给她；又说小女孩有一头长头发，大眼睛充满泪水望着穷人！啊！这样一位天使是无法代替的，就是在全帕西也找不出来。以后天晴，她每星期天会到城墙的壕沟里采一束雏菊来供上一供。埃莱娜做个手势要她别说了，她闭上了嘴，神情不安。她真的找不出该说的话了吗？好心的太太没有哭，只给了她一个二十苏的硬币。

朗博先生已走近了平台的栏杆，埃莱娜也走了过去。这时，费杜大娘看到这位先生，眼睛发亮了。大约是新先生吧。她拖着脚步跟在埃莱娜后面，祈告上帝把一切福分都降给她，这时她已走近朗博先生，又谈起医生。她说，这位先生一旦归天肯定会有一个盛大的葬礼，经他义务医治过的穷人都会来送葬的！他爱调情，没人不这样说，帕西的太太们也很了解他。但是她对自己的妻子还是钟爱的，一位那么可爱的女人，她可能放荡过，但是现在不再去想这些事了。一对真正的好夫好妻。太太去看过他们吗？他们肯定在家，她刚才在维欧斯街看到百叶窗都开着。他们以前多么喜欢太太，他们也会很高兴拥抱她！老婆子颠来倒去说这些话，斜着眼睛瞧朗博先生。他听着，老实人就这样不声不响。在他面前提起这些往事，并没给他平静的脸上带来一丝阴影。他只是想到这个女乞丐巴结讨好，会叫埃莱娜心烦，他摸摸口袋，也给她一点施舍，挥手要她走开。看到第二枚银色硬币，费杜大娘连声道谢。她可以买一点木柴，烤火祛病，只有这样才能医治她的腹痛。她又说，是的，那是一对真正的好夫好妻，不是吗，这位太太去年又生了第二胎，一个美丽的女儿，红润肥胖，快要十四个月了。行洗礼那天，医生在教堂门口把一百苏放到了她的手里。啊！好人跟好人交朋友，太太给他带来福气。我的上帝，让太太无忧无虑，万事兴旺昌盛！以圣父、圣子、圣灵的名义，阿门！

埃莱娜挺直身子站在巴黎面前，费杜大娘在墓间走动，嘴里咕噜着"圣父""圣母"。雪快停止，最后的雪花慢悠悠、懒洋洋地落在屋顶上。在珍珠灰色的广阔天空中，在逐渐溶解的迷雾后面，金色阳光照到的地方染上玫瑰色的亮光。只是在蒙玛特尔那边天上有一条蓝带横在地平线上，蓝得那么淡，像是一块白缎的影子。巴黎从烟雾中出现，随着雪地而扩大，雪散尽了城市才会像死一般的停滞不动。现在，飞动的斑点不会引起全城瑟瑟发抖，淡淡的波纹在铁锈色建筑物正面上颤动。房屋原先沉睡在白雪堆中，都走了出来，像经过几世纪的潮气侵蚀，发霉发黑。整条街好像遭到了破坏，被硝石腐蚀，屋顶快要坍塌，窗户已经撞落。有一个石灰色正方形广场堆满了瓦砾。但是随着天上那条蓝带在蒙玛特尔那边延伸，一道光线挂下来，清澈冰凉像一股清泉，把巴黎置于一块玻璃下，远处的景色就像日本画那样线条清晰。

埃莱娜穿了裘皮大衣，手缩在袖管里，在沉思。只有一个思想在她的心里引起反响。他们有了一个男孩，又有一个红润肥胖的小女孩，她看到小女孩也在雅娜牙牙学语的可爱年纪。女孩在十四个月时是多么可爱！她在计算月份：十四个月再加上其他几个月几乎等于两年；恰在那个时期，只差十五天。于是她眼前出现另一个景象，阳光灿烂的意大利，一个理想的国家，金黄色水果，恋人们挽着腰在花香扑鼻的夜晚散步。亨利和朱丽埃特在阳光下走在她前面，他们像一对又成了恋人的夫妇那样相爱。一个红润肥胖的女孩，她赤裸着身体在阳光下微笑，她结结巴巴含糊不清要说什么时，她母亲就凑上来吻她，把话堵在嘴里。她想到这些事，没有上火，心也不激动，悲哀中愈见平静。阳光之国消失了，她的目光慢慢巡视巴黎，在冬天，这个大城市的躯体显得僵硬。大理石建筑物躺卧在冰天雪地中，已对创巨痛深的四肢毫无感觉。先贤祠上空已形成一个蓝色的窟窿。

可是，回忆还是顺着日子出现。她在马赛昏昏沉沉过了一段日子。一天早晨她经过小马利亚路，走到童年的家门前哭了起来，这是她最近一次流眼泪。

朗博先生经常来访，她觉得他在身边是一种保护。他什么也不要求，也从来不谈自己的心事。将近秋天，她看到他一天晚上进来，两眼发红，十分悲伤：他的哥哥儒伟神父过世了。轮到她来安慰他。然后她也记不真切了，神父好像不停地出现在他们身后。朗博先生长期以来隐忍不言，她最后也让了步。既然他还愿意娶她，她没有理由拒绝，这对她也是合情合理的。丧期一满，她主动跟朗博先生正式讨论结婚事宜。她的老朋友充满温情，不知如何是好，手也发抖了。她愿意怎样就怎样，他又等了她几个月，然后一个信号就把事情办妥了。

他们瞒着大家结的婚。洞房那夜,他也吻她赤裸的脚,她那双美丽雕像似的脚又变成大理石一般。生活又开始了。

当地平线上蓝天扩大时,埃莱娜也没有料到会引起这段回忆。那一年她是疯了吗?如今当她想起在维欧斯街这幢楼里住了将近三年的这个女人,她自己也认为这是个陌生人,她的行为让她不胜轻蔑和惊讶。真是奇怪的疯狂行为,可憎的罪恶,给雷电打瞎了眼睛!她并没有有意叫他。她静静地在自己的小角落里生活,只钟爱自己的女儿而不思其他。路伸展在她的前面,既不好奇也无欲念。一阵风吹过,她就倒地了。就是现在这个时刻,她也解释不清。她的身体不再属于自己,而是另一个人在其中起作用。这可能吗?她竟做了这些事!然后,全身一阵刺骨的冷,雅娜盖满了玫瑰花走了。那时她被痛苦麻木了,又变得非常镇静,没有欲念也不好奇,继续在一条笔直的道路慢慢前进。她的生活已开始了,这位贤淑女子是那么严肃、宁静和骄傲。

朗博先生走了一步,要引她离开这块勾起伤心事的地方。但是埃莱娜挥一挥手,表示还要留一会儿。她已走近栏杆,俯视猎房街上的一个车站,一排年久报废的车辆一直延伸到人行道边上。发白的车篷和车轮,毛色肮脏的马仿佛在这里霉烂了几个世纪。马夫穿了他们上冻的大衣,僵硬不动。在雪地上其他车辆,一辆接一辆艰难地往前进。牲口滑倒在地上,伸长脖子,而马夫走下座位,拉着辔头往上提,嘴里骂骂咧咧。玻璃车门里面的乘客表情很耐心,横躺在座垫上,十分钟的路程花上四十五分钟也只能忍受。车声闷闷的,只听到人声吆喝,在没有生气的街道上清脆响亮,发出一种特殊的震荡。叫唤声,突然踩在薄冰上的人的笑声,赶车夫挥舞鞭子的愤怒声,受惊吓的马匹的喷鼻声。右面更远处,河滨道上的大树美妙无比,简直是玻璃拉成的树木,威尼斯大吊灯,艺术家随心所欲地把带花的灯枝弄得弯弯扭扭。北风吹得树干成了冰柱。树顶枝桠交叉纵横,枝桠上毛茸茸的,像鸟的羽冠,黑枝条镶上白雪非常好看。天寒地冻,清澈的空气中没有一丝风。

埃莱娜自言自语说她不认识亨利。有一年,他们几乎天天见面;他几小时几小时挨着她,无话不谈,四目相视。她不认识他。某天晚上,她曾委身于他,他占有了她。她不认识他,她作过一番努力,然而不能明白。他从哪儿来?他怎么会到她的身边?她宁可死也不会委身于人。他到底是什么样的人会使她对他这样顺从?她不知道,真是一时迷惑,使她失去了理智。即使最后一天他对她也像第一天那么陌生。她把他的言行,把她所能记得的这个人,事无巨细凑合起来还是没有用。他爱自己的妻儿,他笑容温雅有礼,他态度端庄有教养。然后她又看到他红晕的脸,欲念迷乱的两手。过了几星期,他渐渐消失,终于被卷走了。他走了,他的影子也跟着去了。他们的故事不会有其他结局,她不认识他。

城市上空展开一片无瑕的蓝天。埃莱娜抬起头,想得累了,看到这片纯净非常高兴。这是一种明澈的蓝,非常淡,像白色阳光中的蓝色反射。太阳压在地平线上,发出银灯的光辉。它在寒冽的空气中映着雪光,亮得没有一点热气。再下面是广阔的屋顶,军需品厂的瓦顶,河滨道房屋的青板瓦,像一块块张开的黑边白色毯子。在河的另一边,方方正正的战神广场像一片大草原,上面的黑点子,无主的车辆,叫人想起行走时响着小铃铛的俄罗斯雪橇,而道尔赛河滨道上一排排榆树,渐远渐小,开出银针水晶雪花。在这冰海的静止中,塞纳河在镶白鼬皮的两岸中翻动着黄水;河水从前一天就浩浩荡荡带着冰块冲到荣军院桥的桥墩,撞碎后钻进桥洞而去。然后那些桥像白色花边,隔上一段距离一座,愈远愈单薄,延伸到城岛上的辉煌石头建筑,上面矗立圣母院塔楼的积雪尖顶。左边的其他尖顶戳破了各区整齐划一的平面。圣奥古斯丁教堂、歌剧院、圣雅各塔楼像长年积雪的山岭；而近处的蒂勒里宫和卢浮宫宫殿，中间有新的建筑物连接，外形却似雪山的山脊。在右边，又是荣军院、圣苏尔比斯教堂、先贤祠的白色峰峦；先贤祠离得很远，在蓝天下却似蓝色大理石砌成的梦中宫殿。没有一点人声。路是根据灰色的豁口猜出来的，十字街口又像因地面的折裂而形成。整排整排的房屋消失了，只有靠成千扇窗框、窗棂才认清邻近房屋的正立面，然后在一块块雪地交叉混合成的一个令人眼眩的远景中，形成一条湖泊，由于蓝水与蓝天相接显得更长了。巴黎在冰天雪地中辽阔明亮，闪烁在银色阳光下。

这时，埃莱娜最后一次对无情的城市扫视了一眼，城市对她也是陌生的。她又看到它像她离开时一样，像她三年内天天看到的一样：平静，在雪中永恒不朽。对她来说巴黎保存了她的过去。她在巴黎时爱过它，她在巴黎时雅娜去世了。但是这位朝夕相处的伙伴脸上保持镇静，不动声色，默默看着欢笑和眼泪——塞纳河就像滚动着泪水的波涛。她时而认为它是凶残的魔鬼，时而认为它是仁慈的巨人。今天她还是觉得她永远无法了解它，它那么冷漠，那么大。它在伸展，它是生命。

朗博先生还是轻轻碰碰她，要把她带走。她姣好的面容显得不安了。他喃喃地说：

"不要难过。"

他什么都知道，但要说的只是这句话。朗博太太瞧他，心平静下来。她的脸冻得发红，两眼明亮。她已经在远处，生活又开始了。

"我不知道是不是把大箱子关上了。"她说。

朗博先生答应去检查一下。火车中午开，他们有时间。路上撒了沙子，车子跑一个小时够了。但是突然他提高声音。

"我肯定你忘了钓鱼竿！"

"哦！一点没错！"她叫了起来，对自己的健忘既惊奇又生气，"我们昨天就应该去买的。"

这种钓竿使用很方便，在马赛也是买不到的。他们在海边有一幢乡村式小房子，在那里消夏。朗博先生看表。上车站的路上还是可以买钓竿的，跟雨伞缚在一起。这时，他带着她一边跺脚，一边从坟墓中间穿过去。公墓里阒无一人，雪地上只有他们的脚印。雅娜死了，留下来一个人面对巴黎，永远永远。